Gorski car

Gorski car

Svetolik Ranković

Globland Books

Prvi put je svrnuo na sebe pažnju celoga sela o krstonošama. Tada se upravo i zamomčio. Majka mu srezala duge košulje od ubeljena konopljana platna, sestra mu ih izvezla crvenim i crnim pamukom, i uz njih mu spremila široke tkanice sa devet raznobojnih pruga i pamučne podveze za dizluke sa kićankama od vunice. A sam Đurica, terajući drva u grad, zaradio je čohani jelek i dizluke, opšivene crnim gajtanom, i veliki tunos sa kićankom. Tako odeven dođe na krstonoše.

Beše se iskupilo dosta naroda. Popa već pozvao odbornike u zasedanje, pa odlučuje sa njima ko će šta nositi. Krst dadoše otprve kmetovu sinčiću, ma oko barjaka se nikako ne mogoše pogoditi. Izvirivaše svi redom na prozor da razgledaju kandidate, koji su se tu poređali, pa naposletku iziđoše napolje. Momčadija prebledela, pa niko ne diše; sve uprlo oči u popu, koji razgleda jednoga po jednoga, pa, vidi se, ni sam ne može da se odluči kuda će.

Đurica beše, i stasom i lepotom, nadvisio svu momčadiju. Beše ih i starijih i odevenijih, ali gledajući odjednom u sve njih, on prvi padaše u oči. Beše kao bor, koji je izrastao u čestaru, među pravim i jedrim cerićima. Zato se i popov pogled zaustavi na njemu.

— A gle Đurice! Bolan, kako si porastô — reče popa blago, pa se obrte knezu: — Šta veliš?

Odbornici pogledaše začuđeno, knez se namršti, pa priđe popu i šanu mu:

— Zar iz 'nake kuće?!...

— Znam — odgovori mu popa. — I baš radi toga i velim... neka se dete popravi...

— Jok, ne može! — odseče knez.

Među momcima nasta gurkanje i šaptanje. Do Đuričina uha dolete samo jedna reč: „jalovica", ali on odmah razumede njeno značenje i pozna glas onoga, koji je reče. U drugoj prilici on bi znao šta bi radio, ali sad se uzdrža. Video je da se popa još rešava, pa stade da čeka. Utom knez progovori:

— Evo Miloševa Srete. Šta velite ljudi?

— Nek mu je srećno! — povikaše odbornici, i Sreten, veseo i zadovoljan, priđe ruci popovoj.

— Srećno da Bog da! — reče pop, pa ga zatim uputi da uzme crkveni barjak.

Đurica iđaše očima za Sretenom, dok ovaj ne priđe barjaku, pa onda obori glavu i poluglasno, kao za sebe, reče:

— He, da je moj tata odbornik, bilo bi drugo...

— Ono znaš, Đurica — odgovori mu sused, mladić kao i on — mi te svi stimavamo, i bogzna kako; ali znaš, brate, otac ti je bio, Bog da ga prosti, nekako 'nako...

I taman Đurica planu i htede nešto krupno da kaže, a popa progovori:

— E sad ja hoću da Đurica nosi crkvenu medenicu.

Đurica istrča napred, priđe ruci popovoj, pa ode Obradu klisaru, te uze od nega veliku medenicu, koja je, dok nije crkva nabavila zvono, sazivala pobožne hrišćane na molitvu, a sad se upotrebljuje samo na litijama.

Momčadija se, posle barjaka, najviše grabi za medenicu i kadionicu, a ikonama, i ako su pružale izvesnu počast — naročito opštinska — nije se tako radovala.

Posle već popa dade jednome kadionicu, jednome crkvenu ikonu, a kmet i odbornici izabraše jednoga da nosi opštinsku ikonu Spasovo Vaznesenje. Razdadoše i druge, za litiju potrebne stvari; svrši se spomen pod opštinskim zapisom, pa se kretoše krstonoše. Kad popa očita poslednju jekteniju i Obrad mu tanko glasovito odgovori: amin, kmet povika:

— Gospodajte, ljudi!

A krstonoše svi, svaki drukčijim glasom i tonom, uzviknuše složno:

— Gospodi, Gospodi, pomiluj nas!

Napred iđaše krst i sa njim uporedo barjak, za njima medenica, pa onda crkvena i opštinska ikona uporedo, a posle toga sve po dvojica u redu. Ostale krstonoše poneše šta je ko imao: neko ikonu, neko svećicu, neko klasje žita ili strukove bela luka... Pored krstonoša jaše na konju popa, a uz njega koračaju s jedne strane Obrad, s druge onaj što nosi kadionicu. Za popovim konjem, važno i dostojanstveno, stupa kmet, koji pazi na poredak, a naročito na to, da se neprekidno gospoda. Za njim, kao što je red, geguca opštinski birov...

Veselje i pravo duševno zadovoljstvo, pomešano sa pobožnom zbiljom, sija na svakom licu... Samo Đurica neobično izgleda. Neka sumorna seta i zamišljeno raspoloženje ovlada njime od onoga trenutka, kad mu do ušiju dopre ona pakosna uvreda od Sretena. On se, istina, obradova medenici i dočepa je sa velikom žurbom, bojeći se da kmet opet ne izjavi protest; ali ono unutrašnje mučenje ostade na duši mu i dalje, kad se krstonoše kretoše i kad se jasni zvuk njegove medenice stade razlegati po pitomim lukama i divljim goletima. Ruke mu snažno ali mehanično zamajivahu zvono, usađeno u drvenu ručicu, ali misli mu behu daleko od ove pobožne svečanosti. Narod gospoda, korača, preskače preko potočića, jendeka i vrzina... Đurica to isto čini, ne prestajući zvoniti jednačito i snažno, ali ga taj jednačiti zvon sugestuje, odvaja ga od svega što se vidi i čuje i prenosi ga u beskrajne sanjarije... Krstonoše zastaju kod zapisa, popa i Obrad otpevaju što sleduje, urežu zapis i kreću se svi dalje. Đurica opet počinje mahati zvonom i — misliti...

Mislio je o onoj uvredi. Znao je on koga se tiče ona napomena o jalovici. Njegov otac, koji umre pre deset meseci, često je ležao „nadzor" i bio vođen sreskoj kući, sve zbog nekih koža, koje su na njihovu tavanu nalažene. Đurica je ne samo dobro znao otkuda su te kože, nu je, zajedno sa celom kućom, probao pečenja i janije, zgotovljene od dobrih jalovica. Ali zar je on kriv za to, i zar je to kakva krivica? Ta oni ne imađahu ništa ni u toru ni oboru, a otac ga je često poučavao: da se treba koristiti svačim „što ti do ruke dođe". Samo se, napomenuo bi mu otac, treba dobro čuvati tuđih očiju. — „Na nevidišu nema krivice!" To znači: ma šta uradio, nećeš biti kriv, ako te ne uhvate. Sve su se vrline sastojale u „nevidišu", u tome, dakle, da se krađe i druge slične „operacije" vrše što pažljivije...

Sa takvim pojmovima o moralu Đurica je stupio u svet. On je držao, da je to pravilo, po kome se svi upravljaju. Pa zato ga je i iznenadila ona napomena o jalovicama. I da ne bi ove medenice, kako se rodio plah i prek, bilo bi svačega. Ali popa mu razgali srce... I čudno je to srce, koje se raduje medenici na crkvenoj litiji, i u isto vreme misli o jalovicama!...

I Đurica je mnogo mislio, tako mnogo, da nije ni opažao kud je prolazio, ni šta se oko njega zbivalo. Samo kad bi krstonoše minule pored kakva bogata doma, gde su domaćice iznele nekoliko karlica mleka, zaboravio bi sve misli, dočepao bi jednu kutlaču i srkao dokle god traje... Posle je opet mislio i mislio, i najzad dođe do zaključka, da je sva ova momčadija gora od njega, i da ga svi oni mrze samo s toga, što je siromah. U takvim mislima obiđe ceo atar seoski i vrati se, sa krstonošama, k sudnici.

Kad se izređa pod zapisom sva čitanija, narod zasede u sovre, koje su podignute oko zapisa. Svako pleme imalo je svoju sovru —

četiri direka, pobodena u zemlju i spojena prečagama, preko kojih su nameštene uzduž dve široke trenice; na njih se stavlja jelo; okolo ovih trenica poređane su druge za sedenje. Imućnija plemena dizala su nad sovrom krov, a okolo sedišta užljebljivani su šašovci, te je cela sovra izgledala kao neka staja. Lepo je videti oko crkve ili, kad je crkva daleko, oko sudnice gomilicu ovakvih stajica ispunjenih veselim narodom, koji se sabrao da, ovako u skupu, provede blag dan...

Đurica ne imađaše ni sovre ni plemena. On, sa nekoliko vršnjaka, koji ne behu gladni, te ne sedoše za sovru, stade da čeka dok popa napije u slavu, pa da počnu igrati. Čim narod zasede, pop se diže, a Obrad zazvoni medenicom. Narod se diže, kao na komandu. Ljudi poskidaše kape i svaki u svojoj sovri stade se moliti Bogu. Utom popa otpeva tropar, ispi čašu vina i sede. Poče ručak. Svirala odjeknu...

Momčadija potrča u kolo, a za njima i devojke, koje imađahu snahâ da dvore i poslužuju u sovri. Zaljulja se prvo kolo, za njim drugo i treće... Kad bi pri kraju ručka, Sreten povede Mačvanku uz sviralu, a Đurica uze cigane da mu sviraju Sitniš, i povede kolo. Mladež, čuvši ćemane, potrča u Đuričino kolo. Ljulja se lesa mlađanih i veselih igrača; diže se prah pod lakim nogama, koje u taktu trupkaju; zveckaju ogrlice i đerdani; a ćemane jednačito i veselo cilika... Samo ti srce igra, a u grudima osećaš neopisanu toplinu i zadovoljstvo; gotov si da odjednom zagrliš sav taj lepi i veseli svet, koji je isto tako razdragan i raspoložen...

A ko se u takvu veselju nađe uvređen, nije mu lako. U Sretenovu kolu ostade samo desetina momaka, a to je za kolovođu grdna sramota. Tu još može pomoći samo „politika", ali joj Sreten ne bejaše vičan, te morade pustiti srcu na volju. Vodeći kolo, on se približi Đurici i nekako s leđa podmetnu mu nogu, te se ovaj saplete i padne. Za trenut oka umukoše i cigani i svirala, a u Đuričinoj ruci sevnu nož.

— Ha, đido, zar s leđa! — podviknu mladić iskolačenih očiju i bleda lica, pa jurnu na Sretena, koji stajaše bled i nepomičan kao kip. Ali se hitro pružiše mnoge ruke i dočepaše Đuricu.

— Natrag, kome je život mio! — uzviknu Đurica i mahnu nožem oko sebe, pa, videći se slobodan, potrča opet k Sretenu, ali ovoga zagradi trostruka lesa momaka, a na Đuričino rame, kao iz neba, pade ruka kmetova.

— Stan' der ti, momče, da se razgovorimo.

Đurica zinu od čuda i stade na mestu kao ukopan.

— Zar ti prvi — produži kmet — otkako je naše selo zakopano, da okrvaviš i okaljaš našu svetu slavu!...

Đurica poče dolaziti k sebi.

— Jok ja, onogaj... video je sav narod... pao sam kâ proštac... Zar on meni da podmeće nogu! — uzviknu on i podiže ruku s nožem.

— Dole tu kusturu! — ciknu kmet.

Đurica se samo odmače nekoliko koraka.

— Dole nož, kad ti kažem! — ponovi kmet i pogleda Obrada značajno.

— Noža ne dam, a ti gledaj svoja posla... — promuca Đurica jetko i pođe još korak natrag, ali ga odjednom dočepaše mnoge ruke, odvukoše u brvnaricu ispod sudnice i zaključaše...

Tada ga poznade celo selo, te se o njemu još dugo govorilo...

II

Prođoše dve godine posle ovih krstonoša. Đurica postade na-jkršniji momak, ali mu spoljašnji izgled ne donese uvaženja i ugleda među momcima, kao što bi to bio red u običnim prilikama. Beše to stasita i retka pojava. Visok, snažan mladić, široka čela, gustih povijenih obrva, ispod kojih sevaju dva zelenkasta oka, za koja narod veli da igraju kao na zejtinu. Oči mu, na prvi pogled, iskazivahu neizmernu pitomost i blagost, neku bolećivu dobroćudnost, koja se često može opaziti kod ljudi zelenkastoplavetnih očiju. Ali kad se malo pažljivije razgledaju one jedva primetne bore oko krajeva očiju, koje izdaju lukavo i podmuklo srce, i kad se čovek malo bolje zagleda u ono neobično sevanje očiju mu, moći će bez dvoumice pogoditi, da Đurica neće ići običnim tragom svih seoskih momaka, već je nje-gov put odvojio od ostalih. Nu imađaše on još drugih karakternih osobina. Donji mu deo lica sa vilicom beše znatno isturen napred, te ispoljavaše preku i strasnu prirodu, ali je on, jednim blagim pogle-dom svojih velikih očiju, umeo da prikrije tu osobinu. Samo ga često izdavaše nervozno trzanje viličnih mišića, koje je otkrivalo usiljenu i nemirnu unutrašnju borbu. Takva glava beše usađena među širokim i snažnim ramenima, a celo mu telo držahu neobično razvijene i elastične noge.

Đurica je veoma cenio svoje telesne osobine i svoju retku snagu, pa je prema tome podešavao i svoje držanje i odelo. Kao siromah nije se mogao isticati bogatstvom odela, ali je i onu sirotinjsku odeću umeo tako vešto namestiti na sebi, da je svakome, i po njoj, padao u oči. Na glavi je nosio dubok fes, nemarno zaturen k potiljku, te ga je crna duga kićanka bila po plećima. Bela konopljana košulja, izvezena po nedrima i ogrlici, vazda mu je bila za šaku dve više kolena, zbog čega su ga stariji ljudi zvali „onaj kusi", a momci bi se rado ugledali na njega, jer držahu da mu onakav kicoški izgled najviše zavisi od kratke košulje, ma niko se ne usudi kršiti adeta, koji vlada u celom okrugu. Nosio je vazda dokolenice, povezane šarenim podvezama, o kojima su visile po tri kićanke, a preko dizluka — čarape za šaku duže od obične mere; zbog toga je i kajiša imao pet-šest uvojaka više no obično. Opasivao je oko sebe dva široka pojasa, pa širok kajiš sa dva uboda, o kome je visio, niz bedra, lep belokorac u pakvonskim kanijama. Jelek mu beše lepo srezan, priljubljen uz telo, išaran crnim gajtanom; iz njegova džepa je spreda visio beo rubac. Prema takvu stasu Đurica je podešavao i svoje pokrete. Koračao je brzo i lako, ali je pri tom nekako odsečno izbacivao noge unapred, te mu se celo telo treslo u hodu, i time još jače isticalo njegovu neobičnu snagu i jedrinu. U kolo je stupao gordo i drsko, i kad god se hvatao do momaka, video mu se oko usana podrugljiv osmeh. Ali čim bi se koja viđenija devojka do njega uhvatila, a to je vrlo, vrlo retko bivalo, on se odjednom sav menjao. Razlilo bi mu se tada po licu tako veliko zadovoljstvo, da izgledaše drugi čovek. Nu devojke su ga izbegavale, kao i momci. Plašio ih je najviše njegov rđav glas u narodu, ali je i u njegovu držanju i ponašanju bilo nečega, što ih odbijaše od njega.

Đurica je opažao ovo opšte neraspoloženje prema sebi, pa se postepeno i navikao snositi one značajne i podrugljive poglede seoske mladeži, koji se njega ticahu. On se staraše samo da ne pokaže kako mu to teško pada, a već sa svoje strane davno je resitio račune sa društvom. Ugušio je u sebi i najtajniju žudnju za društvom i njegovim životom. Samo jedno nije mogao ugušiti. Ali tu bi se već morao boriti protiv prirode i protiv sebe sama. Žudio je za lepim ženskim svetom. Još za ovo vreme, pod uticajem kakvih lepih očiju, on se mogao izmeniti, mogao je postati drugi čovek. Ali takve ga oči ne pogledaše.

A behu dva oka, dve ljute guje, pod čijim se sevanjem ovaj grubi junačina topio i postajao mekši i pitomiji od svake devojke. Čudna behu ta dva oka. Iz njih je sevao takav ponos i tako jasno saznanje svoje nadmoćnosti, da ne beše momka, koji bi osećao snage i odvažnosti da ih slobodno i otvoreno pogleda. Još nijedan momak ne mogaše pouzdano kazati kakve su oči u Stanke Radonjića: crne ili graoraste ili, možda, zelenkaste?... Đurica ih je samo jednom sagledao, kad one ne behu upravljene na njega, i više ih nikad nije smeo pogledati. Kad je Stanka u kolu, Đurica se retko hvatao. Voleo je da je posmatra sa strane, da uoči svaki njen pokret, svaku osobinu čudnoga joj stasa. Kad bi je opazio gde u polju ili u selu da mu ide na susret, svrnuo bi ma gde, samo da izbegne onaj ponositi pogled, koji uništava čoveka.

Đurica je imao naročiti razlog, sa koga je izbegavao pogled Stankin. Svačije drugo tuđenje on je vraćao odsudnim preziranjem i nekom, neobičnom za seljaka, ponosnom ohološću; ali jedan takav Stankin pogled, u kome bi on mogao pročitati one iste izraze, koje čita u pogledima većine devojaka i momaka, takav pogled ne bi podneo, on bi ga uništio ili doveo do ludila. Đurica ne osećaše u sebi snage da podnese toliko nečuveno uniženje, koje bi stajalo u suštoj protivnosti sa celim njegovim osećanjem, sa svima njegovim lepim snovima, sa jedinom svetlom i slatkom stranom života njegova. Zato je izbegavaše svuda, a ona, s toga, i ne sanjaše šta se zbiva u duši nje-govoj. Stanka ga je znala po razgovorima drugih devojaka i gledala je na njega kao na Đuricu Dražovića, čiji je otac umro pod nadzorom, a nikad joj i ne pade na pamet da pogleda na njega kao na momka.

Stanka nije bila toliko neobična po lepoti, koliko po naravi svojoj. Beše to tako samovoljna i ćudljiva narav, kakva se i među ljudima retko nalazi. Još iz detinjstva ona beše čudnovata i osobita i ne nalikovaše na drugu decu Marka Radonjića, niti na druge seoske devojke: beše u njoj mnogo neke neobične oholosti i samostalnosti, neke ćudljive tvrdoglavosti. Pa da je bar iz kakve bogate kuće, mogla bi se još i razumeti njena oholost, ali Marko beše veoma tanka stanja, tek pobegao od sirotinje, a ne stigao u bogataše. I on se sam čudio naravi svoje kćeri.

Jedared naiđoše na selo kurjaci. Svaki, ko imađaše stoke, morade noćivati u oboru i toru, da bi sačuvao svoj mal od nezvanih krvožednih gostiju. Markova kuća beše blizu jedne jaruge obrasle šumom, koja predstavljaše živu zgodu za kurjačke noćne napade. Čim se čulo za kurjake, odmah isto veče Stanka zatvori ovce u obor sa volovima i kravom, uze šarenicu, guber i sekiru, pa ode i leže među ovce. Čekala je tri večeri uzalud. Četvrte večeri, oko ponoći, uznemiri se stoka. Ovce pođipaše i okretoše glave niza stranu. Stanka se polako pridiže ispod gubera i, posle kratkog čekanja, ugleda dva velika kurjaka gde se privlače oboru. Ovce pokušaše da iskaču, ali vrljike behu visoke; goveda se ustumaraše po oboru. Stanka dohvati sekiru, navuče na sebe guber i saže se uz vrljike, otkuda kurjaci dolaze. Već su se jasno videla četiri svetla oka kao žeravice. Kurjaci se približiše oboru, pa stadoše da razgledaju stoku, jer i oni ne uskaču u obor, gde ima volova, naročito bikova. Ovce, od straha, jurnuše na ogradu i time nadražiše kurjake, te se jedan od njih zaleti prvi i skoči na čatal. U isti mah sevnu sekira prema mesečini i lupi u kurjačku glavu, koja beše naslonjena na vrljiku. Kurjak se mrtav sroza niz vrljike, a onaj drugi klisnu i nestade ga u šumi.

— O tajo! — viknu Stanka nekoliko puta iz obora, dok joj se otac ne odazva. — Odi, deri kurjaka dok je vruć; bojim se nećeš moći sutra, kad se ohladi.

— Kakvog kurjaka, 'natema te ne ubila! — odgovori bunovan i začuđen Marko.

— Ja, vala, jednog ucoljah, pa ako ti treba koža, odi oderi ga...

Drugom prilikom razgovarahu se devojke o drekavcu. Behu izišle da beru lešnjike, pa ih pri povratku zastade prvi suton. Sa njima beše i Stanka. Čim poče da se spušta ona nema tama na šumu i livade, devojke se prigrčiše jedna uz drugu, pa počeše one obične priče o vampirima i vešticama, koje se u to vreme najradije pričaju. Kad dođoše do jedne kruške pod osojem, tu ih zaustavi Jelica Pleskonjića, koja im pričaše o drekavcu.

— Eto, baš na ovom mestu ga je video moj čile; to mi je sam pričao toliko puta, kad se vraćamo s kopanja.

— Slave ti, šta kaže: kakav izgleda? — upade joj Stanka u reč.

— Bog s tobom, zar ne ču da mora umreti onaj, koji ga pogleda. Čile je zažmurio i čekao da onaj drekne...

— Pa, šta je bilo?

— Ništa. Stojim ja, veli čile, tako i čekam, dok tek ono vreknu, a osoje se prolomi kâ da si top izbacio. Ja onda, veli, 'nako žmurećki, beži što bolje mogu, te jedva živ dođoh kući. Posle je odležao trlemu, i mal' nije umro.

— Pa zar baš niko ne zna kako izgleda to čudo?

— Pokojni Vuksan ga je video, pa umro. On je kazivao čilu da liči na lisicu. Dugačko, žuto, ali kad vrekne, Bože sačuvaj, ne da se ispričati!...

Stanka ućuta i više ni s kim ne prozbori ni reči. Posle nekoliko dana ona je dve noći sačekala ponoćne petlove pod osojem, pa ne videći ništa, vrati se kući zlovoljna. Malo zatim prođe kroz selo glas: da se pokojni Jovica povampirio, pa svaku noć dolazi na kmetova vrata i lupa. Stanka je i Jovicu čekala dve noći, pa, ne videvši ništa, ostade razočarana i još zlovoljnija. Neprestano je potom mislila i pitala se: zašto ona ne može da vidi ni vampira ni drekavca, kad, eto, drugi ljudi mogu... Jednom rečju, valjalo je proći dosta sveta, pa da se nađe devojka Stankine naravi.

Roditelji su već davno digli ruke od svih pokušaja da savladaju Stankinu samovolju. Videli su da je to neobuzdana, srčana priroda, koja ne zna ni za kakve prepreke. Marko se samo čudio i vrteo glavom.

— Da mi je samo znati na koga se umetnu — rekao bi ženi, pa bi i dalje ostao nem pred ovom zagonetkom.

Eto, u takvu se devojku zagledao Đurica Dražović; ali to beše velika tajna, koju on skrivaše i od sebe sama. Stanka ne znađaše ništa o tome, a on joj ne dade nijedne prilike da se sama doseti šta se u njemu zbiva. Tako prolažahu dani...

Međutim Đurica je i dalje živeo onako, kako je od oca navikao. Imanja, može se reći, i ne imađaše. Jedna kućica sa danom oranja oko nje i jedna njiva u planini — beše mu sve nasleđe od oca. Sestru je udao u drugo selo, a majka mu se dovijaše od svake ruke, da ne bude sinu na teretu. Leti se naimala pod nadnicu na lakše radove, zimi grebenala, prela, tkala po imućnijim kućama, a i leti i zimi pomalo vračala i bajala. Tako se otimala od nemaštine i gladi, a dao Bog — seoskoj duši ne treba mnogo: komad proje i glavica luka zadovoljava potpuno njene potrebe i navike.

Đurica je leti, kad je hteo raditi, dobro zarađivao. Radio je sve seoske radove po skupoj nadnici, a kad nastane novo žito, kupovao ga je i snabdevao se na celu zimu. A čim nastane jesen, počeo bi terati drva u varoš na tuđim kolima, od čega mu je takođe ostajala poneka para. Ali, pri svem tom, nije bilo dana, kad se on nije osećao kao puki siromah. Ovo večno bezizlazno stanje prinuđavalo ga je da se lati i takvih sredstava, koja su zakonom zabranjena. Za ovo mu nije trebala postepena navika: u tome je odrastao...

Drugova ne imađaše. Jedini čovek, pred kojim je slobodno smeo otvoriti dušu, koji ga je zanosio pričama o hajdukovanju, bio je ča-Vujo iz Brezovca. On je vodio veliko prijateljstvo i sa Đuričinim ocem, pa je to nastavio i sa sinom. Svake nedelje Đurica bi se lepo obukao, pa otišao u goste ča-Vuju, koji ga je vazda radosno dočekivao. Čim se sretnu, Vujo bi ga uzeo za ruku, pa bi se onda malko poizmakao i tako bi ga gledao dugo i značajno, merio bi mu okom stas i svaki pokret, pa, kad bi mu najzad dobro sagledao one dvosmislene oči, uzviknuo bi:

— Hej, majkoviću, zar je ova ruka rođena da drugome argatuje?... Ih, dušu li mu, što plače gora za 'vakim junakom!

A Đurica bi sevnuo okom i zadovoljno razvukao svoje tanke plave brčiće u nekakav poluosmejak, pa bi onda, kao odbacujući od sebe takvu pohvalu, dodao:

— Prođi se, čiča, zdravlja ti!... Jadne su nam danas i gore i gorski carevi... Nema više ni 'nake gore ni 'nakoga Jevđovića, kâ što ti pričaš...

— Ko, zar Jevđović?... Hej, moj sokole; da li mu je samo da te sagleda danaske — evo moje glave, ako ne bi rekao: „Hajde da mi budeš harambaša i pobratim!...” Ne znaš ti, moj Đuro, ni sam koliko vrediš. Čiču pitaj...

Posle takva dočeka Vujo bi uveo svoga prijatelja u sobu, gde ih je čekala spremljena čutura vina, pečena jagnjetina i dobra kajgana na kajmaku. Tu bi se, u zatvorenoj sobi, provelo po čitav dan u poverljivu razgovoru i pijanci... U toj istoj sobi spremani su i vaspitani za potonji rad svi najveći zlikovci, od kojih je, za poslednjih tridesetak godina, drhtala cela Šumadija.

Ali, treba da se upoznamo s ovim ča-Vujom.

Po spoljašnjosti svojoj Vujo predstavljaše neku neobičnu silu, koja ne zna ni za kakve prepreke. Da je školovan, on bi, bez svake sumnje, postao veliki vojskovođa ili veliki činovnik, jednom rečju — čovek, koji vlada masom i kome se svi potčinjavaju. On nije bio krupna i razvijena stasa; naprotiv: njegova koštunjava suvonjavost padala je odmah u oči svakome. Rasta je bio povisoka, a iđaše uvek pravo, zaturene glave, posmatrajući sve pred sobom kao sa neke orlovske visine. Oči mu behu crne kao ugalj, sjajne kao žeravica. Njihov pogled prodiraše oštro u samu dušu čovekovu, i nema toga, koji bi pred tim pogledom mogao slagati, a ne pocrveneti. I ako se vazda nosio seljački, ipak i u njegovu odelu i držanju beše nečega, što vas prinuđava da ne gledate u njemu obična seljaka: on nije ni u čemu nalikovao ni seljaku ni građaninu, on beše sam za sebe. Još su ga veoma odlikovali negda crni, a sad progrušali brci, dugi kao povesmo, i gusta okrugla brada, koja mu je pokrivala skoro sve lice ispod očiju naniže.

Niko od seljaka nije upamtio da je video Vuja ma za kakvim poslom, niti mu je ko znao odrediti pravo zanimanje. Svaki dan je provodio u gradu; tu je sedeo i sa seljacima i sa gospodom i sa građanima: slušao razne razgovore, kartao se, pio i predveče se svakad vraćao kući. U razgovoru je bio vrlo oprezan i lukav kao lisica: mogao je, kad je nalazio za potrebno, govoriti ceo dan, pa ipak, na kraju krajeva, ne znaš o čemu je govorio, a vidiš da je razgovor pametan. On se neće ni jednim glasom izreći, a slušaoca će prinuditi da mu otvori svu svoju dušu. S toga je i imao ogroman uticaj na svu okolinu: svi su mu se potčinjavali i — bojali ga se. Uostalom, ova opšta bojazan od Vuja zavisila je i od nekih drugih uzroka.

Rekosmo da mu niko ne bi umeo odrediti pravo zanimanje, kad bi to bilo potrebno radi statističkih podataka, ali inače znala su i deca od čega Vujo živi. On je, kao što pomenusmo, bio glavni organizator i upravnik svih hajdučkih družina, koje se, u dugom nizu godina, smenjivahu po Šumadiji. Iznajpre mu je to bio posao od nevolje, jer nemađaše volje za rad, a ne beše druga načina da se iskobelja iz sirotinje. Posle, kad svojim oštrim i pronicljivim umom oceni svet i okolnosti oko sebe; kad prouči sva lica, koja rukuju sudbinom naroda; kad oceni pravu razliku između strogih i suvih zakonskih odredaba i žive duše čovekove, koja upravlja tim odredbama po svojoj ništavnoj volji; kad vide kako jedan bistar od prirode um može da vlada učenima i neukima — Vujo poče stalno da se zanima rečenim poslom.

Kad mu se rasturi prva družina, on stade da vrbuje drugu. Njome je upravljao i komandovao neograničeno, samovlasno, kao pravi despot. Oni, koji su s golim jataganima jurišali na imućne stanovnike i, kao krvožedni vuci, klali nejač i pekli ljude, vraćali su se sa svojih pustolovina pravo k njemu i izručivali mu u krilo sve do poslednje pare, što su po skupe žrtve nagrabili. On im je od toga odvajao, kao milostinju, poneku sitnicu, da im se nađe za duvan i druge slučajne potrebe. Tako je cedio i stanovnike i svoju družinu, dok god ne stanu da se opleću guste mreže oko njihovih nedela. Kad oseti da je blizu kraj, on ubije vođa družine, uzme od države ucenu i sa tim živi, dok ne pronađe drugo zgodno lice za harambašu. Čitave desetine godina prođoše mu u takvu životu, a njega još ni glava ne zabole zbog toga. Nikad Vujo ne odleža ni dan apsa...

Takav beše jedini prijatelj i savetnik Đuričin.

Jedne nedelje dođe mu Đurica rano u pohode. Vujo beše spreman da pođe u grad, pa, kad vide gosta, zastade.

— Kud si tako poranio, sokole? — oslovi ga Vujo pre nego što mu se Đurica približi.

— Dobro jutro, čiča! — pozdravi ga Đurica i pruži ruku.

— Dobra ti sreća! Otkud tako rano?

— Hoću u čaršiju. Obosih, a i soli mi nestade, pa da potražim od Marinka na veresiju.

Vuju sevnuše oči neobično, ali on brzo i vešto sakri svoje uzbuđenje, pa dohvati momka za ruku i uvede ga u kuću. Odatle Đurica iziđe tek uveče i ode kući. Na nogama mu behu novi crveni opanci, a u torbi, koja je jutros visila prazna, sad beše dobar grumen soli i but nepečene svinjetine. Idući putom, beše pognuo glavu i tako zamišljeno gledaše preda se, kao i da ne opažaše kud prolazi. Poneki put se ukažu dve prave, oštre bore između obrva mu, oči mu zasvetle neobično i odlučno, i celo lice mu iskazivaše neku nemu i mučnu unutrašnju borbu, koja se u njemu zbiva, a on se stara da je savlada, da pobedi i uguši neko jako unutrašnje osećanje. Jedared zastade, pogleda oko sebe, pa uzdahnu, kao čovek koji ne može da nađe izlaza iz neke nevolje. Utom mu pade pogled na onaj dugi planinski venac, iz koga se veličanstveno uzdižu ponosna Bukulja, Venčac, Orlovica, Vagan, i ode okom po tome vencu do same pitome Kolubare. Otud mu se vrati pogled na rudnički venac, na Kozelj, Ostrvicu, dva Šturca. I taj pogled kao da mu dade neku novu snagu, jer u oku mu zasja odlučnost, a po licu se razli grozničavo bledilo...

III

Četvrtoga dana posle ovoga Đuričina puta, rano u zoru, dojaha pred Đuričinu kućicu sreski pisar sa pandurima, kmetom, birovom i dva odbornika. Đurica se tek obuo i umio, pa počeo da oblači jelek. Konji frknuše pred kućom, a Đurica, kako beše počeo da navlači odeću, tako i ostade sa podignutom rukom, ukočen, bled, nem... Pisar skoči s konja i priđe k otvorenim vratima, na kojima stajaše preneražen Đurica.

— Dobro jutro, momče! — pozdravi ga pisar.

Đurica prekorači prag, pa stade žurno da namešta jelek, ali za nešto mu beše ruka zapela, ili se tako njemu činilo, tek on jednako savijaše ruku, mašući njome desno i levo.

Kmet ga oslovi bez pozdrava:

— Gde ti je majka?

Đuricu darnu ova kmetova osorljivost. Pođe mu srdžba uz grudi, ali se on uzdrža. Utom se začu iz kuće slabačak i promukao glas:

— Evo me, Pero, sad ću.

Odmah zatim pojavi se na vratima baba Mara, Đuričina majka. To beše malo pogurena starica, zbrčkana lica, zelenih lukavih očiju. Padaše u oči njen kukast nos i tanka, šiljasta, napred isturena bradica, koja je, dok je Mara devovala, bez sumnje, ulivala neobična i strasna osećanja seoskoj momčadiji.

Kad pređe prag, baba stade da se zdravi sa neobičnim i nemilim joj gostima, ali je kmet prekide:

— Slušaj sad, Đurica, i ti, Marija, šta će vam gospodin kazati. Valjad' poznajete gospodina Mitu?

Đurica podiže glavu i jetko se nasmeši.

— Tss... poznajemo — progovori mahnuvši glavom ulevo, hoteći tim načinom da iskaže i neko čuđenje radi ove neobične posete.

— Đurđe — poče pisar, gledajući ga oštro i pravo u oči — u Trbušnici je onomad izvršena opasna krađa Jovanu Čupiću: razbijen mu je vajat i odnesene su neke stvari. Vlasti je došlo do znanja da su kod tebe, od tih stvari, dve ogrlice od talira i cvancika i neki peškiri. Hoćeš li sam da nam predaš te stvari, da ti ne preturamo celu kuću?

Đurica najpre beše oborio glavu i gledaše nekud u stranu, ali kad pisar pomenu opasnu krađu, njemu zadrhtaše usnice, a preko lica mu pređe, kao senka od oblaka, neka laka, neosetna drhtavica, neki naročiti izraz velikoga duševnoga nemira. „Uhvatiše... to je ono; sad se počinje... robija ili gora... šta će reći ča-Vujo?... da mi je samo da prekoljem ovog kmeta zubima...” kao munje ređahu mu se misli u glavi, a desna mu ruka, ona što još ne beše jelek na njoj namešten, sama se povijaše iz ramena, i Đurici bi veoma po volji što nikako ne može odeću da namesti, te mu se desno rame i ruka jednako nalazila u poslu. Sva ova zabuna potraja samo jedan trenutak, jedan mig. Đurica napreže volju i, starajući se da izgleda što mirniji, progovori neodlučno:

— Možete sad govoriti što vi je drago... Znam ja čije je to maslo... A za to što velite, za te stvari, ja ništa ne znam.

— E onda ćemo da tražimo — reče pisar i mahnu glavom kmetu, koji s odbornicima, pandurima i birovom uđe u kuću.

Pisar sede na klupicu pred kućom, jedan pandur ostade kod Đurice i Marije, koji stajahu pred vratima.

Kmet uđe s dvojicom pandura u sobu da pregleda haljine i skrinje, a odbornici sa birovom tražahu po kući. Posle kratkoga traženja kmet iziđe napolje noseći gomilu raznih peškira, među kojima ne behu ni dva nalik jedan drugomu. Pisar izvadi iz svoga kaputa jedan nov peškir i uporedi ga s onima što kmet donese.

— Nije to — reče pisar.

— Ama vidim i ja da su svi različni. To su žene donosile babi za vračanje... Ene de!... — uzviknu kmet odjednom, izdvojivši iz one gomile jedan veliki fitiljaš, koji beše istovetan onomu, kojim se beše opasao preko pasa.

— Otkuda ovaj peškir kod tebe? — zapita on babu.

— Znaš, valjad', kad ti je Mićo ležao kraste ko ga je izvidao. Onda mi je to Stojka donela.

Pisar se gromko i slatko nasmeja, a kmet pocrvene.

— Uh, pos' joj ženski, đe me orezili!

Njemu sad beše teško da vređa ovu babu, koja mu je, kako je on tvrdo verovao, dete izlečila vradžbinom, ali ga još više obuze sramota od pisara.

— Šta ćeš, gospodin-Mito, prostota!...

— Gledaj, more, da ne naiđeš još na kakve svoje čakšire... da nije i njih tvoja domaćica donela na dar — odgovori mu pisar i zacenu se od smeja.

— E toga nema... njeno se zna: peškir ili čarape i koji groš, to joj je sve. Nisu naši doktori skupi kao vaši.

Pisar ga prekide:

— Hajde, produži posao.

— Slave ti, Đurica, nemoj da nas mučiš. Preturićemo ti svu kuću, dok ne nađemo... Kaži, brate, gde je, pa da idemo — reče kmet, probajući da omekša i odobrovolji Đuricu.

— Ja ti kaza' da ne znam, a ti sad čini što god hoćeš — odgovara Đurica odsečno, gledajući pisareva konja kako češe glavu o vrljike, za koje beše privezan.

Kmet opet uđe u kuću.

Prođe pola časa. Pisar popuši nekoliko cigara, pa ustade i obiđe svu kuću unaokolo. Iza kuće stajaše neka stara vajatina. On zaviri u nju, pa, videći da je prazna, vrati se natrag. Kad htede da se pojavi iza ćoška, on prethodno napravi značajan izraz lica, kao kad čovek nađe nešto, što je dugo tražio. S takvim izrazom pojavi se pred kućom i pogleda Đuricu, koji ne beše vičan takvoj prepredenosti, pa se izdade. Na licu mu se jasno mogla čitati misao: „Propao sam, našao je!...”

— Hej, kmete, ovamo svi! — viknu pisar.

Iziđoše svi iz kuće.

— Nema tamo ništa. Na drugom je to mestu; sad će nam sam Đurica dohvatiti — reče on smešeći se.

Đurica oborio glavu, pa, čini se, i ne diše. Spopala ga neka drhtavica, pa se samo menja u licu i ćuti kao zaliven. Majka mu, naprotiv, strelja očima i po deseti put pogleda pisara, kao da bi htela zagledati mu u dušu i videti šta misli ovoga trenutka.

— Hajde, Đurica, u vajat — viknu pisar i mahnu glavom na ostale.

Pisar uđe prvi unutra, pa se odmah obrte i uze da posmatra gde će pasti prvi pogled Đuričin; ali ovaj uđe pognute glave i gledaše neprestano u vrh svojih opanaka.

Policajac, onako otprilike, pogleda u jednu stranu krova i reče:

— Ded’, Đurice, dohvati nam!

Da je on bio dobar posmatrač, mogao bi opaziti kako na Đuričinu licu sijnu radostan izraz, koji je mogao značiti: „O, pa on nije našao: mogu se još spasti.” Ali on slušaše Đuričin glasan odgovor:

— Ja ne znam, gospodine, šta hoćeš od mene. Kazao sam ti jednom da ništa ne znam za te stvari, pa sad šta hoćeš još?

Činovnik planu. Iznenadi ga tolika drskost. Bio je uveren u nesumnjivi uspeh, jer je prvi put dobro opazio onu značajnu promenu na Đuričinu licu, kad se on pojavio otud iz vajata. Razmisli se malo, pa se seti da je učinio pogrešku što je pogledao u krov, kad se obratio

Đurici. Naredi te iziđoše svi iz vajata, pa razgleda ceo pod, po kome beše rastureno đubre od živine i stoke. Najedared uzviknu veselo:

— Dajte motiku!

— Marija, gde je motika? — zapita kmet.

— Ne znam, bogme, da li je i doneta iz luke. Onomad je dete tamo kopalo — odgovori baba gledajući u stranu.

Pisar od tog odgovora posta još veseliji.

— Eno motike — viknu pandur, ugledavši držalicu gde viri iz korova.

— Kopaj ovde — reče pisar odlučno i pogleda Đuricu. Razvedri mu se lice, kad vide Đuričin izgled.

Pandur stade kopati i posle nekoliko udaraca uzviknu veselo:

— Daska!

— Lakše sad — reče mu pisar — pazi da opkopaš polako.

Kad digoše malu daščicu, videše da ona poklapa neku veliku mazušku, koja beše puna čarapa i peškira, a na vrhu stajahu taliri i polutaci.

— Ene de! — uzviknu kmet, pogledav novce.

„Propao!... propao!... robija... okovi... Sad odmah okovi... jer on reče „opasna krađa", a Vujo kaže da za to okivaju pre suda... Gvožđe na nogama!..." — pomisli Đurica, i samo mu srce zadrhta od te pomisli.

— Otkud tebi, momče, ove stvari? — zapita policajac, dignuvši na jednom prstu duge niske starinskih novaca.

— Ne znam ja. To su mi zacelo, podmetnuli oni što me mrze kâ krvnika — odgovori Đurica, a oči mu nekako čudnovato sevnuše.

— Bog s tobom, gospodine, zar moje dete!... — poče da nariče baba. — Nemoj duše grešiti, valj'da znaš šta je dete... Pero, po Bogu si brate, ti znaš...

— Mak' se otale, babo, dok nisi zlo prošla! — viknu kmet i izgura je iz vajata, ali ona produži i dalje naricati i prizivati za svedoke celo selo i sve svetitelje.

Za jedan mig Đuricu vezaše panduri konopcem, povadiše sve stvari iz lončine, povezaše ih dobro pa obesiše o Đuričina leđa, a ogrlice uze pisar, savi ih u maramu i metnu u džep.

Odmah zatim pođoše svi k opštinskoj sudnici. Baba Mara zatvori se u kuću i stade kukati iz svega glasa, a Đurica, pognute glave, modra, skoro pocrnela lica, iđaše pred pandurima vezan, noseći na leđima svoje beščašće. Beše toliko pretovaren ovim neočekivanim i teškim udarcima, da je već zanemeo sav, i dušom i telom. Samo mu beše jedna misao u glavi: „Da je samo da me niko ne vidi!..." I razumevajući pod tim „niko" svoje seljane, naročito mu se izdvajaše u pameti jedno lice, čije je mišljenje za njega bilo pretežnije od mišljenja cela sveta.

„Šta li će ona reći kad čuje?... Prezreće me, grdiće kao i svi drugi. Reći će: tako mu i treba!... Nazvaće me lopužom i svakojakim imenima... Eh, lud li sam što se ja o tome sad brinem? Zar nije svejedno: zar me nije i do sad prezirala! Sve je propalo, i mladost, i oni lepi snovi o budućnosti, sve, sve!... Šta da se radi?... Da li da čekam suđenje, pa da se dotle spreme svedoci — Vujo bi sve to lepo udesio — ali šta bi pomoglo, kad su stvari kod mene nađene!... Robija! okovi!... ili... ili šta? ono što Vujo hoće, onaj strašni korak: pušku preko sredine, pa u goru!.. Samo da me niko ne vidi. Ali ako svrate u sudnicu?..." I baš toga trenutka opazi da su udarili onim putem koji vodi pravo k sudnici.

Pred opštinskom kućom ne beše nikoga. Uđoše svi u zasedanje, gde pisar sastavi protokol o svršenom pretresu, koji potpisaše kmet i odbornici. Pisar i kmet ostadoše u zasedanju da se, poverljivo, razgovore o drugim opštinskim poslovima, a ostali, zajedno sa Đuricom, iziđoše pred sudnicu i polegaše na meku zelenu travu.

— ’Natema vas bilo, kako doznaste za ovo tako brzo? — zapita kmet ljubopitno, čim ostadoše njih dvojica sami.

— Ni ja ne znam sve, samo to: da je kapetan dobio pismo, u kome mu je dostavljeno za Đuricu; a za druge učesnike ne znamo još ništa. No sad je lako. Ovaj će prokazati ostale.

— Hm, bogme ćete imati muku sa njim. Ne znaš ga kakav je paksijan... Mučno da će on što odati.

— He — odgovori pisar — imamo mi pouzdan lek za to — i nasmeši se značajno.

Kmet razvuče vilice u širok glup osmeh i, kao da je za taj slučaj potrebno i njegovo mnjenje, odgovori:

— Ako će, ako će; to baš i ja velim. Šta tu njega, „šule-mile”, no pritegni psa, pa nek pucaju kosti... E ja...

Pisar okrete razgovor na druge stvari i, svršivši što je imao, iziđe pred sudnicu. On i panduri za časak pojahaše konje, uzeše Đuricu preda se i odoše k sreskom mestu.

Prvi put u životu Đurica se nađe u zatvoru, „lišen slobode", kako vele pravnici. Kad škripnu za njim brava, on u onoj polutami nađe slamu, na kojoj mu je valjalo boraviti i provoditi duge dane i noći, pa se onako umoran, namučen, razbijen duševno spusti na nju i duboko huknu. Ovoga trenutka samo jedno jedino osećanje beše mu prijatno: što su mu sad ruke slobodne. Uvodeći ga u zatvor, odrešiše mu ruke, kojima u prvi mah ne mogaše ni maknuti — osećaše jake bolove više lakata. Ali ipak to nije ništa prema onome, kako se osećao, dok mu ruke behu vezane. O, sad tek razume šta znače ruke za čoveka, sad tek poima njihovu pravu dragocenu vrednost.

Odmarajući se na slami, stade da razgleda svoju „kuću neobičnu", ali u mraku, koji vladaše oko njega — i ako je bilo tek podne — ne mogaše skoro ništa raspoznati. Kapci, na jedinom prozorčiću, behu zaklopljeni, i samo nekoliko sjajnih zrakova prodirahu kroz pukotine stara drveta. To mu behu jedini glasnici dana, koji vladaše napolju srećnome svetu. Kako su mili i dragi sužnju ovi retki i neobični za tamnicu darovi sjajna sunca!...

Ovi zraci podsetiše ga da razmisli o položaju svoje apsane. Ustade sa slame, pođe k prozoru, koji beše viši od njegove glave i — o sreće! — do ušiju mu dopre zvrjanje kočija od one strane, na kojoj beše prozor. — „Dakle to su one apsane sa ulice, a ova moja, to je ona na uglu, jer samo je taj jedan prozor zazidan više od polovine. To znam dobro, zapazio sam toliko puta..." Čitav svet nade jurnu mu u dušu i pade na srce kao melem na ljutu ranu, a otud mu se razli neka slatka, vazdušasta toplina po celome telu. Oči mu u onoj pomrčini zasjaše neobičnim sjajem i on, gotovo nesvesno, pod uticajem ovoga lepog osećanja, pođe bliže k prozoru i stade da razgleda ne bi li se mogao popeti gore. Odmah naiđe na neki podmetač, koji su sigurno njegovi prethodnici, radi istoga cilja, tu namestili. Pope se na njega i oseti se kao da je napolju. Pored kuće ne prolažaše niko, ali se lepo čuo razgovor s leve strane, od Jankove kafane, koja je odmah do sreske kuće.

— Valjda nećete biti tako bezdušni, gospodin-Pero, i odreći nam tu veliku čast, da progutate u poštenoj kompaniji jedno pištoljče — čuo se glas od kafane, u kome Đurica odmah poznade govorljivog i besposlenog apotekara.

— Batali, čoveče, sav sam gola voda. Idem da vidim je li žena što spremila za ručak — odgovori drugi, za koga nije bilo sumnje da je Pera pisar.

— Zar su te tako počastili Maskarci, bolan? — reče neki nepoznati.

— U stanju smo umiriti vašu veliku brigu o ručku, jer smo bili očevici, kad je gospođica kuvarica vašega doma nosila ovome Miti Strižibrku dva guščeta na zaklanje, a miledi Soja baš sad posla pandura u Tanasijevu bašču za salatu. Dakle, prijatelju, kucnimo se! — iščita apotekar čitavu deklamaciju.

— Ej, Tanasijo, pošlji mi dvaeset para jalovu papriku — viknu Mitko aščija, preko od kancelarije.

„Ala žive ova gospoda! — pomisli Đurica u sebi — samo jedu i piju, a ništa ne rade", i tu se seti da od juče nije ništa okusio. „Da li će mi doneti hleba i vode?" — zapita se, računajući da mu danas neće ništa dati. „Da sam se bar setio da ponesem što od kuće; no svejedno, danas mogu i gladovati." I tu se tek, kad pomenu to „danas", opomenu svih nevolja što ga snađoše, i bi mu čudno što se, pored svega toga, seća jela. „Što ti je čovek — produži misliti — sve... sve, ali bez hleba nikud!...”

— Hajde... pade riba skoči meso; potrčite mušterije, razgrabiše ljudi! Oh, što je masno-o-o! — povika Mitko, lupajući nožem o panj.

— Daj prečnjake ovamo! — viknu neko ispred kafane.

— Molim, ja sam se pre abonovao — odgovori apotekar.

— Dajte pandure, poklaše se neki oko jagnjećih nogu — opet se ču glas onoga nepoznatoga.

— Molićemo, ovo su prečnjaci, a noge se bacaju takvima — odgovori mu apotekar.

„To ću ja odistine da gladujem danas... O, brate, da mi je samo komad hleba... — pomisli Đurica opet. — Vala neću sad lupati, pa makar crkô... Mrzi me da gledam očima pandure... Kako bi bilo da spavam?... Jes’, ko će ti sad zaspati!” Postoja još malo na svome prozorčiću, pa, kad vide da niko ne prolazi, a i noge ga zaboleše, siđe i ode opet na slamu. Sednuvši na mestu, stade preturati slamu i osluškivati neće li se opet što čuti spolja. Uostalom on se i ne nadaše da što čuje, ali mu je bilo veoma potrebno da se ma čim zabavi, da nađe ma kakva posla umu, samo da ne misli o onome što je od jutros preko glave preturio. Sve, što se ticalo toga, stajaše iza njega kao kakvo crno strašilo, koje je gotovo da ga svakoga trenutka u svoje kandže dočepa. A on izbegavaše svaku pomisao, koja bi ga na to podsetila, i ako osećaše posledice toga neprestano i oko sebe i na sebi samom. Tek beše mu stalo do toga, da ovo sadašnje raspoloženje, ovo „neticanje ničega” produži što više može.

U takvoj tišini, u toj zatupljenoj ukočenoj samoći, ne misleći i ne osećajući ništa, provede nekoliko dugih časova. Sunce udaraše gotovo horizontalno u kapke na prozoru, na ulici se narod živo kretaše, zvrjanje kola i topot konjskih nogu čuo se svakoga trenutka, a on neprestano seđaše u svom kutu nepomičan, ukočen, sav udubljen u svoje nemo, dugo ćutanje. Nijedne misli, nijednoga pokreta!...

Najedared, usred toga grobnoga ćutanja, nešto oko brave na vratima zaklopara i vrata se otvoriše naglo. Da je grom udario usred apsane, čini mu se ne bi se tako iznenadio ni tako detinjski uplašio, kao što se uplaši od ovog običnog otvaranja vrata, usred neme i dugotrajne tišine, kojoj se beše sav predao. Istoga trenutka, kad se vrata počeše otvarati, on skoči kao elektrisan i stade nasred apsane, blenući uzvereno i plašljivo u lice apsandžino, koji ga, vičnim okom, ljubopitno posmatraše. Poznade glavnog apsandžiju Radisava, s kojim je nekoliko puta pio po kafanama, ali mu se sad on učini strašniji od samoga đavola. Naročito mu pade u oči ono lukavo žmirkanje malih i sjajnih Radisavljevih očiju, koje ćuteći, ali veoma rečito govorahu: „A, lijo, tu li smo!...”

Radisav ga pogleda onako uzverena i, valjda radi većeg efekta, zvecnu ključevima; zatim mu se odjednom nabraše obrve, pa viknu zapovednički i grubo:

— Izlazi!

„Bolje što se čini nevešt starom poznanstvu, sad mi je to lakše i zgodnije... baš ga ne bih mogao pogledati, a već posle... lako ćemo...” — pomisli Đurica i poslušno, pognute glave, iziđe u hodnik, gde ga dočeka drugi pandur i odvede pravo u kancelariju.

Za zelenim stolom seđaše sam kapetan, a uz jednu policu, pretrpanu svežnjevima hartija, stajaše pisar Mita i razgledaše neka akta. Čim kapetan progovori, on se osvrte i priđe k stolu.

Kad uđe Đurica, kapetan ga pogleda oštro, ali se iza te oštrine ne mogaše sakriti i ona obična radoznalost, sa kojom prvi put posmatramo svakoga čoveka, za koga nam se kaže da je zlikovac.

— Šta si ti, more, počinio tamo u Trbušnici? — progovori kapetan, čim Đurica stade.

„Hvala Bogu!” — pomisli Đurica. On se plašio samo toga prvoga pitanja, strahovao je samo od početka; a kad vide da mu samo pitanje stavlja na raspoloženje povoljan odgovor, on dođe k sebi i, pogledavši kapetana pravo u oči, odgovori odlučno:

— Ne znam, gospodine!... Šta su oni namislili sa mnom — Bog zna, a gre'ota je siroma'u čoveku 'vako podmetati — i ovaj mu se odgovor tako dopade, da već poče i sam verovati u istinitost njegovu.

Kapetan se jetko nasmeši, kao čovek koji neprestano sluša ovakve odgovore od svih pravih krivaca, te uviđa, da za ovaj mah ne može što drugo ni očekivati.

— A šta ćeš reći na ispitu za stvari, koje su kod tebe nađene? I to su ti, valjada, podmetnuli?

— Ne znam, gospodine...

— Dobro, dobro... — prekide ga kapetan — sad ti to i ne tražim. Zvao sam te samo da ti kažem: sutra će doći Trbušničani da poznadu svoje stvari, i ti ćeš odmah u okove. Tvoje mi priznanje ne treba ništa, ali mi moraš kazati, s kim si izvršio poharu. Noćas se dobro promisli... Ali ne zaboravi da mi ovde imamo takve majstorije, od kojih i mutavi progovore... — završi kapetan, i tako se značajno osmehnu, da Đurica oseti kako mu se koža pod košuljom nabira.

— Vodi ga! — viknu kapetan panduru i diže se od stola.

Kao u nekom bunilu i zanosu Đurica prođe kroz vrata, kroz duge hodnike na gornjem, pa zatim na donjem spratu i, ne progovorivši ni reči, uđe u apsanu i pade na slamu.

— Ovde je krčag s vodom i hleb, a onde u ćošku lončina — objasni mu pandur, pa iziđe i zabravi vrata.

Ovo poslednje objašnjenje kao da nije ni bilo potrebno, jer čim uđe u apsu, Đurica oseti strašan smrad, od koga mu pođoše suze iz očiju.

Zbunjen, uplašen, iznenađen svim ovim što se sa njim dogodilo, Đurica ni u prvo vreme pa ni docnije ne znađaše šta da misli, niti beše u mogućnosti da ma kakav pravac da svojim mislima. Čas se sećao sela, svoje kuće i svega onoga što mu beše tamo najmilije; čas stane da misli o onim strašnim majstorijama, koje mu kapetan napomenu i o kojima mu je Vujo tako mnogo, baš kao naročito, pričao, ali na toj se misli ne zaustavlja dugo, ona mu je teška ubija mu svako drugo osećanje, izazivajući užasan strah. I usred tih misli on se seti hleba, zgrabi ga i poče žudno jesti, ne toliko zbog gladi, koliko radi želje da otera od sebe misli, da se zabavi jelom, dok mu ne padne kakva druga misao na um.

Ali i sam je dobro znao da u ovakvu stanju i za ovakve stvari on ne može nikad ništa smisliti. I do sada je drugi za njega mislio, najpre otac mu, pa posle Vujo, a on je umeo samo izvršiti, ono što mu se kaže. I ovu poharu izvršio je po planu i nagovoru Vujovu, ali nije ni sanjao da će ovakve posledice nastupiti. Istina, dok se odlučivao, on je pomišljao na sve, pa i na gore, ali je sve to drukčije izgledalo onda, dok se pomišljalo. Sad, kad se našao pred stvarnošću, izgubio se sav. Samo zna jedno: da je mogao unapred osetiti sve ovo što je danas preživeo i što sad oseća — ne bi se nikad odlučio na takav korak.

Ali, nesrećom svojom, Đurica još mnoge stvari nije znao. On nije znao da je Vujo, odmah posle izvršene pohare, nekim naročitim, samo njemu poznatim načinom, stavio do znanja kapetanu, da su poharane stvari kod Đurice. Nije znao da je to Vujo učinio iz računa: da navuče mladića na veliku krivicu, pa onda da ga strahom prinudi, da se odmetne u goru. A posle već — Vujo zna kako se komanduje tuđom glavom...

Đurica je sad znao samo jedno: da mu se Vujo mora, kakvim bilo načinom, javiti i dati mu saveta, šta da čini dalje. Vujo će za njega smisliti ma kakav izlaz, on je u to uveren, kao u sebe samoga. A zna dobro da će to biti jedini izlaz, da ga mora primiti bez razmišljanja, bez pogovora; jer on sam ne može ništa smisliti, a dobro uviđa da je bez pomoći Vujove propao. Ostaje mu, dakle, samo da čeka. Zbog toga je i izbegavao misli o svome položaju, one su mu i inače bile teške, a u ovoj neizvesnosti još teže.

— O, ala ovo smrdi užasno! — reče poluglasno, pošto se napi vode iz krčaga.

Pogledavši na onu stranu, gde je bio prozor, Đurica opazi da nema više onih zrakova od sunca. Da bi bar koliko izbegao ovaj nesnosni zadah i da bi doznao šta se radi na ulici, pope se opet na prozor. U onim pukotinama, kroz koje mu danas dopirahu zraci, beše tamno kao i u njegovoj apsani.

„Smrklo se, mora biti” — reče u sebi i stade da sluša prolazi li narod ulicom. Ne prođe niko, samo se otud od kafane čujaše razgovor, ali se moglo odmah opaziti da je malo sveta pred kafanom.

„Pa to je već prava noć” — pomisli on, i neko čudno, zagonetno nadanje ispuni mu dušu.

Stade da čeka još, ali prolaznici behu vrlo retki, a razgovora pred kafanom sasvim nestade. Siđe opet na svoju slamu i sav se predade dugom, upornom ćutanju, bez jedne misli... Tako mu prolažahu dugi, beskrajni časovi u ćutanju, te je već izgubio svaki približan račun o vremenu...

Najedared začu se tiho, kao san, kao sa drugoga sveta, kucanje o kapak na prozoru. Đurica se prenu. Čitava bura osećanja probudi se u njemu, i za jedan mig beše na prozoru. Stade da sluša, ugušujući svoje rođeno disanje, ali mu u ušima nastupi čitava svirka od zujanja, sve po taktu, na prekide, te stade očajavati da ne zagluhne. Beše zinuo i sav se pretvorio u sluh, kad se kucanje opet ponovi. Sad je, čini mu se, osećao prisustvo čovečje s one strane kapka. Polako, tresući rukom, odgovori na kucanje. Kapak lagano škripnu, i Đurica oseti da je otvoren. Zatim stade neka ruka da šuška oko prozora, koji je namešten spolja, iza gvozdene rešetke. Prozor se lagano i oprezno otvori. Struja svežega, hladnoga noćnoga vazduha pojuri kroz otvor, pravo na njega, i on udahnu svom snagom pune grudi ovoga divnoga vazduha.

— Đurica! — začu se otud glas, koji ga potrese svega, jer poznade čiji je.

— Ča-Vujo, ja sam... — prošapta on, dršćući kao u groznici, i nasloni lice na rešetku. Behu se obojica tako primakli, da su mogli čuti jedan drugom disanje.

— Kamo se, po Bogu si?... poludeh od muke — reče on.

— E, sinovče, na muci se poznaju junaci... Nije to šala... Šta je bilo: jesu li te pozivali gore?

— Ja, pa mi reče da sutra moram sve kazati. Inače, veli, ima neke majstorije.

— Hoće, hoće poganac, znam ja njega... Svaku će žilu da istegne, svako parče mesa da prebije, pa posle ne valjaš ni Bogu ni đavolu... Dušu će da izvadi, a život da ostavi, ja kako...

— Ne govori tako, ako znaš za nevolju, jer poludeh od muke; no reci mi šta bi ovo od mene, ko to prokaza? I šta da radim sad?

— Još nisam to doznao, ali sam namestio moje zamke, i za dva-tri dana doznaću ko nas potkaza. Ako bude neko od onih, neće mu se, beli, više odžak pušiti.

— Zar od onih što su sa mnom...

— Ne znam, ali ko može drugi?... No već to je bilo i prošlo, ali šta ćemo sad?

— Pa ja pogiboh, brate, misleći, ali znaš da bez tebe ne mogu ništa. Čekô sam te kô ozebô sunce, pa sad što mi ti kažeš, tako će i biti.

— Ono znaš... muka je to. Stvari su kod tebe nađene, tu ti ne pomože niko. Ali te oni neće ostaviti, dok ne izdaš ostale, a to ne smeš učiniti — odgovori Vujo takvim glasom, od koga Đurica zadrhta.

— More, to se zna... kakvo izdavanje! Ali ko će 'nake muke podneti?

— Ti ih nemoj podnositi, ko te goni da ih trpiš...

— Kako... ja šta ću?

— Hajde u goru.

Đuricu udari kao munja po srcu. Sve do sad smatrao je tu misao nekako onako, kao i svaku misao, koja je daleko od dela. Ona mu je neprestano stajala pred očima kao neka crna tačkica u daljini, kojom se on samo zabavljao, ali eto, sad mu se „tačkica" približi munjevitom brzinom i, kao neko čudovište, obuhvati ga svega, steže ga grozno, ne ostavljajući mu vremena za razmišljanje.

— Da se odmetnem? — prošapta on kao za sebe. — Ali i tamo me čeka kuršum.

— A ti čekaj tu, pa trpi. Ako izdaš, čeka te konopac ili otrov; ako ne izdaš, čeka te duga robija u teškom okovu i sva ona čuda i muke, o kojima sam ti pričao. A ja mislim, bolja ti je sloboda ovamo, pa bar dok živiš, da živiš carski.

— Znam, ali će i tamo da ubiju.

— The... ja mislim jednom se mre. A ja ti glavu dajem, kao što sam ti i pre govorio, da ću te čuvati, dok god sam živ. Posle već, kad nakupiš para, možeš kud hoćeš.

— A kako da iziđem odavde?

— To je moja briga, samo ti kaži.

Đurica nasloni glavu na hladno gvožđe i uzdahnu očajno. „Dakle baš da se hajdukuje?" — poče da misli. „A mladost?... a budućnost?... Sve se ruši, svega nestade; odoše, kâ prah i pepeo, oni lepi snovi mladosti." Kako je on lepo zamišljao svoju budućnost!... Ali našto se sad sećati svega toga, kad je sve prošlo... I zar se mogao čemu boljem nadati, zar je mogao u onoj sirotinji očekivati kakvu sjajnu sreću? Jad i nemaština bili bi mu večiti drugovi... A ovako, zar je bolje?... O, teško li je to!... I baš se mora, baš nema drugog izlaza, do u goru? Nema, jamačno nema. — Kad to kaže ča-Vujo, onda mora biti tako; on je, jamačno, dobro promislio. Ali zašto tako odmah, zašto nema mogućnosti da se spremi za to, da razmišlja dugo, da učini bar kakvu veću krivicu, pa da zna zašto se odmeće. A ovako ni zbog čega!... Jest, ali sutra počinje ispit, a na noć — ono...

— Sinovče, govori! — poče Vujo, pošto ga je naročito pustio da malo promisli pod utiscima one plašnje. — Ja moram sad znati na čemu smo, treba do zore da posvršavam sa ljudima.

— Pa... kad nije drukče, ono... neka bude tako! — prošapta Đurica zbunjeno.

— Neću tako, no kaži odsečno, da znam!

— Pa vidiš, valjad', da pristajem... moram!

— Dakle, sigurno?

— Sigurno!

— E, daj ruku!

Đurica pruži svoju hladnu kao led ruku, koju Vujo dohvati i steže svojim koštunjavim prstima.

— Neka ti je srećna druga majka, gora zelena! A sad odmah lezi pa spavaj, ne misli ni o čemu. Ako udesim da noćas vršimo posao, probudićemo te lako. Gledaću, ako pristane Radisav, da ne provaljujemo zid...

— Koji Radisav? — prekide ga Đurica.

— Tvoj apsandžija, znaš ga valjad'?

— Kako, zar je on...

— He, moj sinovče, zar bi ti sad bio u toj apsani sa sokaka, da mi nije njega. Ti misliš ja se šalim, kad što radim. Hajde ti spavaj, a ja odoh da vršim posao.

Sviće zora. Po celoj varošici, kroz koju krivuda, tiho žromboreći, malena rečica, nadvila se bela vlažna magla, te zaogrnula svojim lakim pokrivalom celu onu dolinu, kojom se, u dužinu, pružila glavna i jedina varoška ulica. Petlovi ućutaše, posle duge jutarnje dernjave, i još se zadržavahu na granama, protežući ustojane noge i krila, ili opružajući šiju k zemlji, kao da se željahu uveriti: nije li se noćas što god na zemlji promenilo. Poneka vrata zaškripe, poneki točak na bunaru zaklopara: to bunovni i sanjivi šegrti spremaju vodu za ljute gazdarice, koje se još pomalo protezahu po dušeku pored gojazna i flegmatična gospodara. Fenjeri pred kafanama sumorno škilje, kao duša u jektičava starca. Otvori se poneki prozor, na kome se pojavi troma i sanjiva glava sa neobično debelom rukom iza potiljka. Sa planine pirka studen, oštar povetarac. Varoš se budi...

Otvoriše se vrata na sreskoj kući i na njima se pojavi Radisav. Stade leno pred vratima, zavuče ruku u nedra i počeša se, kao čovek, koji je svu noć proveo u duboku snu. Otvori se i jedan prozor na gornjem spratu, iz pandurske sobe, i na njemu se pojavi drugi, bunovan pandur. Pogledavši na ulicu on se počeša po glavi, zevnu dobro i obrte se Radisavu, koji još stajaše pred vratima sa ulice.

— Ma viđider, Rade, 'vamo pod prozorima. Nešto mi se noćas jednako pričinjavaše neka lupnjava.

— A-a-a-a... — zevnu Radisav i pogleda ga sanjivo. — Đe veliš?

— Pa viđi 'vamo, bolan. Znam ti ja sad đe je!

Radisav pođe tromo i, bacivši pogled dužinom zida, odjedared zastade i uzviknu:

— Ene de, provaljen zid!...

— Šta veliš, more? — viknu onaj s prozora.

— Zovi ljude, budi kapetana! — viknu Radisav i stade da trči tamo i amo pored zida, ne znajući da li da uđe unutra ili da stoji napolju.

Za jedan trenutak uzbuni se cela sreska kuća. Panduri poizletaše, kako se koji našao u to vreme: neko bosonog, neko sa jednom obuvenom a jednom bosom nogom, neko đipio pravo s kreveta, pa onako neobučen umešao se u gomilu. Istrča i kapetan sanjiv, s ogrnutim kaputom preko leđa i papučama na bosim nogama. Stadoše da se kupe, najpre jedan po jedan, a posle gomilama, radoznali i bunovni građani. Sakupi se veliki zbor pred kancelarijom. Kapetan razgleda provaljeno mesto; rupa beše mala: izgledaše da se ne može kroz nju ni glava provući. Ljudi se čude, zevajući i protežući se.

— Zato meni sinoć peva levo uvo — veli Mirko dućandžija — okupilo jednako: ciju... ciju... cini... Vidim ja da će biti nešto, pa velim mojoj Kruni: „More čućemo neki glas.” „Jok, veli ona, kad predveče peva, ne računa se.” Aja, što ja znam, to mora biti.

— Vala i meni se nešto predskazivala neka graja — nastavlja Mirkov sused, Cvetko opančar — jednako mi sepija pucka: okreni ovako, ona — cak! okreni s druge strane, opet — cak! O, veru mu, mislim se ja...

— A ja sam po psima poznao da nečega ima — dodaje Kosta abadžija. — Svu noć prelajaše, zemlju grizu. Vidim ja da to nije tek 'nako...

— Kako se provuče, slava ga ubila, 'naki čovek kâ tresak! Rekô bih ni pesnica mu ne bi mogla ovuđ' proći.

— Ja, more. Da nisu ovi ljudi pregledali apsu, čisto ne bih verovao da je izišao.

— Šta ćeš je pregledati sad — odgovori Radisav. On je već u drugom okrugu.

— Zar vi niste zagledali u apsu? — viknu kapetan.

— Šta je vajde... — poče Radisav da se pravda, ali ga prekide stotina glasova:

— Nisu još gledali apsu! Nisu otvarali! Pa on je, bolan, još u apsu...

— Dete se ne bi moglo ovuda provući!

— Otvaraj! — viknu kapetan, i sva se ona gomila krete za njim k vratima apsanskim.

Radisav otključa bravu i otvori vrata širom. Kroz onu rupu prodiraše svetlost unutra, te se odmah, na prvi pogled, moglo videti da je apsana prazna. Pred rupom iznutra ne beše nijedne ciglje, nijednoga većega parčeta od zida. Bilo je jasno svakome, da su drugi, spolja, zid provalili, da ih je moralo biti više i da je to veoma ozbiljna stvar.

Kapetan odmah pojmi, da se, ovim korakom, Đurica odmetnuo, ali mu beše veoma zagonetno, zašto se morao provaljivati zid, kad Đurica nije još bio okovan i imao je dovoljno mogućnosti da pobegne, kad se već odlučio da bega. Iz toga, što su drugi provalili zid, te izveli Đuricu, on odmah zaključi, da će imati posla sa velikom, organizovanom družinom, kojoj je do sad bio potreban javan odmetnik od zakona, i ona ga je našla u Đurici. Ali opet, zašto da provaljuju zid? To beše velika zagonetka, koju kad bi odgonenuo, pohvatao bi sve konce u svoje ruke. Ali onaj što je zagonenuo, nije pružio dovoljno materijala za odgonetanje.

Kapetan ode sa pisarima u kancelariju, pa uze odmah da sastavlja izveše načelniku, a pisari stadoše žurno pisati naredbe klenovičkoj opštini, iz koje je Đurica, i svima okolnim opštinama: „da Đuricu Dražovića u svome domašaju potraže, uhvate, i pod jakom stražom, dobro vezana, amo sprovedu". Panduri već behu useli na konje, i, kako im se predadoše naredbe, odjuriše trkom.

Pred onom rupom okupila se cela varoš, pa se domišlja kako se to sve moglo desiti, i ako je skoro svaki od njih dobro znao čoveka, koji je to izvršio. Tom prilikom zapodenu se zanimljiv spor između Marka kovača i jednoga debeloga terzije.

— More kakva pesnica, šta ti govoriš! Ja ću sad da se provučem ovuda — viknu Marko.

— Ni glava ti, brajko, ne može proći — odgovara terzija.

— Koliko daš, de?

— Šta da dam?... Znam da ne možeš.

— Hoće da se klade! Bravos, Marko! — povikaše radoznali gledaoci.

— Ja hoću, eto, al' on neće za opkladu.

— Što da neću, ko to kaže? — oduševi se terzija. — Eto, de za kafu!

— Čuvajte se, gospodar-Mito, da na tako ogromnoj berzanskoj špekulaciji ne stradate. Može vam se otvoriti stecište zbog te kafe — uzviknu apotekar, a njegovi slušaoci da popucaju od smeha takvoj dosetki.

— Pa dobro, de, kladi se ti — odgovori mu gazda Mita. — A ja, naposletku, pristajem za oku vina.

— Pristajem! — viknu Marko i pruži ruku.

Pošto se rukovaše, Marko leže pred rupu, pruži jednu ruku pravo napred i na nju metnu glavu, a drugu ruku pruži niza se. Maknu nogama jedared, dvared... i dok si trenuo, nestade ga, provuče se kroz rupu. Nastade neobična graja. Iziđe kapetan, pa kad mu kazaše šta učini Marko, i on se zainteresova, pa pozva kovača da opet, istim načinom, iziđe iz apsa. Marko se provuče opet.

Zborisanje se produži, dok sunce dobro ne ugreja, te opomenu dućandžije da radnje još nisu otvorene. Ovaj veliki skup razbi se u sitne gomilice, koje produžiše i dalje da većaju o jutrošnjem događaju, ali sad već mnogo slobodnije i otvorenije, no na skupu...

A Đurica, pretrčavši s Vujom (ostali pomagači raziđoše se na razne strane) preko ulice i potoka, dohvati se šume, pa se u njoj oseti onako isto, kao riba kad se sa vrela peska vrati u vodu... Kad se odmakoše podosta, Vujo ga zaustavi.

— E, sad moramo da se podvojimo: ja ću sad levo, dolinom i potesom, a ti hajde tako pravo, dok ne iziđeš na samu kosu; onda okreni sve kosom pravo mojoj kući, ali žuri što više možeš, i gledaj da te ni ptice ne opaze.

— Zar nije sigurnije da ostanem u šumi. Mogao bih za dva tri časa otići do Rudnika?...

— Tako i zečevi rade kô ti, a lisica pametnija, pa se zavlači u jazbinu, čim oseti opasnost... Kuća ti je sad najsigurnija, a posle, ja ti nisam ni kazô... imam ja u mojoj kući dobre zgode... Hajd' sad, pa žuri.

Đurica okrete u šumu, ali čim se toliko odmače od Vuja, da ga nije mogao čuti ni videti, odjednom uđe u njega neopisani strah: stade da preza od svakoga suvarka i panja, stade da dršće od šuštanja suha lišća, koje postaje od njegova trčanja, postade kao prava zverka koja se spasava od velike hajke. Varaše ga kucanje rođenoga srca ili pištanje uha. Odjedared zastane bled kao smrt, stane da sluša s napregnutom pažnjom: učini mu se da tu negde u blizini zasvira truba, ali baš prava vojnička truba, samo malo tanjega glasa. Posluša trenutak drugi i najzad opazi da mu uho pišti. Stane da se ljuti na sebe sama, ali nema kad — preče ga misli sad zanimaju. Sve mu se čini da će sad, ama baš ovoga trenutka, da plane puška iza koga žbuna, i on već počinje unapred osećati kako kuršum zviždi i uleće u njega. Posle mu se čini da lepo vidi žandarme i pandure na konjima kako verugaju kroz gusto žbunje, pa zastane preplašen; pogleda svud oko sebe, pa, videvši da ga obmanjuje rođeni strah, potrči napred što više može.

„Ja crna života, majko moja!" — pomisli u sebi i odmah se postara da uguši takvu misao, koja mu oduzima i poslednju kap prisustva duha.

„Znam ja što je to" — produži da misli dalje, trčeći i žureći se — „jer sam golih ruku, pa još 'nako namučen i umoren. Ali samo dok se dokopam puške i dobra oružja... Ovako, brate, šta ćeš s golom dušom... kâ i svaki zec!..."

U takvu stanju, posle neprekidnoga jurenja celoga časa, stiže Vujovoj kući, jedva živ. Kao van sebe pade u jedan ugao i stade da diše jako i ubrzano, kao da će sad izdahnuti. Domaćica Vujova, videvši ga ovakova, ne iznenadi se, jer je, za duga veka, dosta ovakvih prizora gledala. Ona samo mahnu glavom u stranu i još više nabra svoje zbrčkane krajeve oko usta, a sitne joj zelenkaste oči planuše za časak, iskazujući neku lukavu prepredenost.

Pogledavši mladića, baba se naže nad vedricu, zahvati vode u vrg i ponudi ga:

— Na, srkni malo da dođeš sebi; biće ti lakše odma'... Ej, jadniče, kako si se namučio!

Đurica se žudno dohvati vrga, i da mu baba na polovini ne odujmi, iskapio bi sve. Voda ga doista oporavi, te odmah diže glavu i plašljivo zapita:

— Kamo Vuja?

— Sad će on doći, ne brini ti. Skloni se u sobu, dok on ne dođe.

Đurica se diže, ali se jedva održa na nogama, koje klecahu i povijahu se od umora i slabosti. Ušavši u sobu, leže na drvenu postelju i zažmuri. Da se sad okrenu sto pušaka na njega, čini mu se ne bi se digao sa meke slame, koja prijatno šuškaše i ugibaše se pod teretom njegova tela. Tako proleža bez jedne misli i bez pokreta, dok ne dođe Vujo.

— Ha, sinovče, dobro si se požurio! Tako, brate, tako treba — reče mu Vujo, kad uđe u sobu.

— Jedva živ dođoh — odgovori Đurica slabim glasom — no sklanjaj me sad, ako imaš gde.

Na severnoj strani sobe, u kojoj ležaše Đurica, beše pomanji prozor, olepljen, umesto stakleta, debelom hartijom, pendžerlijom. Vuja priđe k prozoru, odmače dugačku klupu sa naslonom, koja zaklanjaše polovinu prozora, pa izvadi ceo ram sa hartijom. Ali umesto polja i šume, što bi svaki očekivao da vidi iza ovoga prozorčeta, ukaza se neko malo, usko, a dugačko odeljenje, na kome beše samo jedan, ovakav isti prozor, kao i ovaj iznutra. Ko nije posvećen u tajnu, nikad ne bi mogao ni pomisliti, da iza ovoga duvara ima još kakvo odeljenje. — Gledajući spolja, vidi se nasred duvara prozorče olepljeno hartijom; kad se uđe u sobu, vidi se na istom mestu to isto prozorče, a nikom ne može pasti na um, da su to dva prozorčića, između kojih ima dobre zgode za prikrivanje svakojakih ljudi i stvari.

— Ovamo, sinovče, pa se odmaraj koliko ti duša hoće — reče Vujo, dižući ram sa hartijom.

Đurica ga pogleda začuđeno. „Šta će to sad — pomisli u sebi — da skačem kroz prozor napolje?" Ali kad ustade s postelje i ugleda kroz onu rupu drugo prozorče, začudi se veoma.

— Ene de, otkud ti to?... E jesi majstor!... Ko bi se toga setio...

— Kažem ja tebi da kod čiče ima svake zgode. Istina, ovo je manje od one tvoje apsane, ali će se tu naći lepših stvari no u apsani. Hajde, provlači se.

Đurica se provuče i stade na gotovu meku postelju, pa uze da razgleda oko sebe. Odmah mu pade u oči lepa dvocevka ostraguša i do nje druga nekakva jednocevka, koju odmah poznade da je ostraguša. Obe stajahu naslonjene uz duvar, a po zidu behu izvešani revolveri, fišeklije za pojas i za nošenje preko ramena, noževi, pištolji i još mnoge stvari, kojima Đurica ne znađaše namene.

— Eto ti oružja; sve je puno i sigurno, kao duša hajdučka. Lezi sad, te se dobro odmori, pa ćemo se posle založiti i razgovarati.

Posle nekoliko dana osvanuše na opštinskoj sudnici i na vratima Đuričine kuće prilepljene naredbe državne vlasti, u kojima se Đurica poziva, da se u roku od tri dana preda vlasti, inače će se oglasiti za hajduka.

Seljane obuze velika radoznalost. Skupljahu se u gomilice, te pretresahu ovaj događaj i domišljahu se gde može sad biti Đurica.

— Sad je on, moj brate, čak u desetom okrugu. Sklonili su njega dobro... — veli jedan Đuričin sused.

— More, šta ti govoriš? — Deca mi sinoć kažu, kad dognaše stoku, da su ga videla u Pašinim livadama. Bele se, vele, na njemu košulje kâ sneg, a pušku nosi 'vako preko ruke i obrće se na sve strane.

— Biće to koji drugi, a on sad ne sme nosa pomoliti, dok ne sastavi društvo.

— Jok, more, deca ga poznaju... poznaju ga deca, kad ti kažem.

— Sad će ucena, sto dukata! — veli jedan kadrovac.

— Da li će baš stotina?

— Spremi se da ih dobiješ. Baš te traži Vujo iz Brezovca! — prekide ga oporo onaj Đuričin sused.

Svi ućutaše, osećajući nezgodu, u koju ih dovede, svojim nesmišljenim govorom o uceni, onaj doskorašnji vojnik.

— Mi moramo leđa uz duvar — poče jedan čiča. — On neće dosađivati našem selu, a mi mu moramo biti na ruci. Nije to šala bolan: metnuo čovek glavu u torbu! Ne smeš ga darnuti, kâ u oko.

— Vala i jeste junak, jadi ga ubili, da mu ravna nema.

— More čuće za njega sva Srbija, ja ti kažem.

...A na velikom studencu sabrale se devojke, pa ćeretaju i pričaju jedna drugoj novosti, za koje se znalo. Među njima beše i Stanka. Ona se namestila na drveno korito za pojenje stoke, podmetula ruku pod točak, pa gleda kako se razbija vodeni mlaz u sitne kapljice, koje pršteći padahu unaokolo.

— Čuste li za Đuricu? — reče jedna.

— Ja, bolan; on baš ode u hajduke.

— Šta kažeš? — viknu Stanka, trgnuvši ruku ispod mlaza.

— Zar nisi čula: Đurica pobegô u goru, pa ga sad javio kapetan opštini da je hajduk.

Stanku veoma iznenadi ovaj glas. „Đurica — hajduk! Kako to može biti?" — pomisli ona. Pre dve nedelje su zajedno na mobi kopali, i ništa; on — kâ i svaki seljak — kopa dobro, igra u kolu... samo se, istina, manje šali od ostalih. Ali opet...

— Kako to hajduk?... Zašto su ga tako načinili, kad nije još nikoga ubio? — zapita ona radoznalo.

— Pa... pobegô od vlasti, otišô u goru, pa tamo, kažu, ne verma ni zakone ni vlast; on ti je i vlast i zakon, pa to ti je — objasni joj kći jednog odbornika.

— Hm, opet to nije... Neka ga nek ide u goru, što se to koga tiče? Nek živi tamo, ako ima šta jesti, samo neka nikoga ne dira. A dok on koga ne dirne, ne sme ni njega niko dirati.

— Bogme, tamo mu u onoj hartiji stoji napisano, da će ga posle tri dana, ako se ne preda, smeti ubiti svaki, ko god hoće.

— Jest, kad bi se on dao. Tako mogu napisati i za mene, ali neka dođe ko da me ubije. Čik mu ga!...

— Pravo kažeš: mari ti on za njine pretnje. Ne ubija se lako 'naki čovek — prihvati druga.

— Vala i jeste odvojio od drugih. Samo da nije onaki... da kažem... the, pa šta ćeš bolje? — odgovori treća.

— A šta mu manišeš? — poče opet Stanka. — Valjad' ti nije pravo što je hajduk? A meni je baš to po volji. Pre ga nikad nisam pogledala dobro, a sad, Boga mi, volela bih da ga vidim.

— Bog s tobom, Stanka, zar bi mu smela na oči izići?

— Izišla bih, vala, i pred besna kurjaka, a što da neću pred obična čoveka.

— Daleko mu lepa kuća! — povikaše devojke i stadoše da se razlaze sa studenca.

Stanka naročito zaostade od njih, dok ne izmakoše podosta. Napunivši vedrice, ona ih, kao kakvu igračku, prebaci obramicom na rame i, misleći o svemu što je čula, pođe kući.

„To je čovek — razmišljaše ona usput — što se ne boji ni puške ni vlasti, nikoga do Boga. Ide sa svojom puškom po zelenoj gori, a sve živo beži od njega... Pravi gorski car!... On se ne boji zvera ni vampira, a ovi naši ovuda gori su od žena... Jedna bruka, pa to ti je!... Što ne znadoh, barem, dok beše ovde, da ga razgledam bolje... Ali ne mari: videću ga ma gde..."

— Pomoz' Bog, Stanka! — viknu neko ispred vrljika, za koje se dotle beše zaklonio.

Ona podiže glavu i oštro pogleda Sretena, koji joj beše pošao u susret, ali videvši ovakav pogled, zastade na mestu i obori glavu.

— Šta si stao tu za vrljike, kâ da ćeš ždrebad da plašiš! — viknu ona ljutito i pođe dalje. I ako vešto prikri zabunu, beše se veoma iznenadila od ovoga neočekivanoga pozdrava.

Sreten pođe uz nju.

— Ja, znaš, obilazio pšenicu, pa vidim tebe da ideš ozdo sa sudovima... pa velju, daj da pričekam... Znaš, onoga... pšenica mi mnogo dobra: biće sto krstina. A već šljive su ponele kâ čičak: ako im bude cene, doneće i one bar osamdeset dukata... 'Vala je Bogu!...

— More, ti ne traži navodadžiju za ženidbu: vidiš kako umeš lepo da se hvališ. Ni baba Ruža ne bi umela bole nameštati.

— Ja, vala, jok... što? — nađe se Sreten uvređen — ja tek 'nako: samo da ti pričam, a ti baš 'nako... Nemoj, bolan!... Moj tata veli...

— Idi ti to pričaj Milevi — prekide ga Stanka — ona se nešto češće pogleda s tobom.

— To, vala, nije... a baš ako hoćeš da ti kažem...

— Nemoj, nemoj, znam šta ćeš. Kaži to Milevi — prekide ga ona i obrte desno, k svojoj kući.

...Međutim, Vujo, doznavši za te objave, dade se u brigu. Đurica bi se još mogao pokajati, mogao bi se vratiti, jer mu ni krivica još nije tako ogromna, i u tom slučaju propao bi sav Vujov trud i svi planovi. Trebalo je odmah preseći ove puteve za predaju, i Vujo se dade na posao. Pre svega naredi Đurici da se nikud ne miče iz onoga ćilerčeta, jer ga, veli, sad žurno traže. Time mu oduze mogućnost da se ma s kim sastane i dozna što o svom položaju. Odmah zatim beše mu prva briga, da Đurica postane javan razbojnik i da, usled toga, izgubi svaku mogućnost za predaju.

Istoga dana Vujo dozva jednoga svoga poverenika, dade mu nekakav nalog, pa se uputi u varoš. Na varoškom trgu nađe Simu kovača, svoga glavnog agenta iz varoši, progovori sa njim dve reči, pa ode u pivnicu kod „Evrope".

— A, evo nam trećega! — viknu apotekar, koji seđaše sa Živkom Čapljom, pensionovanim pisarem. Videći da je Vujo raspoložen, on lupnu o sto. Prljavo slušče sa masnom zapregačom pojavi se na vratima.

— Daj nam Darvina!

— Ho-ho-ho-ho — nasmeja se pisar, kao da sad prvi put čuje taj vic, i ako ga sluša, u raznim varijacijama, već nekoliko godina. Prvi put je apotekar dao naziv kartama — jevanđelje, ali videći da se poneko iz publike mršti, nazva ih filozofijom. Kad je utvrdio taj generalni pojam, on stade posle da ga cepa na delove po njegovim predstavnicima. Najpre — Bejkon (taj se naziv držao najduže, jer je, svojom zvučnošću, veoma imponovao palanci), pa Kant, pa Hus (ne zna se sigurno šta je rukovodilo apotekara, da izbere ime ovoga reformatora), pa najzad Darvin. Razume se, da je on morao objašnjavati publici značaj svakoga imena, te je time kako on govoraše, „rasprostirao naučne filozofske ideje u pitomoj Šumadiji".

— Je li to onaj, što veli da čovek ima rep? Ho-ho-ho... — produži pisar.

— Čiča, ti deliš — obrte se apotekar Vuju, kad doneše karte.

— Diži, sinovče, pa da vidimo kako knjiga veli.

Apotekar nađe osmicu pik i podeli...

Posle jednoga časa prođe ulicom Simo kovač i, došavši spram igrača, nekako se neobično nakašlja — polako, tiho, da nikome ne obrati pažnju, pa onda ode dalje ulicom. Vujo neprimetno mrdnu desnim ramenom, jer beše okrenuo leđa ulici, i produži igranje karata. Kad svrši igru, on se diže polako, kao čovek koji ne zna kud će, pa se uputi ulicom. Pred jednom kafanom nađe samoga Sima.

— Ima li? — zapita ga lagano.

— Milutin ide sutra u Žabare da kapariše rakiju — odgovori Simo.

— Kad?

— Zorom.

— Je li sigurno?

— Tako veli.

— Dobro je — odgovori Vujo, pa se diže i ode pravo u selo. Na putu, iz jedne jaružice, iziđe pred njega onaj poverenik.

— Nađe li ga? — zapita Vujo.

— Nađoh; veli da može.

— Dobro. Idi mu sad kaži nek dođe mojoj kući čim se smrkne, a i ti dođi sa njim.

— Zar ću i ja... na posao?

— Moraćeš; nema ko drugi. Za ovaj posao trebaju mi pouzdani ljudi — odgovori Vujo odsečno, ne ostavljajući nimalo mesta za dvoumicu.

— Baš bih te molio... znaš... skoro su me petljali...

— Znam ja da svi izmičete leđa, kad nema nikakva ćara. Čovek treba samo da počne, a ja ga ne mogu šiljati s kim bilo. Ti moraš ići — odgovori Vujo i produži put.

Kad stiže kući, Vujo ode pravo u sobu i stade na ono prozorče od ćilera. Đurica već beše pobeleo od nestrpljenja. Provlačio se dvadeset puta kroz ono prozorče, te hodao po sobi, razgledao i očistio sve puške i noževe, i opet mu došlo vreme, kad već nije imao šta da radi. Svanu mu kad dođe Vujo.

— Kamo se, za nevolju?... Hoću poludeti ʼvako sam.

— Nećeš dugo, ne boj se. Sutra, zorom, na posao!

Đuricu nešto lednu, ali on otera od sebe to neprijatno osećanje drugim, povoljnijim: „Sutra ću, dakle, na slobodu!... Moći ću dakle da idem gorom i livadama, dugo, dugo... da se sit nadišem onoga planinskoga mirisa...”

— Vala, pravo mi je, kud god hoćeš, samo da ne sedim više u ovom ćumezu. Šta rade tamo, traže li me?

— Ne brini za to, nego daj da spremamo to oružje.

— Sve sam pregledao, počistio, naredio svaku kao sat.

— Daj der ovamo — reče Vujo, i uze jednu po jednu pušku, te ih pregleda i, našašvi sve u redu ostavi ih.

— Tako, sokole! Oružje ti je sad i otac i majka, pa treba da ga gledaš kao oko u glavi.

— Kud ćemo sutra?

— Čekaj, dok dođu i oni drugi, pa ću vam onda kazati. Ja odoh da posvršavam još neke poslove, a ti sedi tu.

— Zar opet sam?

Vujo mu ne odgovori ništa, no iziđe odmah iz sobe.

Đurica stade da premišlja. „Dakle da se počne! — ono...” a to ono ne smede još da razgleda izbliže, bar u pameti. Osećao ga je neprestano da lebdi nad njim, i znao je da se jednom mora kidati, da mora pogledati tome pitanju u oči, ali se starao da ne misli o njemu sve do poslednjega trenutka. U sebi je želeo da se ono nikako i ne pojavi, da se odloži, ako je moguće, sasvim; a dotle, dok ne kucne čas, najbolje je da se ne misli o tome. Njega su strašile same misli, tištala ga je neka unutarnja griža, i on je najvoleo, kad bi se nekako moglo desiti, da iznenada upadne u kakvu gomilu i da se tu sve reši. U takvoj neizvesnosti prođe mu dugo vreme.

U neko doba noći dođe Vujo sa dva čoveka. Jedan od njih naročito padaše u oči celom svojom spoljašnošću i naročitim držanjem. Beše to zreo čovek, oko svojih četrdeset godina. Na crnom ciganskom licu beše usađen orlovski povijen, na kraju raširen nos, koji izdavaše veliku srčanost i odvažnost. Pod niskim, ispupčenim čelom, sijahu dva crna vatrena oka, koja i onda, kad se usne rastezahu u osmejak, gledahu krvnički. Rasta beše malena, ali snage neobične. Njegovim širokim plećima i snažnim mišicama pozavideli bi mnogi atleti od zanata. Ušavši u sobu, ne stade na jednom mestu, već pregledavši okom svaki kutić, stade da čini neke neobične pokrete: čas mrdne jednim ramenom ili pruži ruku unapred i trgne je istoga trenutka, kao da se ožegao; čas trgne glavom unatrag, zabaci je i istoga trenutka zaigra nogama — izgledaše kao da u njemu vri čitava bura, pa ne može sebi oduške da nađe.

To beše čuveni, u onom kraju, Pantovac. U svakoj lopovskoj družini ili razbojničkim i drugim preduzećima, on beše ili vođ ili jedan od glavnih saradnika. Vujo bez njega nije ništa preduzimao, a on je, od svih ljudi, najviše imao respekta prema Vuju. Dvaput je osuđivan na robiju za opasne krađe i, posle brzoga pomilovanja, koje su mu „prijatelji” umeli isposlovati, produžavao je stari zanat. U krađi i napadima bio je plahovit kao oluja. Jurišao je bez razmišljanja, kao besan kurjak u stado, na mirne domove; i poklao bi sve, da se Vujo nije starao da uz njega šalje čoveka, koji će ga stišavati i hladnije vršiti posao. Zbog te njegove plahovite odvažnosti, Vujo ga je cenio i čuvao više od svih hajduka, koji su „kroz njegove ruke" prošli.

— Evo ti družine, harambašo! — reče Vujo, kad uđoše u sobu kod Đurice. — Ovaj će ti biti pobratim i drug na svakom koraku, a dobro se znate obojica.

Đurica priđe Pantovcu i rukova se sa njim.

— Je li ti se dosadilo, pobro, čekajući? — zapita ga ovaj.

— Bogme jeste; izludih od muke — odgovori Đurica.

— Ha, sinju li mu dušu... čekni samo do sutra, pa da vidiš okršaja!... I ja ti se, vala, poboljeh, ne radeći ništa.

Đurica priđe onome drugome, te se rukova i sa njim.

— Hoćeš i ti, Kojo, sa nama?

— Pa... moram... Vujo tako reče, a baš sam imao neka posla — poče ovaj otezati.

Pantovac ga preseče očima, te on ućuta.

Kad svi posedaše, Vujo poče govoriti.

— Dosta je bilo čekanja, treba da se radi. Jednako jedemo, a ništa ne zarađujemo... Sutra ide Milutin mehandžija u Žabare da isplati i dotera rakiju; — biće triestak dukata. Ti ćeš ga, Đurica, zaustaviti i uzeti pare, a ova dvojica će biti s tobom. Radovan će ti sve kazati šta imaš da činiš; on je najbolji majstor za te stvari. Gledaj da svikneš taj posao što pre, pa posle da ti umeš drugima zapovedati. Samo treba srce da ti je odvažno, pa ne beri brige. Radovan i Kosta će se nagaraviti i prerušiti, da ih niko ne pozna, a za tebe već ne mari...

Zatim uze oružje, te razdeli svoj trojici. Đurici dade ostragušu, revolver i nož, a preko ramena prebaci mu širok kajas sa nareranim mecima. Pantovac uze samo pušku i nož, a Kosti, pored puške, obesi čuturicu s rakijom i torbu sa jelom.

— U torbi su vam nagaravljeni peškiri i jedna krpa s istucanim ugljenom — reče Vujo. — A sad polazite, i nek vam je dobra sreća!

Đurica se trže, kao iz duga sna.

— Šta, zar nećemo sutra? — zapita čudeći se.

— Sutra, ja kako. Ali nećeš, valjad', polaziti iz moje kuće, da te svi vide. Sad treba stići na mesto, pa čekati.

Đurica iziđe iz kuće mahinalno, kao u nekom bunilu, praćen dvojicom zlikovaca. „Ko zna — pomisli on — možda to neće ni biti; dugo je do zore." I tako poluumiren uđe u goru.

VII

Davno je svanulo. Zvezde se ugasile, i predmeti se sasvim jasno raspoznaju. Po vazduhu još treperi ona beličasta izmaglica, ali se na istoku ukazuje pomalo rumenila. Još nekoliko trenutaka, pa će nebesnim plavetnilom prsnuti ognjeni zraci, od kojih će zatreperiti i zasjati cela okolina.

Na putu što vodi k srcu Šumadije, tamo gde se mnogim uvojcima slazi u B. Potok, stoje gusti kupinjaci i pavitine, u koje bi se mogli zakloniti čitavi bataljoni. Tu, na jednoj većoj zavojici, leže u pavitini s jedne strane Radovan i Kosta, a s druge sam Đurica.

Prva su dvojica po celom licu nagaravljena i uvezana širokim, garavim peškirima, te im se vidi samo gornji deo lica. Oni leže mirno, pogledajući samo naviše uz put, otkuda je imao doći osuđeni putnik. Radovan je, još dok su bili na noćištu u šumi, dao Đurici sva potrebna upustva u kojima su predviđeni razni slučajevi, pa sad bezbrižno sedi i čeka.

A Đurica još ne beše načisto ni sa samim sobom, ni sa svojim mislima. Od misli je on i sada bežao, kao i juče, očekujući u sebi da će se sve to nekako mimoići. U krajnjem slučaju verovao je, da se mehandžija neće ni krenuti na put, ili će bar okrenuti prekim putom, preko sela. Stoga mu ni ovo čekanje ne beše tako mučno ni grozničavo, kako je on sam očekivao. Ali vreme proticaše brzo...

Odjednom, kad sunce izgreje, iza Đuričinih leđa začu se neko tapkanje po prašini. On se trže, i umalo ne skoči od straha, kad vide čoveka nasred puta. Ni sam ne zna kako se uzdrža od pokreta, koji bi ga izdao. Neki seljak, koga on poznavaše po izgledu, sa zametnutom kosom na ramenu, iđaše sredinom puta, gledajući neodređeno pred sobom. Kosa mahaše za njegovim leđima, a on odmicaše sve više i više, dok se, na poslednjoj zavojici, ne izgubi. Đurica beše veoma uzbuđen, srce mu lupaše jako, i on se više ne mogaše umiriti. Stade da pomalja glavu iz vrzine i grozničavo da zvera po putu, i usred te uzbuđenosti, kad ne mogaše ništa raspoznati, začu se uslovljeni znak: — Pst!

Đurica skoči i pomoli se iz zaklona do polovine. Obrnuvši glavu uz put, ugleda na drugoj zavojici crno kljuse i na njemu onaj sigavi, dobro poznati mu kaput Milutina mehandžije, koji se povio na kljusetu, pa trucka i odskače od sedla, po taktu vrančeva kasanja... Nekakva sumorna težina, nekakav iznenadni bol naiđe mu na srce, od koga mu zadrhta celo telo, a pred očima se uhvati, naiđe neka magla, od koje se ništa ne vidi oko sebe... U glavi mu nastupi neko bolno bunilo, zanos... ne vidi ništa i ne misli...

Ruke su mu se grozničavo tresle, i on se bojao samo da ne ispusti pušku. Čuo je, ali nije video, da je onaj blizu, da ga rastavljaju samo dvaestak koraka od njega. Najzad se iza vrzine pomoli prvo glava vrančeva, pa odmah zatim i ceo konjanik.

Nastupio je poslednji trenutak. Đurica slučajno pogleda na vrzinu, gde mu behu sakriveni drugovi, i tamo spazi dva sjajna oka, koja ga sagorevahu gnevom i srdžbom... Kao na drotu iskoči iz vrzine, i stade nasred puta sa pruženom puškom...

Mehandžija se beše nešto veoma zamislio i oborio glavu, te se trže tek onda, kad vranac ustuknu ispred iznenadne pojave Đuričine.

— Dole s konja! — viknu Đurica promuklim, uzbuđenim glasom, koji se i samom njemu učini nepoznat.

Mehandžija raširi oči, i kao da sad tek poče da se budi, pogleda Đuricu isto onako, kao što ga gleda u svojoj mehani, doseći mu satljik rakije. Tako mu i progovori, onim običnim glasom:

— A gle!... Đurica!... Šta ćeš tu, bre?

Ovaj poznati mu pogled i glas oduze Đurici poslednju mrvu prisebnosti i odvažnosti. On, za trenutak, zaboravi gde je, zaboravi svoju zadaću i sve, pa stade da sastavlja u pameti odgovor, kako da objasni čoveku svoje prisustvo na ovom mestu. A mehandžija već poče da prikuplja dizgine i da muva vranca kolenima, kad iza Đuričinih leđa zagrme strahoviti glas:

— Pucaj, nebesa mu njegova, šta ga čekaš!

Istoga trenutka iskoči, kao zver razjareni, Pantovac u svom strašnom naličju i, pruživši pušku pravo u grudi mehandžine, dreknu: — Dole!

Milutin slete s konja, stade da zvera uplašeno, dok se ne priseti, te zavuče ruku u džep, u kome mu beše novčanik, ali je opet izvuče praznu i istoga trenutka je opet zavuče... I ko zna dokle bi tako radio, da Pantovac ne povika:

— Pare!... Bacaj pare!

Mehandžija izvuče novčanik, metnu ga na dlan i pruži preda se, ali mu ruka toliko drhtaše, da novčanik pade u prašinu, a on zamuca:

— Tako mi dece!... Živa mi deca!... Braćo moja!...

— Diži to! — viknu Pantovac.

On podiže novčanik i opet ga pruži unapred.

Đurica za sve to vreme gledaše, u čudu i strahu, šta se zbiva, dok ga Pantovac ne gurnu snažno napred, te se nađe uz samoga Milutina. Ne znajući šta bi drugo, uze novčanik sa pružene ruke i obrte se k Radovanu.

Pantovac uze novčanik, otvori ga i stade da gleda šta ima u njemu, a mehandžija, videvši da mu obojica okretoše leđa, zađe iza vranca, pa se okrete i strugnu uz brdo, koliko ga noge poneše. Vranac, osećajući valjda nevolju svoga gazde, obrte se, pa i on zaždi za njim, i jedva ga stiže na trećoj zavojici.

— Stoj!... Pucaj!... — povikaše oni za Milutinom, i Kosta, iskočivši iz zasede, već pruži pušku, ali vranac, trčeći za gazdom, zakloni ga sobom, a Pantovac, videvši pruženu pušku, povika:

— Ostav'!... Ko ti to reče?

— Pa... ja čuh da veliš: „pucaj"... pa ko velim... — stade Kosta da oteže.

— Hajde živo, da se razlazimo — reče Pantovac. — Ti sad gledaj da se što pre dohvatiš Venčaca, kao šta sam ti kazao; a ovo naj, ponesi sa sobom — reče Đurici, dajući mu novčanik.

— Ama šta ovo bi? — poče Đurica.

— Bi ono što ne valja. Ako si ti svakad tako junačan, onda je bolje da se vratiš kući, pa da gledaš svoja posla — odgovori mu Radovan ljutito, pa se okrete i ode uz potok. Kosta već beše izmakao putom, pa će, kad pređe potok, da udari potesom, a Đurica preskoči vrzinu i brzim korakom ode niz potok...

Protrčavši potokom, kroz šiblje i trnjak, za jedan puškomet, Đurica najedared stade kao ukopan. Na dva-tri koraka pred njim začu se glas: — O-o-o, bato, o!

Zagledavši se kroz trnjak, on ugleda pred sobom, u potoku, seljaka koji drži dva vola u porožju i poji ih na jednom viru. Jedan se vo uznemirio od obada, a seljak ga umiruje blagim glasom, tapkajući ga rukom po vratu. Đurica tek sad opazi, da tuda vodi seoska putanja, koja prelazi preko potoka, i spaja selo sa potesom. Saže se pod jedan trn i stade da čeka. Seljak napoji volove, saže se k viru, te ih poprska nekoliko puta hladnom vodom, pa onda polako pređe potok i stupi u polje.

Đurica skoči iz zasede i, zverajući desno i levo, jurnu napred što brže mogaše. Tek kad se dohvati Venčaca, umeri korak i, čim zađe u šumu, pade pod jednu lisnatu bukvu. Trčao je više od časa, pa mu je sad trebalo dosta vremena da se povrati od umora i da hladnije razmisli o daljim svojim koracima...

A Vujo sačeka Pantovca na urečenom mestu, pa s nestrpljenjem zapita:

— Šta bi?

— Ništa. Ono ti je neka babetina. Da ga nisam očima izjurio iz zasede, ne bi smeo ni izići na put. — I tu mu potanko ispriča ceo događaj, tvrdeći da od Đurice ne može ništa biti.

— Nije to tako — odgovori mu Vujo. — Ti si i zaboravio kako ti je bilo, kad si prvi put napadao čoveka, oči u oči, usred bela dana. Ne znaš ti njega: kad se malo ljutne, gori je od kurjaka.

— Pa dobro, kad ti veliš tako — odgovori Pantovac, jer je naučio da sluša svaku Vujovu reč. — Ja sam ti izvršio što si hteo: on ti se više ne sme sudu vraćati, jer je ovim zaradio kuršum. Sad ti znaš kako ćeš...

— Ne brigaj. Igraće mi bez svirale. No ne reče mi šta nađoste u kesi?

— On odnese tri banke sa nešto sitnine, a ja uzeh jednu... baš sam ostao bez marjaša.

— Pa... dobro — razvuče Vujo, ali se videlo da mu nije pravo. — A njemu si kazao sve, kuda će!

— Sve, kako si mi ti rekô. Sad ode na Venčac, pa će posle, preko Jelovičkih planina i Kačera, u Vojkovce. Tamo već zna sve; kuću će naći sam.

— Dobro je. Ovi će sad, znam, odmah u poteru, a njemu je bolje da bude u drugom okrugu.

— Hoćemo li imati skoro posla?

— Moraćemo, ja kako. Svi smo se dobro istanjili. Ja sam već promerio i našô sam priliku, samo čekam zgodno vreme.

— Kad bude vreme samo mi javi.

Prijatelji se rukovaše i rastadoše.

VIII

„Šta ovo bi sa mnom?" — pitaše se Đurica dvadeseti put, ležeći na mekoj rosnoj travi, pod zelenim i gustim natkriljem bukova lisja. Grudi mu se još silno nadimahu, i svaki mu mišić igraše i drhtaše od umora i uzbuđenja. U glavi mu beše takva zbrka, da se u njoj nijedna misao ne mogaše javiti, osim ovog opštega pitanja, koje sam sebi neprestano zadavaše. Onaj ogromni teret, koji već nekoliko dana osećaše u svojoj blizini i samo očekivaše čas, kad će pasti na njega, sad ga je odjednom pritisnuo celom svojom strahovitom težinom i — kako mu sad izgledaše — smlavio ga, uništio... Nije mogao da se pribere zadugo...

Ali, proležavši poduže vreme, poče se oporavljati. Seti se vode, jer osećaše strašnu žeđ. Da mu je samo nekoliko kapi hladne bistre vode!... Najedared, sevnu mu kao munja, jedna misao kroz glavu, koja beše gora od otrova. Seti se onoga trenutka, kad je onako blesavo stajao pred mehandžijom, seti se pogleda Pantovčeva i reči njegovih, seti se svega... i istoga trenutka skoči.

„Uh, bruke!..." uzviknu i, pod utiskom raznovrsna osećanja: stida, srdžbe, bola — ne znađaše šta da čini. Dođe mu da udari sebe u glavu, pa bi hteo i u grudi, a hteo bi i da otkine parče svoga tela, da bi takvim bolom ugušio onaj stid od sebe sama... I sad mu se ređahu i ponavljahu u pameti svi jutrošnji trenuci, i svaki ga šibaše sve ljuće i jače, jer mu svaki tek sad otkrivaše stid i sramotu njegovu...

„Šta mi ono reče?... Bolje da se vratim kući! Ih, sramote!... A još harambaša, hajduk!... E, nećemo više tako. Mora se raditi kako valja, ili nikako... A šta li će reći Vujo?... Ko mu sme na oči izići!...”

Nekoliko puta je sedao i odmah skakao, ne mogući umiriti svoja uzbuđena osećanja. Ali se opet seti vode, i ta ga misao pokrete napred... Išao je brzo, grozničavo, dok ne dođe do poznata mu izvorca, iz koga se slevaše hladna planinska voda preko lipova luba. Napi se bistre vode, umi se, i to ga povrati. Stade da misli hladnije i odmerenije.

Kud će sad? — Rekli su mu da udari na Jelovičke planine, a to je baš pored njegova sela. Tamo ga vuče neki snažan magnet, kome on ne može da nađe otpora. Mame ga k sebi one gomilice belih, ćeramidom pokrivenih, kućica, što tonu u zelenu moru od voćnjaka, vinograda i pšenice; privlače ga ona kitnjasta, obrasla voćem i žitom, brdašca, što su mu pogled milovala još od detinjstva mu; mame ga one ravne i nepregledne, pokošene zelene livade, po kojima se belucaju čopori stoke i razleže onaj jednačiti, poznati mu zvon medenica, koji mu dušu razgaljuje... Gle, i sad mu dopire do ušiju taj čarobni zvuk: cin... can... cin... can...

I on, harambaša hajdučki, sav blažen, kao nevino dete, sluša taj zvuk i oseća kako mu se rastapa led s okorela zlobom srca...

Vrhovi bučja šušte i bruje, pevajući neku otegnutu i jednačitu pesmu, a pod njima žurno korača usamljeni begunac, zverajući oko sebe na sve strane. Još korak-dva, i evo ga na čistoj kosi, sa koje mu se otvara pogled na selo i na sve, što mu je sad tako drago i tako poznato. Ne može sit da se nagleda poznatih mu mesta, kao da je godinama od njih bio odvojen...

Za jedan časak Đurica se spusti sa visoke planine i udari rekom, koja teče kroz potes klenovički. Potesom se rasturili njegovi seljani, pa rade žurno kao mravi, a on zastane, te razgleda jednu gomilicu, pozna svako lice u njoj, i opet ide dalje. Kad dođe prema sudnici, ugleda nekoliko ljudi pred njom. Neka bespredmetna radoznalost povuče ga tamo, i on, ne razmišljajući, pođe kroz visok gust kukuruz, pretrča seoski put i zavuče se u šibljak, koji je izrastao pred sudnicom.

Pod zapisom, velikim brestom što se razgranao pred sudnicom, stajahu nekoliko ludi, pa s čuđenjem posmatrahu dramu, koja se odigrava pred njima. Miloš odbornik uhvatio u svom kukuruzu krmaču jednoga siromaška, izveo kmeta, te ocenio potru, pa sad prodaje krmaču. Ljudi, pozvani pozivom, došli da prisustvuju prodaji, koju vrši kmet. Onaj siromašak seo pod zapis, oborio glavu i gleda šta se čini.

— Šest dinara i deset para... prvi i drugi put! — viče opštinski birov.

— Nemoj, Miloše, da grešiš duše, tako ti slave i dece! — moli onaj siromašak. — Vratiću ti, čim stigne kukuruz.

— Sad pare ili kukuruz, to ti je. Ne dam ja moj mal da ga svaki upropašćuje.

— Pa nije ti, bolan, još ni stigô ovaj kukuruz. Još se nije ni zapurenjačio... Kad stigne tvoja njiva, stići će i moja, pa ću ti dati.

Đurica razumede šta se radi. Pođe mu neka ljutina uz grudi, a pred očima mu opet zaigra ona zlokobna izmaglica. Dokopa pušku i, kao holuj, ispade pred zapis.

— Šta to radite! — viknu on, uzevši pušku na ruku.

Seljani zanemeše, kmet najpre skoči ljutito, ali se odmah trže, seti se ko je pred njim i obuze ga smrtno bledilo. Miloš stade da se osvrće oko sebe, a birov se sakri iza kmetovih leđa.

— Ništa, Đuro... eto malko... vršimo posla — promuca kmet, pošto se pribra od prvog utiska.

— Jovane — obrte se Đurica onom siromašku — koliko ste struka našli?

— Pedeset i tri, brate, samo pedeset i tri, a oni to cene na tovar žita — odgovori Jovan — pa eto, sad hoće da mi uzmu brava od dva dukata.

— Nije, Đuro — upade mu kmet u reč — ovo smo mi tek 'nako... samo da ga zaplašimo, da bolje čuva stoku... Ne bih ja to dao, Bog s tobom.

— Kako ti je osekô kukuruz? — obrte se Đurica Milošu.

— Pa... kô svud: po dva na struk — odgovori ovaj.

— Pa zar u sto klipova tovar žita!... — viknu Đurica.

— More nije, vi'š, Pero ti kaže: samo da ga zaplašimo... Znaš, brate, nije ni meni lako gledati, da mi propada toliki mal.

— Ded' kmete, oseci potru, ali bez šale — reče Đurica i uspravi pušku.

— Šta ćemo meriti, kad se to zna: nek' mu vrati stotinu klipova, kad ubere njivu, pa kvit posla — reče kmet.

— Je l' tako, Jovane? — zapita Đurica.

— Tako je, brate; to je ljudski, a ono 'nako... budi Bog s nama.

— Je li tako, Miloše? — obrte se Đurica i pogleda ga u oči.

— More, mnogo je to: neće svaki struk oseći po dva. Nek mi da osamdeset klipova, pa dosta.

Jovan skoči veseo.

— E, 'vala ti, Miloše, kâ bratu. To je pošteno i pravo.

— Kmet Pero — reče Đurica — ako još jednom čujem da se ovako šališ sa našim ljudima, ja ću ti suditi. A sad sedite svi.

Posedaše svi, kao po komandi, a kmet još podvi noge poda se. Đurica, stojeći, izvadi duvanjaru i stade da savija cigaru. Njegovom početničkom samoljublju veoma je godila ova bezuslovna, ropska poslušnost ljudi, koji ga do juče nisu čestito ni pogledali. On nije zaboravljao ni to, da je ova poslušnost iz čistoga straha, ali tek njemu milo beše videti, da mu se ovako bezuslovno ljudi potčinjavaju. Usled toga, a i zbog one neodoljive žudnje da provede malo obična razgovora sa svojim poznanicima, on omekša. Kad je, malopre, izleteo iz šibljaka, držao je nasigurno da će izvršiti bar jedno ubistvo; ali ga iznenadi i ublaži ova popustljivost i pokornost njegovoj volji. To beše za njega novina, nešto neočekivano, te odjednom umekša svoju ljutnju, zaboravi staru srdžbu na kmeta, i oseti neodoljivu želju da razgovara s ovim ljudima.

— Pravite ko puši — reče on, pruživši duvanjaru.

Birov mu priđe bojažljivo, uze duvanjaru i predade je kmetu. Kmet savi debelu cigaru, a za njim se obrediše i drugi. Birov, gledajući na Đuricu sa nekim bojažljivim pitanjem, savi još deblju od kmetove i vrati duvanjaru.

— Ima li što za mene otud? — zapita Đurica kmeta.

— Iz sreza, veliš? Tss... petljaju nešto... eno tamo na duvaru prikovano — odgovori kmet, pokazujući očima na onu objavu sreske vlasti, koja je prikovana na sudnici.

— Šta, zar ima? — reče Đurica i pođe naglo, ali se odmah trže i stade. Seti se da ne sme puštati iz očiju nijednog od ovih, što sad ovako mirno i poslušno sede. Samo bi jedan mig bio dovoljan, pa da se odmah promene uloge...

— Kako ćemo sad, kad nijedan ne znamo čitati? Gde vam je ćato?

— Eno ga u travi, spava — odgovori birov, pa otrča, te probudi ćata.

To beše seljak, kao i drugi, samo nešto malo pismen. Ugledavši Đuricu, on zinu od čuda, pa stade, onako sanjiv, da blene čas u njega čas u ljude, koji su posedali pred njim. Najzad se pribra, pa priđe Đurici i pruži mu ruku.

— Ene de, otkud ti, bre?... Zdravo mirno!

— Dalje, dalje — odgovori Đurica mahnuvši puškom, ne dajući mu ruke. — Idi, pročitaj mi onu hartiju za mene.

Ćato ode pred vrata, počeša se po glavi i pročita glasno celu hartiju, pa se opet vrati natrag.

— Pa kad mu to ističe rok? — zapita Đurica.

— Juče ti je bio poslednji dan.

— E, pa to me vi sad možete ubiti?

— Jok, ne more još — odgovori ćato — dok ne dođe druga naredba, u kojoj će te proglasiti za hajduka. Ali to neće još, možeš se ti slobodno predati...

— Doći će i ta naredba, ne boj se. Požurio sam se i ja, da ona što pre dođe.

— Šta, zar si počeo? — viknu ćato.

— Veliš to istinu? — zapita i kmet.

— The, pomalo... Jutros malko počesmo. Nego, hoćete li vi mene čuvati, to mi kažite?

Svi ljudi oboriše glave, a kmet ga značajno pogleda i, dignuvši se, reče mu:

— Hajdemo der malko dole, na put.

— Vi svi sedite tu. Da se niste makli s mesta! — reče Đurica ostalima, pa siđe na put s kmetom.

— Znaš... ne mogu pred onima da ti kažem; a moja ti je kuća otvorena, kad god hoćeš, i ništa ti za to ne tražim. Samo i ti mene pričuvaj — reče kmet.

— ’Vala ti za to — odgovori Đurica. — Ako mi zatreba što za jelo i tako, to mogu... Nego, ti meni svakad da javiš za poteru, čim saznaš. Sve da mi javiš, što god saznaš, a od mene ti neće biti džabe. Znaš, valjad’, preko koga ćeš javiti?

— Ne beri brige — odgovori kmet, praveći tajanstveni izraz na licu. — Sve ću ja njemu javiti za jedan sat, pošto doznam.

— E, sad u zdravlju! — reče Đurica — moram da se žurim. Kaži onima tamo nek idu kud ko hoće. — I nestade ga u kukuruzu.

— Šta si mu to govorio? — zapitaše seljani kmeta, kad se vrati među njih.

— Pa znaš... savetovao sam čoveku da ne propada tako mlad uzalud, neka se preda vlasti...

— Pa šta veli on?

— Ništa. Kaži — veli — onima tamo nek idu kud hoće, pa ga nestade, kao da ode u zemlju.

Seljani se raziđoše brzo, da jave novost drugima što rade tu u potesu.

A Đurica veseo, radosniji no ikad, pođe dalje rekom, zastajući ponegde da razgleda šta se radi po njivama. Spade mu veliki teret sa srca, nestade onoga večnoga strašila, što mu nad glavom stajaše, i on se lako pomiri sa svojim stanjem. Ovaj sastanak pred sudnicom bio je od velika uticaja na njega. On opazi da mu je autoritet među seljanima veoma uzdignut, pa stade da gleda na svoj položaj kao na običan zanat, koji je, istina opasan, ali nosi sobom neku vrstu poštovanja, respekta i uopšte nečega, što se Đurici veoma dopadalo. On postade opet onaj stari, odvažni mladić, koji srlja u opasnost bez razmišljanja...

„He, od sad nećemo kao jutros, zacelo nećemo" — pomisli on i zadovoljno se osmehnu...

Tako dođe do izvorca, koji je iskopan u samom koritu rečnom, te sa njega svi radnici iz potesa nose vodu. Odatle mu padoše u oči nekoliko radenika u jednoj strani, i on poznade da je to njiva Marka Radonjića, a jedna od onih ženskih morala je biti Stanka. „Evo zgode — pomisli on — do mraka će morati makar jednom doći na izvor, pa... samo da je vidim, makar iz kakve zasede, prikriven..." I on sede tu u jedan šibljak, prema samom izvoru, izvadi iz torbe što imade za jelo, pa stade da ruča.

Na izvor dolažahu počešće dečaci i devojčice, te napune sudove, umiju se, bace koji kamičak u vir, te poplaše sitne ribice, pa odu. Đurica, pošto ruča i napi se vode sa izvora, leže u ono šiblje i korov i zadrema...

Najedared trže se iz sna; razbudi ga pljuskanje vode. Podiže se malo i, kroz gusto lišće, ugleda nju, Stanku. I ako mu je bila okrenuta leđima, on je poznade i oseti da mu neka prijatna toplina leže na grudi. Oči mu se zasvetleše nekom neobičnom radošću, i on gledaše, ne dišući, kako se Stanka sagnula, pa kvasi hladnom vodom svoje vrele, jedre obraze. Tako se polako izdiže, iziđe iz korova i stade prema devojci, koja se trže i pogleda ga začuđeno.

— Zar si još ovde? — zapita ona, pogledavši ga pravo u oči.

— Otkud ti znaš da sam došao? — odgovori on i pogleda je pravo, prvi put u životu, u one čudne, zanosne oči, što opijaju i sažižu kao vatra...

— Kazaše ljudi što dođoše iz opštine. Vele da si vezao kmeta, pa ga posle pustio; je l' istina?

— Ko to kaže?

— Grujica... malopre dođe ozgo.

— More laže. A jesam ga 'nako rezilio i drugo koješta...

— Kažu da si jutros vezao pet džandara na putu?

Đuricu još više začudi ovo nadlagivanje seosko, i taman da zausti odgovor, a Stanka upita:

— Je l' ti teško tako, bolan?

— The... šta mi vali? Samo mi je jedno teško — što ne mogu često da se viđam sa vama.

— S kime to, sa nama?

— Sa svima, brate, pa... i s tobom najviše.

— Ene sad. A što ću ti ja? — upita ona i pogleda ga pravo i kao začuđeno u oči.

On obori glavu, oseti da mu se lice menja, i, kao sa nekim teškim bolom, odgovori:

— Istinu si rekla. Šta ti imaš s jednim hajdukom i, takoreći, zlikovcem, koga može ubiti poslednje ciganče, pa niko da mu ne sudi.

Stanka se naljuti, ali se opazilo da joj se ove reči kosnuše samoga srca.

— Ono jest, kad bi se ti dao da te ubiju.

— Pa... kako kome. Nekome bih se, može biti, i dao.

— Gle jako! A kome li to?

— Evo ti puške, ako hoćeš, pa da vidiš kome.

Ne govoreći ni reči, ne razmišljajući ni trenutka, Stanka preskakuta s kamena na kamen preko vode, priđe mu i uze pušku, koju on držaše uza se, pa sa nekim zluradim osmehom progovori:

— Izmakni se malko natrag.

On koraknu dvaput unazad, stade i s nekom začuđenom zebnjom očekivaše šta će da bude.

Devojka zape oroz, pruži pušku pravo u grudi mu i, kao predomišljajući se, progovori:

— Ja se ne šalim; ti znaš mene. Govori, hoću li da pucam?

— Pucaj!... Kazao sam jednom.

Stanka poče da nišani... Istoga trenutka začu se iza njenih leđa neko zviždukanje. Ona baci pušku pred Đuricu, obrte se hitro i jednim muškim skokom preskoči rečicu; uze sudove s vodom i žurno iziđe na poljanu, gde se sukobi s jednim dečkom, koji iđaše na vodu.

— Stako, čekaj, bolan, da napunim, pa ćemo zajedno. Jesi čula za Đuricu?

— Šta? — odgovori ona i zastade.

— Hteo da ubije kmeta, a ćato prišô da se rukuje sa njim, a on ćata pljus po obrazu: „ne prilazi, veli, hajduku". A jutros, kažu, povezô sve džandare u srezu i oteo im puške i barut.

— Hajde, ne drobi tu — odgovori Stanka i ode poljem, stupajući zamišljeno i uzbuđeno...

...Najpre oni neobični glasovi o Đuričinoj hrabrosti, pa sad ove čudne i slobodne njegove reči o sebi i o njoj samoj, i najzad ovo poslednje, gde on stoji pred puškom ne trenuvši — sve to beše tako neobično za nju, da je pridobi i zainteresova u najvećem stepenu. Kad nije mogla videti vampira i drekavca, bar se može pohvaliti (sebi samoj), da je uzela hajdučku pušku i nišanila ga njome u grudi. „Ej, što me smete ono derište — pomisli ona — a baš bih opalila, pa nek prozuji kuršum pored njega, samo da vidim šta bi radio... prokleto derište!...“

I ona već ne mogaše ni o čemu drugom misliti; sve joj misli behu zauzete ovom čudnom pojavom, koja joj se tako duboko ureza u dušu. Naročito joj, i više od svega, obraćaše pažnju ona odlučna i neobična izjava njegova... Toliko je puta ona slušala od momaka razne izjave — razume se ljubavne — ali sve to ne beše ovako rečeno. — „Evo ti puške, pa se uveri.“ I kad mu se upre puška u grudi, on stoji nepomičan. To nije običan čovek...

A Đurica, dohvativši bačenu pušku, okrete niz reku što je brže mogao. Na licu mu se viđaše sladak i blažen osmejak, a oči mu neprestano zverahu oko sebe. Ovakva zadovoljstva nije on u svom veku doživeo. Ona, koja ga nije htela do sad pogledati, sad se razgovara sa njim i još kako: šali se. „Nišani me puškom, kao da sam ja malo dete, da se plašim. Ali joj seku one puste oči, kao noževi!...“ O, on lepo opaža, kako mu se uvlači u dušu neko novo, sasvim nepoznato mu do sad osećanje, koje mu otvara nov pogled na svet... Srećom, sad je zaboravio na svoje okolnosti, inače bi mu ovo novo osećanje samo pozledilo rane i muke mu uvećalo...

IX

Državna vlast, posle nekoliko dana, proglasi Đuricu za hajduka; rasturi naredbe po svima opštinama da se strogo motri na njegova kretanja, da se on uhvati ili ubije. Dalje se nije ništa preduzimalo. Izgleda, kao da je i sama vlast čekala da on što važnije izvrši, pa tek onda da se ozbiljno krene za njim u hajku.

Međutim, Vujo nije oklevao. Istoga dana, kad iziđe naredba za Đuricu, kod Vuja se, uveče, behu skupili šest ljudi. Malo docnije stiže i Đurica, koji je sve do sad bio prikriven u Vojkovcima. Vujo ih sve počasti dobrom večerom, pa onda stade da ih oprema na posao. Osim poznatih nam Pantovca i Koste, tu behu dva čoveka u godinama: jednoga je znao ceo srez pod imenom Mite Sremca. On se naimao u svakom selu na radove, ali se malo gde dugo zadržavao. Svaki ga je znao kao neradina i pijanicu, ali niko nije ni pomišljao da gleda u njemu zla čoveka. Drugi je takođe doseljenik, zvao se Novica, a tvrdio je da je Crnogorac. On je živeo ponajviše u varoši, gde je senzalio kod žitarskih i šljivarskih trgovaca. Druga dvojica behu mladići iz Vujova sela, tek ako su navršili dvadesetu.

Kad večeraše i zapališe duvan, Vujo stade da im izlaže svoj „ratni plan".

— Deco — poče on — sad imamo jedan težak, ali važan posao. Ako ga izvršite dobro, biće vajde svima. Treba da udarite na gazda Đorđa iz Kruševice. Doznao sam pouzdano da je onomad naplatio jednu obligaciju od šest stotina dukata; prodao je tu skoro stoke za sto pedeset dukata, a biće kod njega, jamačno, i staroga novca. To treba da se uzme pametno: ako može lepim — dobro, ako li ne može — Radovan će znati šta treba da se radi. Sutra će on biti kod kuće, to sam doznao, i vi ga morate napasti danju, jer mu se noću ne može prići: utvrdio se kao u gradu. Đurica vi je harambaša, ali dok se on malo ne izvešti — slušaćete Radovana. Ko na to ne pristaje, nek mi kaže sad; jer kad iziđete odavde, ne može se više vrdati.

Svi ćutahu, očekujući dalje zapovesti. Vujo iziđe u drugu sobu i odvede sa sobom Đuricu. Odmah se moglo opaziti, da je sad Vujo okrenuo prema hajduku drugi, mnogo strožiji ton. Sad mu je Đurica bio u rukama sav, pa se mogao titrati sa njim po volji.

— Ti se, more, onomad grdno obruka! — reče mu Vujo, kad zatvori vrata za njim i pogleda ga ljutito.

— Ne pominji mi to, molim te. Hteo sam se posle izesti od muke. Sad je sve drukčije, ne brini.

— Drukčije je, dok si ovde sa nama; to znam i ja. Ali hoće li biti drukčije tamo, kad pogledaš smrti u oči?

— Ja ti rekoh jednom, pa sad to ostavi — odgovori Đurica, a oči mu planuše nervoznom ljutinom. — No ako si me zovnuo zbog čega drugoga, to mi kaži.

Vujo nađe za dobro da spusti ton.

— Tako, sokole, averim! A jest, imam još nešto. Kad već udarite tamo, ne odvajaj se od Radovana ni za korak. On je lud u tom poslu, pa hoće odmah da ubije, hoće da peče i da muči. Ti ga moraš zadržavati od toga. Ja sam mu već kazao nasamo da on mora tebe slušati kao harambašu, i čemu se god ti usprotiviš, da on ne sme raditi protiv tvoje volje. Pa sad otvori oči. Uči se od njega, jer je vešt, pusnik; ali mu ne daj da kolje i seče. Što god nađete novca, da uzmeš sve ti, pa da doneseš pravo meni. Ja ću se posle sa njima nakusurati po našoj pogodbi, ali im ti ne daj ni pare.

— Jesi li i Radovanu kazao to za novce?

— Jesam. A na ovoga Mitu pazićeš dobro da se gde ne opije, jer onda može da vam načini sto čuda. Ja, čuo sam da si onomad svraćao na tvoju opštinu?

— Jesam... onako uzgred. Kmet mi reče da će tebi javljati sve, što god bude doznao, a meni reče da mogu ići k nemu.

— Kod njega ne idi; a ako mi što javi, videćemo. To je stari lisac, znam ja njega dobro.

Posle ovoga iziđoše obojica k društvu. Vujo im razdade svima potrebno oružje, municiju i hranu, pa ih, tako opremljene, isprati do obližnje šume, dajući još neka obaveštenja Radovanu i Đurici o gazda Đorđu i njegovoj kući.

Sutradan, kad izgreja sunce, društvo se već odmaralo u potoku, ispod Đorđeve kuće. Tu ih sačeka njihov uhoda iz istoga sela, koji im dade sva potrebna obaveštenja. Prema njegovu saopštenju, Radovan odluči da se napad izvrši oko podne, čim se ukaže zgodno vreme; ali ako bi se ukazao zgodan trenutak, odlučiše da pristupe poslu i ranije. Uhodu poslaše da se prikrije negde oko kuće, da bi mogao paziti šta se tamo radi, a za njim poslaše jednoga od onih mladića, da se prikrije u kukuruzu, koji je odmah ispod kuće, da prima izvešća od uhode i da ih donosi društvu. Unapred je već određen svakome posao. Stražarima su određena mesta na vratnicama dvorišta, koja će posesti spolja i čuvati da kroz njih niko ne uđe i ne iziđe. Pošto je dvorište Đorđevo, ograđeno visokom tarabom, imalo samo dvoje vratnice, to su određeni za stražare samo ona dva mladića, a svi drugi trebalo je da uđu zajedno u dvorište. Njihove su uloge određene uslovno, a glavna im je briga bila, da se pri napadu ne nađe i Đorđev sin, koji je tek pre nekoliko meseci došao iz vojske.

Gazda Đorđe je odavno izišao na glas zbog svoje velike radnje sa šljivama i svinjama, ali se on mnogo više bavio davanjem novca pod interes. To je odvajkada najpouzdaniji način bogaćenja po našim selima. Kad mu poraste Mileta, najstariji sin, poče da pati mnogu stoku, koja takođe veliki prihod donosi. Tako je, postepeno, došao do velike tekovine, kakva se retko viđa po selima. U nekoliko okruga bilo je poznato ime Đorđa Peruničića.

U zadruzi je Đorđe imao dva sina, starijega Miletu, koji se oženio pre vojačine, i mlađega Miloša, kome je već osamnaest godina. Đorđe i Mileta behu veoma krupni i snažni, a Miloš, još od detinjstva, ostade slabunjav i nerazvijen. Bilo je u kući još dosta sitne dece, Đorđeve i Miletine, pa njihove žene i dvojica slugu.

Ovoga dana Đorđe posla Miletu u drugo selo, da obiđe neke šljivare, koje je zakupio za zeleno, i da posvršava neke druge poslove, a Miloš je, kao obično, imao da obiđe stoku i radnike na livadi. Đorđe obiđe vrt, razgleda povrće, pa ode na svinjac. Sluge zorom odoše na posao, a u kući ostadoše žene da reduju.

Kad bi oko maloga ručka, vratiše se Đorđe i Miloš zajedno, pa odmah potražiše da ručaju.

— Miljo — zovnu Đorđe snahu — spremi nam časkom što da jedemo, pa da idemo na posao.

— Zar nećeš čekati, tajo, da se ispeče pogača?

— More, daj što bilo. Imamo posla.

Žene se požuriše, a Miloš ode u podrum, te donese ocu pljosku s rakijom.

— O, brate — reče Đorđe — šta mi je ovo jutros: sve bih spavao, kao da nisam cele nedelje trenuo?

— Biće od ove omorine — odgovori Miloš, i ako je znao da pitanje nije upravljeno njemu. Đorđe je imao običaj da misli glasno.

— Baš ti je čovek neki put kâ i svako živinče: samo bi da jede i da spava — produži Đorđe kao za sebe i stade da razgleda krušku, pod kojom je sedeo.

— Mora da su crvljive ove karamanke; vi'š kako rano opadaju.

— Bato veli da ih je plamenjača opekla, pa se suše.

— Hm... neće biti — odgovori Đorđe, pa ode te umi ruke. Kad se vrati na svoje mesto, beše već donesena trpeza. Njih dvojica stadoše da ručaju.

Pri kraju ručka im zalajaše psi, koji behu vezani ispod kuće pod ambarom.

— Opet je junad u kukuruzu — reče Đorđe i taman zausti da vikne dete, a u dvorište upadoše naoružani ljudi. Jedni držahu zapete pružene puške, a drugi noževe.

— Ćut! Da se niste makli! — viknu Radovan, trčeći sa Đuricom i Mitom k njima.

Novica i Kosta utrčaše u kuću, i odmah se tamo začu vrisak i kuknjava.

Đorđe, videći zlikovce, trže se i preblede, ali mu se po pogledu videlo da je priseban. Istoga trenutka dohvati nož, kojim je sekao hleb, i diže se od trpeze.

A Miloš ugleda pred sobom samo neku tamnu, nejasnu gomilu sa noževima, koji sevahu prema suncu, pa skoči, vrisnu što igda mogaše, i sa dva-tri skoka pretrča dvorište; dohvati se rukama za tarabu i, sa nekom neprirodnom silom, koju on nikad u sebi ne pretpostavljaše, prebaci se preko ograde i pade u kukuruz. Odatle jurnu napred, dok izmače daleko na čistinu, pa onda, obrnuvši se svuda oko sebe, stade da viče za pomoć.

— Šta hoćete vi od mene? — viknu Đorđe strogim, a odmerenim glasom.

— Zar ne znaš šta hoće ovaki gosti! — odgovori mu Pantovac, pa zatim viknu: — Sedi! Sedi dole! — i zamahnu nožem.

U kući se razleže strahovito vriskanje. Đorđe sav pretrnu, pa odlučno progovori:

— Ako ste došli kod mene onim vašim običnim poslom, onda mi ostavite čeljad na miru. Kažite sad odmah onima u kući da mi decu ne diraju.

Đurica pogleda Sremca, a ovaj odmah otrča u kuću, i naskoro zatim deca se umiriše.

— Brže pare daj, nemamo kad da razgovaramo s tobom! — viknu Radovan i opet podiže nož.

— Vi znate da je sav moj novac po narodu; kod sebe ne držim ništa. Danas nemam više od sto groša kod sebe.

— A gde su onih šest stotina dukata, što si onomad primio od Niketića? Pare ovamo, ili sad gineš! — viknu Đurica.

— Možete me ubiti, ali sad nemam.

— Hoćeš da te molim — viknu Pantovac i opsova svetinju, pa zavitla nožem i udari ga po glavi.

Pljusnu krv niz lice Đorđevo, a on istoga trenutka, kao zver, jurnu na zlikovca i udari ga nožem u rame.

Radovan planu, sevnuše mu oči kao u tigra, pa odskoči u stranu od razjarenoga Đorđa. Podiže pušku i taman da je pruži, a u kući se opet začu vrisak. Iz kuće istrča Đorđev najmlađi sinčić, sav krvav, a za njim trči Sremac sa golim nožem. Dete trči pravo ocu, vrišteći iz svega glasa. Đorđe, ugledavši svoga ljubimca u krvi i za njim zamahnut nož, jurnu kao ris na Sremca i sjuri mu nož u grudi. Zlikovac pade, ali istoga trenutka Radovan okide pušku i Đorđe se zanjiha, povede se u stranu i preturi se...

— Tajo!... kuku, tajo!... — vrisnu dete i potrča k ocu.

Pantovac, koji gotovo ništa ne znađaše za sebe, izvadi revolver i pruži ga na dete. Đurica priskoči i povuče mu ruku u stranu.

— Jesi li lud?... Ostavi to! — viknu Đurica gnevno.

Utom istrčaše obe žene iz kuće i, kukajući iz glasa, padoše kraj Đorđa.

— Diži se ti, ili ćemo sad dete da koljemo — viknu Đurica, drmnuvši za ramena Đorđevu ženu. Ona skoči, pa zakuka:

— Ne, ne ako Boga znaš, samo mi njega ne diraj; išti šta hoćeš!

— Brže govori gde su pare, ili ćemo sad da koljemo!

— Ne, duše ti; samo njega nemoj. Evo para, eno ih u vajatu.

Zlikovci je poteraše pred sobom u vajat. Ona uđe, podiže neke nove gubere i šarenice, istrese jednu trubu platna i iz nje ispade jedan veliki zavezak.

— To vi je svega, tako mi dece! Ne znam više ni za jednu paru... Samo mi njega ne dirajte...

Đurica razvi zavezak i, videvši da je pun banknota i dukata, zavuče ga u nedra, pa iskoči sa Pantovcem napolje.

Istoga trenutka grmnu puška kod velikih vratnica, i hajduci ugledaše svoga stražara kako preskoči vrljike i pobeže kroz kukuruz. Dadoše znak onima u kući, pa jurnuše na druge vratnice da begaju, a velike vratnice otvoriše se naglo i na njima se pokaza Mileta sa revolverom. Videvši zlikovce u gomili pred vratnicama, Mileta ispali dva metka. Kosta, koji beše poslednji, povika:

— Pogiboh, braćo; ne dajte!

Hajduci ga prihvatiše i za nekoliko sekundi sjuriše se u potok. Tamo mu pregledaše ranu i, videvši da je lako ranjen u rame, Pantovac opsova strašno, pa podviknu:

— Babetino jedna! Nadao dreku kao da mu creva ispadaju!...

— Svaki na svoju stranu! — viknu Đurica. — Samo brzo!

Za jedan mig raziđoše se svi na razne strane.

Đurica udari najgušćom šumom i, dohvativši se planinskoga venca, odjuri za tri časa u Brezovac.

Vujo ga dočeka u sobi.

— Svršiste li? — zapita on bojažljivo, a iz pogleda mu se videlo da očekuje nepovoljan odgovor.

— Svršismo, ali Mita plati glavom.

— Ih, bolan brate! — odgovori Vujo, ali mu nestrpeljiva radoznalost ne silažaše s lica. — A drugi?

— Radovan i Kosta dobiše po jednu ranu, a Đorđe ostade mrtav pored Mite.

— Naopako, šta učiniste!... A novaca?

Đurica izvadi iz nedara smotuljak i baci mu u krilo.

— Broj! — reče mu Đurica.

— Lako ćemo prebrojati, no dede pričaj.

— More broj to, da vidimo koliko ima.

Vujo ustade i, ne progovorivši ni reči i ne pogledavši ga, ode u drugu sobu, ostavi tamo zavezak i vrati se u sobu.

— Lezi ovde na postelju da se odmoriš, pa mi kazuj sve po redu šta ste radili.

Đurici se steže srce od ljutine, ali on vide da nema kud, pa obori glavu i nasloni se na postelju. Vujo mu pruži vode u vrgu, te se napi, pa onda sede da sluša dugu i strašnu priču...

Posle pola noći, neko lupnu na prozor, pod kojim Vujo spavaše. On se brzo diže, izvadi ram iz okna i promoli glavu napolje.

— Ko je to? — zapita lagano, videvši kroz mrak čoveka, koji stajaše pod prozorom.

— Ja sam... Simo.

— Šta je, Simo?

— Pantovac jedva živ pobeže... Juče, čim se saznalo da je Mita poginuo, oni se iz sreza ustumaraše. Neko im potkazao da je Pantovac otišao sa Mitom. Predveče odjuriše žandarmi sa pisarom pravo u Trešnjevicu, a Radovan taman previo ranu i večerao, pa se sprema da legne... Srećom, ugleda žandarme kako se privlače kroz voćnjak, pa iskoči kroz prozor i pobegne.

— Dobro, te se nije dao da ga uhvate; izdala bi ga rana.

— More, neki vele da ga je Đorđe poznao i kazao odmah, čim se osvestio.

— Zar nije Đorđe poginuo?

— Nije, ali je opasno ranjen... Pandur, što se vratio otud s izvešćem, veli da će ostati živ. Kuršum je prošao kroz rebra, ali s kraja.

— E, pa onda ga je Đorđe kazao, sigurno. Šta ima još?

— Sutra će da dižu poteru. Sinoć odjuriše svi panduri sa naredbama u sela.

— Zna li Radisav na koji će kraj?

— Ne zna zacelo, ali misli da će na Bukulju i Klenovik.

— Dobro. Čim svane, nađi se sa Radisavom; a ja ću zorom doći u varoš.

Kovač zastade; vidi se da bi još nešto hteo da kaže, ali mu nezgodno da počne.

— Hajde sad, požuri! — reče mu Vujo i pođe da zatvori prozor.

— A ima li što para? — zapita Simo.

— Ima nešto... biće, biće! — odgovori Vujo, pa, zatvarajući prozor, dodade: — Požuri, da stigneš pre svanuća.

Legnuvši u postelju, on se opet dade u misli: kako da rasporedi onih četiri stotine i dvadeset dukata, što ih sam izbroja sinoć u zavežljaju. „Vidiš — pomisli on — i ovom Simi moram dati bar petnaest. Radisavu sad ne smem izići na oči bez pedeset..." U takvim mislima dočeka svanuće.

X

Potera se svrši bez uspeha, a posle nje nastade obično zatišje, u kome i vlast i hajduci mirovahu. Vlast je smatrala da je, poslednjom poterom, izvršila svoju dužnost: „Vidite šta mi možemo, samo kad bismo hteli!...” — kao da govoraše ona hajducima nemo, a ovi ćutahu i zgledahu se: „Znamo; zato se i zovete vlast...” pa pogledahu gde bi se mogao još koji napad izvršiti.

Radovan se više i ne vrati u selo, nu produži s Đuricom pravi hajdučki život. Njegovo učešće u onom napadu bilo je tako jasno, da mu nije ostalo više nikakva druga izlaza.

Đurica je sve poglede obrnuo svome selu. Tamo se bavio po ceo dan, provodio vreme u polju oko njiva, u kojima su radili seljani mu, a uveče je odlazio na noćište kod Vuja, jer to mu beše najpouzdanije sklonište. U svoje seljane nije sumnjao, ali se ipak držao na oprezu. Seljani su ga sretali svakoga časa, ili oko njiva, ili oko studenaca, a ponajčešće u onom kraju, gde beše kuća Marka Radonjića. Čim se ko makne u kakav šibljak, računao je pouzdano da će videti Đuricu.

A Stanka, posle onoga neobičnoga sastanka na reci, stade sa čuđenjem da opaža, da se svagda menja u licu, to pocrveni ili pobledi, čim ko spomene ime Đuričino. U prvi mah je ova zagonetna pojava naljuti, ali pošto se nekoliko puta ponovi, stade da razmišlja o njoj. Do sada je važila među devojkama kao stari ratnik, o kome se priča da ga kuršum ne bije. Ali, što se može dogoditi svakom ratniku, dogodi se i njoj: od tolikih strela, koje do sad srećno proletahu pored nje, jedna se zakači i ubode je. Ona sama opažaše da nije sa njom sve u redu, ili bar da nije onako, kako je do sad teklo, ali se još ne mogaše domisliti svojoj nezgodi.

Opazila je samo jedno: sve što je slušala o Đurici, svi njegovi postupci, koji stajahu u bitnoj protivnosti sa životom njene okoline, koji nailažahu na opštu (ma i prikrivenu) osudu, svi oni — postupci — izgledahu joj neobično veliki, primamljivi i nalažahu, u duši joj, opravdanja za sebe. Sve što je čula da je Đurica uradio, njoj izgledaše i neobično i umesno, sve joj to beše i čudno i primamljivo. I što se više ona starala da ovu neobičnu pojavu sebi objasni, utoliko je više mislila o tome i sve više je obuzimala neka slatka zebnja pri tim mislima. Sve češće ovlada njome neki duševni nemir, i ona sve češće stane da pogleda otkud će se pojaviti Đurica. A on, kao da pogađa njene misli, baš u takvim trenucima iskrsne pred nju; pozdravi je nežnim osmehom, zaturi glavu veselo i prođe...

Jednoga dana siđe Stanka na perilo sa rubinama. Na perilu — povećem viru na reci — skupljahu se, četvrtkom ili subotom, devojke i žene seoske, te ispirahu luženo rublje, pa se tu obično zametne šala i priča, koja se produži do pozna doba. Stanka, u šali i smeju, ispra rubine, pa ih poveša po granju ili razastre po vrelu kamenju da se suše. Devojke, koje behu gotove, odvojiše se sa njom podalje od perila, u jednu gustu hladovinu u šiblju, pa se dadoše na razgovor i priču.

— More, devojke, ako sad bane pred nas Đurica! — reći će jedna posle dužega razgovora.

Stanku podiđe neka topla jeza, i oseti kako joj se menja lice, ali se brzo pribra, pa odgovori mirnim glasom:

— Neka dođe, pa šta bi?

— Ćuti, crna; mene je strah, kad god ga vidim.

— A zar ga viđaš često? — zapita Stanka radoznalo.

— Pa ko ga ne viđa? Svaki dan iskrsne otkud bilo, a ja ti se, jadna, sva skamenim. Onomad siđem na reku za vodu, a on preda me. „Šta radite danas, Cako?" — veli, a ja zanemela, pa ga samo gledam. „Ti se kâ da bojiš mene?" — veli, pa mi priđe bliže i smeje se. Jedva ti se onda raskravih, te ne znam kako napunih sudove i pobegoh.

— A mene sreo u Beglucima, pa pita za bata — poče druga. — Ja mu, vala, kazah sve lepo, a on izvadi jednu hartiju, punu duvana, pa kaže: „Na, ponesi Jovu."

— Pa, uze li?

— Uzeh, ja što ću!

— A ti, đavole, ne pričaš kako je onomad s tobom ašikovao? — obrte se jedna Jelici Pleskonjićevoj.

Stanka preblede, oseti kako joj se srce steže, pa se s nekim radoznalim podsmehom obrati Jelici:

— A, belaju, pa što kriješ?

— More, okanite se... šala, kažem vi!

— Pričaj, pričaj! — povikaše devojke.

— More ništa... zdravlja mi!... Sreli se na putu, pa me pratio do Glavice... Pita za sve... Posle uze da komendija: „Doći ću, kaže, na jesen da te prosim ili da te otmem." A ja njemu kažem: „Pričekaj da vidimo šta će biti s tvojom glavom do jeseni."

— Ih, bolan, što si baš tako!

— Ja što ću? — On meni krastavce, ja njemu groš.

Na Stanku opet naiđe neko novo osećanje: stade da se ljuti na Jelicu, a da je zapitaš zašto — ni sama ne bi umela kazati. Beše joj nepravo sve, a najviše one Đuričine reči, što ih Jelica sad kaza. Devojke se razgovarahu i dalje, a ona ne može da se odvoji od ovih misli. Utom jedna od devojaka viknu:

— Ko će da se kupamo?

Digoše se nekoliko njih i odoše da nađu zgodan vir, a druge se rasturiše po šiblju da beru lešnjike. Stanka ne pođe na njihov poziv, već leže i reče da će da spava. Stadoše da joj se roje misli u glavi... Tako misleći zagleda se u plavo nebo, po kome se nošahu nekoliko sivih oblaka. Plavetnilo nebesno treperi i blista se u zracima sunčanim, koji su razasuti po beskrajnom prostoru, a oni oblačci tiho i nečujno plivaju po visoku nedogledu i ublažuju vatru sunčanih zraka... Tako se nosi i misao mladosti po pučini nedogleda, lutajući pod pritiskom burnih vetrovitih osećanja...

Da li u tim mislima Stanka zadrema ili pade u ono nesvesno stanje pred snom, tek njoj se odjedared zasija ceo vidokrug, zablista se šumna rečica, zatreperi otvorenozelenkastim sjajem šiblje i lišće oko nje, i ona se nađe u nekom slatkom mladačkom zanosu. Najedared, žbun se pred njom zaniha, grane mu se razmakoše, i u onom osenčenom i urešenom otvoru ukaza se on — predmet njenih zanosnih misli... Sunce padaše koso na lišće pred njim, a on, u onom hladovitom okviru, izgledaše joj kao vanzemaljska pojava, kao ona svetla junačka lica iz naših pesama, koja nam bude topla osećanja za sebe. On je gledaše ćuteći, gledaše je dugo i nemo, a iz pogleda mu sijaše takvo blaženstvo i takva strast, da ona odjednom pojmi sve. Veseo i srećan osmeh zaigra joj na licu, kao odgovor na one žudne poglede; a grane, kao da samo to čekahu, sklopiše se i zakloniše sobom sve, što beše tako lepo i tako prijatno...

Ona se prenu. Pogleda oko sebe začuđeno, i ne videvši nikakvih ostataka od ove pojave, dade se opet u misli. „Šta li je to, Bože, bilo?... Je li to san ili java?... Čini joj se da nije spavala... Ta ona je tako lepo videla one čudne poglede, koji se ne mogu ni sniti ni zamisliti. — Bar ona do sad nije nikad tako što sanjala!...” I opet se dade u misli, dok je devojke, koje behu otišle da se kupaju, ne prekidoše glasnim i veselim smehom.

— Ja bruke naše, bolan! — reče joj Jelica, navlačeći jeleče od sukna. — Bolje što ne pođe sa nama!

Devojke se sve dale u kikot, pa, kako se pogledaju, zacenu se od smeha.

— Šta vi je, đavoli; da vas nije ko uvrebao? — zapita Stanka, smejući se i sama.

— Đurica, slava ga ubila!

Stanki zastade osmeh u polovini, kao da je ko ukoči usred smeha, pa niti se može dalje smejati ni povratiti. Zaigraše joj usne grčevito, oseti bol u njima, ali ih ne mogaše zadugo povratiti iz onoga nasmejanoga položaja. „To, dakle, nije bio san?...” pomisli ona, i oči joj vatreno zasjaše. Videći je onako začuđenu, devojke to protumačiše radoznalošću, pa joj ispričaše svoju kob sa Đuricom.

— Okupila me Živana pljuskati — poče Jelica — te iskočih iz vira... Kad đernuh okom kroz šiblje, a on ide, pa sve gleda u nas i smeje se. Onda ga ugledaše i ove, pa vrisnusmo i zagnjurismo se u vodu, a on stade. „Ne bojte se, neću ja tamo — veli nam — kupajte se slobodno” — pa ode žurno niz reku. Ali ti ja, crna, umreh od stida.

— Što bolan, bile smo sve u košuljama.

— Jest, ali opet...

I produži se šala i zadirkivanje, naročito na Jeličin račun.

Kad se naže sunce nisko nad zahodom, devojke pokupiše rubine i raziđoše se u selo raznim putovima. Stanka iđaše donekle sa Jelicom, pa se od potoka, što protiče ispod Radonjića kuća, odvoji i pođe sama. Putom samo Jelica veselo pričaše, a Stanka se tek poneki put osmehne, ne znajući ni ima li mesta tome smehu. Kad zađe u potok, obuze je neka jeza, i ona se, valjada prvi put u životu, bojažljivo osvrtaše oko sebe. Kad pređe potok i naiđe u gust zabran, steže joj se srce od nekoga neobičnoga predosećanja i zebnje... Pogleda preda se i, pod jednim gustim gložjem, ugleda njega gde sedi, sa prebačenom puškom preko krila... Ona se ne začudi, ne iznenadi se, samo joj srce življe zakuca, a pogled joj beše slobodan i priseban. Kad mu se približi, on se diže i osmehnu se, a one plave oči gledahu je toplim, nežnim pogledom.

— Zar ti ostavi hajdukovanje, pa sad vrebaš devojke? — reče mu ona slobodno, smejući se kao za sebe.

— Što ću, kad nemam druga posla?

— Nego da vrebaš devojke po virovima!

— E, đavoli! Ja ono odande udarih niz reku, ne znajući da ću na njih naići — odgovori on, udarivši glasom na ono odande, usled čega Stanka namah pocrvene.

— Čuješ, bolan... hajdemo te malko ovamo, imam nešto da ti kažem — i on pokaza glavom na gusto gložje, koje se raširilo podalje od staze, na kojoj oni stajahu.

— Što ću ti? — reče ona, a glas joj veoma zadrhta.

— Samo da ti kažem, zdravlja mi!...

— Pa kaži mi ovde.

— Ama znaš... proći će ko... Baš te molim: svrati malo — reče on, a glas mu izgledaše tako nepouzdan, tako nepoznat...

— Ne znam, kako ću...

— Hajde, molim te. Valjada me se ne bojiš?

— Kad bih te se bojala, ne bih ni stajala s tobom — odgovori ona odlučno.

On joj priđe bliže, uze je za ruku i povede sa staze. Ćutahu oboje, a ona se samo čuđaše, kako ne mogaše da mu otkaže, čuđaše se ovoj svojoj neobičnoj poslušnosti. Idući sa njim, samo izvuče svoju ruku iz njegove, jer joj to veoma smetaše, zabunjivaše je; a ona je htela da naročito sada bude prisebna. Znala je radi čega je on vodi, ali ne htede da misli unapred o tome. Samo ne mogaše da savlada onu veliku uzbuđenost, ne mogaše da stiša uznemireno srce, koje kucaše jako i brzo.

Skloniše se u gložjak i sedoše. On je pogleda pravo u oči, a ona ne izdrža taj pogled, već obori oči i stade da čupka travu oko sebe. Beše veoma uzbuđena, ali joj to stanje beše tako novo i tako neobično, da mu se ona i ne branjaše.

— Stako, šta veliš ti za mene? — poče Đurica, za koga sve ovo, sva ova neočekivana sreća, beše kao u snu.

— Pa... vidiš sam... Zlo je, ne može biti gore.

— To znam, al' opet... valjada neću ni ja doveka ovako.

— Ja šta ćeš, posle onih mrtvih i ranjenih glava?

— Nijednoga nisam mojom rukom dirnuo.

— To znam ja, ali ne zna zakon.

— Pa šta ću sad?... da živim ovako dokle se može, a kad dođe suđeni dan... umreću kô i svaki.

— Ono, jest... Ali taj život?...

— Pa to te baš i pitam. Možeš li me gledati ovakoga?

— Vidiš da te gledam — odgovori ona osmehnuvši se.

On joj prebaci ruku preko ramena, a ona se ne branjaše; samo još više obori glavu, a u obraze joj udari vrela vatra.

— Znaš šta, bolan: ja bez tebe ne mogu živeti.

Ova je reč ošinu preko srca kao munja; zadrhta sva, pa, ne znajući šta bi mu rekla, skoči s trave, dohvati obramicu s rubinama i zaturi je na rame. Đurica se začudi:

— Šta je? Kud ćeš sad?...

— Moram ići. Ostavi me sad, molim te!

— Nemoj, bolan. Što? Sedi samo da ti kažem.

— Ne mogu, ne mogu! Sad me ostavi, a posle...

— Pa dobro, brate; ali hoćeš da se nađemo drugi put?

— Dobro... kako hoćeš. Samo sad ne mogu...

— O, brate — stade Đurica da se vajka, obrćući glavu oko sebe, kao da je što izgubio, pa ne može da nađe, a ona se okrete i pođe.

— Pa čekaj, bolan; ne reče mi kad da se nađemo.

— Videćemo. Čekaj, molim te... ostavi me malo! — odgovori ona zbunjeno i, ne pogledavši ga više, odjuri i nestade je iza šumaraka.

A Đurica ostade sa nekakvim pomešanim osećanjem: beše tu čuđenja i straha, ali beše i blaženstva i sreće. Pa ipak, kad se malo pribra, uvide sam da je ta sreća nepotpuna, da je taj srećni zanos pomućen strašnom javom, u kojoj se on nalazio. „Šta sam ja?... Zlikovac! krvnik!... a čekam da me ona zavoli... o koju se otimaju toliki momci... da upropastim naku devojku!...” To behu teške muke, ali, srećom, one zavise od misli čovečje, a misao se čovekova menja svakoga časa, kao što se menja plavo nebo nad njegovom glavom: navuče se gust, neprobojan pokrov preko beskrajna plavetnila, pa ti se čini da nikakva sila ne može razbiti i razneti ono gusto pramenje. Ali samo nekoliko časaka, i ozgo zasija radosno i svetlo nebo...

XI

Stanka ne mogaše više da misli. Sav joj se život stopi u jedno jedino, burno i zanosno osećanje, kome se ona predade sva, bez protesta, bez pokušaja da razmisli o svom stanju. Posle onakva života u roditeljskom domu, posle neobuzdane samovolje, kojom je obeležavala svaki svoj korak, najedared nastade prelom: ona se potčini uticaju drugoga, ali i u tom potčinjavanju ona se rukovodila svojim načelom — samovoljom.

A ona se, doista, duboko i strasno predala svome osećanju, predala mu se svom silom zanosne mladosti, razumevajući pri tom dobro šta čini i kuda ide. Ona nije gubila iz vida nijednoga trenutka, da je onaj, kome se ona predaje i dušom i telom — oglašeni zlikovac, koga zacelo čeka, ranije ili docnije — kuršum. Znala je, da će i ona sama, čim pođe za njim, postati otpadnica od kuće, od roditelja, od sela i celoga sveta; znala je da toga časa ukopava svoju mladost i budućnost, da je njen život bio, pa prošao. I opet je neka snažna i moćna sila primamljivaše tamo, opet joj se činjaše da nigde lepše nije; i same ove prilike, koje je očekivahu, izgledahu joj zanosne, pune interesa... Lakomislena i burna mladost ne može da zagleda dublje u život, ni da predvidi sve ono, što je može snaći u životu...

A Đurica se sav predao neočekivanoj sreći, pa i ne mišljaše više o poslu. Vujo ga ispočetka i sam šiljaše da provodi dane u njegovu selu, jer je opazio da to bavljenje utiče na Đuricu povoljno, taman onako kako je on želeo. Ali njegovo pronicljivo oko opazi promenu na Đurici, i on se stade domišljati šta to može biti. Jednoga jutra, kad Đurica i Radovan izlažahu iz svoga noćišta, Vujo ih zadrža.

— Što vi, more, ne idete danju zajedno, kao pravi hajduci, nego se zavlačite svaki u svoje selo?

— Pa... sigurniji smo ovako. Mene čuvaju moji seljani, njega njegovi — odgovori Đurica.

— Vala, meni je pravo, kako hoće pobratim. S mojom puškom siguran sam na svakom mestu — reče Radovan.

— Ne valja tako. Bolje idite zajedno.

— Na posao ćemo svakad zajedno, a ovako ćemo gde ko hoće. Dok nam je pouzdano svakom svoje selo, dotle ćemo ovako, a posle već... videćemo — odgovori Đurica i ode žurno iz kuće.

Vujo zadrža Radovana.

— Čuješ, meni se ovo ne svidi. On mi se nešto mnogo promenio. Trebalo bi videti šta on radi tamo.

— Kako ćemo da vidimo?

— Idi ti nekoliko dana za njim, pa gledaj šta radi i kud ide. Samo onako tvojski, znaš?

— Mogu, vala, zaludan sam — odgovori Radovan i ode za Đuricom.

Prođoše nekoliko dana, a Radovan ne opazi ništa sumnjivo, te već odluči da ne ide više za Đuricom. Vujo ga nagna da ode još jedared.

Beše prošlo doba maloga ručka. Stanka se vraća iz njive s praznim sudovima, pa udari opet preko zabrana. Na istom, pređašnjem mestu, sačeka je Đurica. Po licu joj se moglo videti da se nadala ovom sastanku. Đurica je odvede duboko u zabran, te u jednom sklonitom mestu posedaše.

— Gde si, bolan; poludeh od muke — reče joj Đurica, pogledavši je strasno.

— Video si da smo radili sami ovih dana; pa smo na njivi i ručak gotovili. A danas nam vraćaju pozajmice.

— Pa... šta veliš?...

Ona obori oči, pocrvene i stade da dreši uprtu od torbe, koja ležaše uz nju. A on je gledaše punim žudnje pogledom, i očekivaše odgovor ne dišući.

— Kako ti kažeš... — prošapta ona i pogleda ga milo, svojim velikim i sjajnim očima.

Neko neodoljivo, strasno i grozničavo osećanje obuze ih oboje, zaigraše im mlada srca, ispunjena neizmernom slašću i blaženstvom, zadrhta im celo telo, i oni sami ne opaziše, kako se nađoše jedno uz drugo priljubljeni, zagrljeni, zaneseni... Mladost stupa u svoja prava, ne razbirajući ni za prilike, ni za posledice, ni za šta na svetu...

Uveče Radovan stiže prvi na noćište. Vujo se tek beše vratio iz varoši, pa seo u sobi, te se odmara i očekuje goste na večeru.

— Jedva ga ukebah! — viknu Radovan, ulazeći u sobu i smejući se glasno.

— Gde ga nađe?

— Onde, gde i nama ne bi bilo loše, samo da smo malko mlađi. Ha-ha-ha... — nasmeja se hajduk, sukajući guste, progrušale brke.

— Pod keceljom, je li?

— A da đe će biti, moj starče, kad je tek preturio dvadesetu! Neće grliti pljosku, kâ ovo ja i ti, no đevojku zrelu kâ puce.

— Ti si se, more, negde nakvasio! — reče Vujo, pogledavši ga malo bolje.

— Od muke, moj starče, nije od zaludnice. A, vala, da si video, što sam ja danas gledao, ne bi te mogla ni kola dovući.

— Hajde ne drobi tu, no pričaj šta je bilo.

— Kažem ti, more, šta je bilo. Našlo dete curu prema sebi, prigrlilo je kô snaša kudelju, pa prede li prede... A ja starac, kukavac, zagreboh niz potok da se ne mučim dalje, pa kad mi prva pljoska pade ruku, ne ostavih je, dok beše kapi u njoj. Tako sam ti jedva muku isterao.

— Vide li je čija je? Gde se nađoše?

— Ništa ti, brate, drugo ne videh, do li onih lepih očiju. I jeste pozadružna, jadi je ubili, taman da zagreje 'vake starce, kâ što smo nas dvojica.

Vujo beše zadovoljan. Nadao se kakvoj neprilici, a ovo mu je već obična, dobro poznata pojava. Neki put je i sam bivao prinuđen da primamljuje žene svojim rabotnicima, a ovim mu je bar zašteđen trud, pa i rashodi, koji su spojeni sa tim poslom. Razveseli se i on, pa stade da dira Pantovca. U neko doba stiže Đurica. Beše veseo, kao retko kad.

— Ha, zdravo da si, mio pobratime! Jesi li se umorio, bane? — uzviknu Pantovac pri ulasku mu.

Đurica, videći ga onako vesela, prihvati šalu.

— Vala, pobro, pa i nisam. A ti si mi se grdno namrčio!

— Kako neću, jadi ga ubili! Gledô sam ti danas dvoje mladih, đe se ljube ka 'no golubovi — osmehnu se Pantovac i pogleda ga lukavo.

Đurica zastade i pogleda ga pravo u oči.

— Gde si bio danas?

— Ja, vala, u jednom zabranu, više potoka. Sretoh jednu ručkonošu s praznim sudovima.

Đurica planu i pogleda Vuja.

— Šta je to? Jesi ga ti poslao da se prikrada za mnom?

— Poslao sam ga da te nađe, pa da idete na posao. Prođe nam večeras dobra stotina dukata, koja je mogla biti naša.

Sad Đurica, kao krivac, obori oči, a Radovan se osmehnu veštoj laži Vujovoj.

— Ko je to prošao? — zapita Đurica blago, želeći da zagladi maloprešnju srdžbu.

— Kalauz iz Palanke — odgovori Vujo ljutito. — Ode niz Jasenicu da luči svinje.

— Svejedno. Prošao jedan, naići će drugi — reče Đurica, pa nasloni pušku i sede za trpezu.

Posle večere, Radovan, još pijaniji, ode te leže, a Vujo i Đurica ostaše sami u sobi. Babu poslaše da progleda oko kuće, pa joj rekoše da i ona posle toga legne.

— Šta to drobi ovaj? Ja ga i ne slušah onako pijana — poče Vujo, smešeći se.

Đurica se zbuni, ne znade šta da kaže. Jedva, posle dužega ćutanja, promuca:

— More ništa.... njegova posla!

— Kako ništa; to mora da se zna. Ja sam te uzeo na svoj rizik, pa moram da vodim računa s kim se sastaješ. Ti si još nevešt, a vlast je đavo. Oni znaju da lisice vole kokoši, pa im to meću u zamke...

— A, za to ne brini. To je Markova devojka, iz poštene kuće — odgovori Đurica, menjajući se u licu.

A Vujo zinu od čuda.

— Hajduci nemaju nikakva posla s poštenim kućama. Otkud se ti nađe s onom devojkom? — zapita on oštro.

Đurica ustade naglo.

— O tome nemoj nikad više da me pitaš. Kazô sam ti ko je, pa sad dosta ti je... Nisam ni ja od gvožđa! — obrte se on ljutito, provuče se kroz prozorče i ode na noćište.

Vujo se još više začudi, ali ne kao malopre. Sad mu beše zagonetka rešena. Video je da ovo nisu one obične pojave, koje je i sam odobravao i išao im na ruku, no je to mnogo dublje i neobičnije za njega osećanje, kome se samo mogao dosećati, ali ga nije mogao pojmiti. „Zar i to može da bude? — pomisli on. — Pfuj, buranija!... Razbojnik, a oseća. Čudnovato!... Baš je pogan ovaj čovek: ovamo je razbojnik, a mladost hoće svoje!...” pa ljutito ugasi sveću, leže i stade da razmišlja o ovoj čudnoj pojavi.

„Pa kakva je to devojka?... Zacopala se u razbojnika!... Đavo neka me zna, ali ja to ne razumem. Markova je kuća zaista poštena — kako on reče — a i devojka je poštena; pa sad kako to?... Ha, da se nisu ranije znali? — Bogme će to biti... pa sad produžuju staro poznanstvo. Jest, to je. Ali opet: koji đavo nju sad vuče k njemu? Ona zna da je razbojnik, i sve... pa opet... Hm... ženska posla — đavolja posla! Moraću ja otvoriti oči, jer mi može načiniti sto čuda...” San ga prevari, i on zaspa.

Izjutra, kad pođoše, Đurica zaostade kod Vuja.

— Da mi odvojiš malo od onih para; treba da nosim majci — reče Đurica.

Vuju ne bi pravo, ali odgovori običnim glasom:

— Je li dosta dva dukata? Babi ne treba više.

— Daj mi, zasad, deset.

— Hm... da li će biti... Ja ti nisam ni kazao kud sam šta razdavao. Malo je što i ostalo od onih dvesta...

— Kakih dvesta, kad je Đorđe kazao vlasti četiri stotine i dvadeset!

— Tako oni uvek rade. Kad bi se našlo od čega da se naplati, oni kažu duplo i više.

Đurica htede da plane, ali se seti da će se i sam moći docnije poslužiti ovim odgovorom, pa se uzdrža i zapita:

— Baš uvek tako rade?

— Pa... gotovo uvek — odgovori Vujo, vadeći novce i dajući ih Đurici. — Evo ti deset dukata. Moramo uskoro opet na posao, jer nisam još svima našim ljudima dao, a ljudi traže. Samo iz tvoga sela traže pet kuća: Stojići, Ilija, Nikola, Jovo...

— Podaj im svima, koliko god sad možeš, jer će mi ti ljudi trebati. I onima u Vojkovcima treba poslati. A čim nađeš priliku, kaži, pa da idemo. I ja nešto sad razbiram. Trebaće mi sad poviše novaca, pa ako ispadne kako valja, biće dobro.

— Šta, da ne misliš na Stavru?

— Jok. Doveče ćemo se razgovarati — reče Đurica, pa ode.

„Pogreših što slagah — stade Vujo misliti — sad će on svaki plen da mi prepolovi, a ja mu ne mogu ništa. Sam ga naučih šta treba da radi. Moram se tome domisliti.”

XII

Đurica i Stanka se sastajahu svakoga dana. Krili su se veoma oprezno, ali šta može među ljudima ostati tajno! I njegove veze počeše da izbijaju na vidik. Posle tri nedelje opazi ih prvo Stankina mati. Kad vide žena svoju nesreću, ne oglasi to, po običaju, kuknjavom, no steže srce i ućuta. Uveče ispriča Marku sve što je videla, prateći ih dva dana uzastopce.

— Znao sam ja da će mi ona kuću zatrpati i ognjište ugasiti — jeknu Marko očajnički. — Ono je neko prokletstvo od Boga, samo ne znam da li zgreših ja ili moji stari.

— Dete je, brate, pa ne zna; treba je naučiti — reče mu žena.

— Ćuti, ženo, da od Boga nađeš; kakvo dete! Ono je Bog stvorio da bude muško, pa ga anateme pretvorile u devojku.

— Ne pominji zlo, molim te — reče ona krsteći se.

— Dobro te njoj nisi ništa govorila. Sad ti ćuti, pa se čini nevešta svemu, a sutra ja to moram prelomiti, pa kud puklo!

Na tome se svrši razgovor. Žena ne htede da ga raspituje šta misli činiti, jer držaše, da ni sam još nije dobro promislio o svemu. Ali se Marko već beše odlučio.

Izjutra zorom otide Marko do svoga suseda Petra.

— Da mi daš, Pero, onaj tvoj garabilj, ako je opravan.

— Što će ti, more; da nećeš i ti u hajduke?

— Hoću ja, ali na lisice. Satre mi, prokletinja, kokoši, pa hoću danas da je čekam.

— Evo ti, brate — reče mu komšija, iznevši pocrnelu od čađi pušku — pun je još od lanjskoga Božića, samo naspi novoga baruta u valju, a evo ti i nove kapisle, pa kad prodaš kožu, kupi mi duvana za taj metak.

— Hoću, Boga mi! — odgovori Marko i ode kući zamišljen i ozbiljan, misleći o istoj stvari deseti put...

„Smem ga ubiti, po zakonu; pa još mogu uzeti ucenu, ako su ga već ucenili... Njegovi ljudi neće mi ništa, jer je, brate, 'vaki slučaj. Branio sam svoje dete, pa to mu je!...”

Pred podne Stanka zamače za šljivar ispod kuće, pa otud ode pravo u zabran. Sad iđaše tamo bez ikakve bojazni i bez onoga pređašnjeg uzbuđenja: samo se potčinjavaše onoj neodoljivoj težnji, koja je tamo snažno privlači. Predala se sva onoj zanosnoj žudnji mladosti, pa zaboravi na sve druge obzire.

Sede uz Đuricu, pa stade, puna ljubavne čežnje, da mu šapuće reči milosti, da ga gleda i da se divi njegovim osobinama, koje joj sve više izlažahu pred oči i bivahu sve primamljivije i interesnije.

— Dokle ćemo mi ovako, šta veliš? — reče ona, pošto se stiša od prve ljubavne bure.

— Ništa ti ja ne znam, niti umem da mislim. Najbolje nam je ovako, pa šta ćemo više!

— Jok, ja neću tako. Ovo će se naposletku doznati, pa onda ja nemam kud. Treba izranije da znamo šta ćemo.

U taj mah grunu puška iza njihovih leđa. Đurica skoči, dohvati pušku i pruži je na onu stranu odakle se čuo pucanj. Iza jednoga žbuna izdiže se Marko i pogleda na njih u čudu i strahu, kao 'no lovac, koji je gađao ljuta zvera, pa vidi da je promašio. Stanka vrisnu i dohvati Đuricu za ruku.

— Ne, ako Boga znaš! — viknu ona.

Đurica je oštro pogleda, ali, pročitavši u njenu licu ono, što je, bez sumnje, želeo da vidi, spusti pušku.

— Moli se današnjem danu i ovoj devojci, a ti bi sad video pošto je Đuričina glava — reče Đurica tiho, stišavajući se.

Marko okrete garabilj kundački i potrča na njega.

— Stani der, zlikovče, da ti pokažem kako se zavode poštene devojke!

Stanka pretrča pred Đuricu, okrete se ocu i diže ruke u vis, želeći da ga rukama zakloni. A Marko, obnevidevši od ljutine i uzbuđenja, kako dotrča do njih sa zamahnutom puškom, fijuknu njome i lupi po tvrdim kostima. Stanka vrisnu i posrnu, ali je Đurica prihvati jednom rukom, a iz druge baci pušku, istrže revolver iza pojasa i pruži ga na Marka.

Stanka leže sva na tu pruženu ruku, dohvati revolver i obrnu ga u stranu. Marko, videvši da udari kćer umesto zlikovca, pade u još veću jarost, pa istrže nož iza pojasa i jurnu na njih. Đurica se oslobodi od Stanke, priskoči starcu i steže ga svojim snažnim rukama, kao utegom. Stanka im priđe i htede da oslobodi oca, ali se starac ljutito ritnu i obrecnu:

— Dalje od mene, kučko, ne pogani me! Ja viđu da sam te izgubio u nevrat, kâ da te nikad imao nisam.

Đurica, opazivši da se starac stišava, pusti ga, pa priđe Stanki i uze je za ruku.

— Ova devojka sad nema kud, kad si je ti oterao. I onda neka ti ne bude krivo što je ja vodim sa sobom.

— I nije za boljega, prokletnica jedna — odgovori Marko srdito, uzimajući garabilj sa zemlje. — Poznao sam ja šta će biti sa njom, još kad je stala na noge...

Stanki prekipe. Vrati joj se ona stara jogunasta samovolja, koju je vazda pokazivala prema ocu, pa, našavši se uvređena u dubini duše, obrte se Đurici:

— Vodi me kud znaš — reče mu odlučno — jer vidiš da nemam više svoje kuće.

Marko se u onom uzbuđenju, ne znajući šta da radi, okrete da pođe kući, zagledajući kundak od garabilja.

A Đurica, dohvativši pušku, uze Stanku za ruku i odvede je pravo svojoj kući. Majka ga dočeka u dvorištu i pogleda začuđeno u gosta, koga joj sin vođaše.

— Majko, evo ti kćeri umesto mene... da nisi sama. Gledaj je kao oči u glavi, a ja ću se starati za sve što vam ustreba.

Starica se odistine obradova. Odjednom joj nestade onoga običnog, podmuklolukavoga pogleda, i na licu joj, prvi put posle dugih godina, zasija izraz nevine sreće i radosti.

— Ama je l' to odistine? Je li ti to meni dovodiš snahu, Đuro?

— Jeste, majko: snahu i ćerku.

— Dobro mi došla, dete moje! — reče starica i stade je iskreno grliti i ljubiti. — Blago meni, kad je 'vaka devojka izabrala moga Đuru!

— Ako danas ili sutra, počem, dođe Pero — prekide je Đurica — kazaćeš mu da mi čuva devojku, da se glavom ne šali... od vlasti nek je krije, dok se god može... A ja ću već gledati da se još danas nađem sa njim.

— Čuvaće je on, sinko, ne brini se ti. Kazao je on meni da se slobodno smeš pouzdati na njega. Samo bih ti rekla: kad razdaješ što drugima, da i njemu daš... i ako on veli da ne traži ništa.

— Znam ja, daću i njemu. U kući imaš što ti treba?

— Imam svega. Samo, vi'š, ovo je dete došlo ovako... treba joj kupiti odela i preobuke.

— Sve ću ti sutra poslati, a sad moram ići. Za nekoliko dana neću dolaziti, dok ne posvršavam neke poslove i dok ne vidim šta ćemo činiti posle. Sad, u zdravlju! — reče im i ode.

„A šta ću ja sad?" — pomisli Stanka i neka mučna zebnja obuze joj dušu. — „On me dovede pa ode, a sad može naići vlast, pa učiniti sto čuda od mene. Istina, on reče da me kmet mora čuvati, ali ako dočuje vlast, pa grune pravo ovde, i ne javljajući kmetu!...” Otkako je učinila prvi korak za bliže poznanstvo sa Đuricom, otada joj vazda stajaše na dogledu neka zla slutnja. Ali ona je vazda izbegavala da misli o tome i da tumači ovo neprijatno osećanje; ona ga je vazda za-glušivala strasnim i svetlim mislima o svojoj ljubavi. A sad, odjednom joj se približi ta zlokobna slutnja, a ona ne beše u stanju da joj istakne nasuprot kakvu drugu svetliju misao. Sve oko nje beše sumorno i divljačno, sve joj ulivaše neki praznoverni strah, kome se ona ne mo-gaše protiviti. I u toj zloslutnoj sumornosti, ona se predade crnim mislima o sebi i svojoj budućnosti, koja, istina, beše sakrivena od očiju joj, ali prvi znaci behu tako nepovoljni, da joj se samo srce steže od te slutnje. Na prvom koraku u novi život, ona zadrhta...

XIII

Đurica se požuri, te nađe Vuja i dade mu izvešće o poslednjem događaju. Starac se namršti i planu gnevom, ali se u rečima uzdrža da ne izazove mladića, jer je pojmio njegovo duševno stanje. On mu samo reče ozbiljno:

— Kaži ti meni, kako će to da izgleda: hajduk pod keceljom!

— Šta ti govoriš!... — planu Đurica.

— Nemoj da se ljutiš, nego dobro razmisli, pa mi odgovori. Prva je muka: gde ćeš je?... Tamo ne može probaviti ni nedelju dana, vlast će je uhvatiti i zatvoriti, čim dozna...

— Kakva vlast! Pero će je čuvati, a posle toga i ja ću otvoriti oči — prekide ga Đurica.

— Slušaj što ti govorim! Vlast će doznati brzo; u to ne sumnjaj. I sitnije stvari po selu se raščuju odmah, a ova je do sad obletela unakrst po selu; a što zna celo selo, to se ne sakri od vlasti. Ti misliš oni u srezu ne znaju gde ti danuješ? — Znaju, bane, svaki tvoj korak po selu, ali im to zasad ne pomaže, jer znaju da te selo čuva. A hoće li selo čuvati devojku, koja je odbegla za hajduka?

Đurica se namršti, jer ne nađe odgovora na to pitanje. Ili, upravo, nađe ga, ali on beše nepovoljan. A Vujo nastavi:

— Kod mene, vidiš, da ne može; i onda gde ćeš je?

— Gde god ja danujem, i ona će sa mnom. Naći ću u nekoliko sela po dve-tri pouzdane kuće, platiću ljudima dobro, pa će nas čuvati.

— E, moj sokole, nije žensko srce kao tvoje. Ti moraš svakoga časa biti gotov da pregruvaš po dva okruga do kakvoga pouzdanoga zaklona, a ona ne može svuda s tobom. I posle toga, za tebe će se određivati sve veća i veća ucena, što više budeš radio, a seljak će te ubiti za stotinu-dve dukata, pa da si mu iz oka ispao. Pare su to, hej!

Đurica se zloćudo namršti i uvuče pune grudi vazduha.

— Ja ti kažem samo to, da bez nje ne mogu živeti, pa sad... jednom se mre. Ako hoćeš da nas čuvaš, savetuj nas kako god znaš najbolje. Ja samo znam da moram sad imati novaca što više, i naći ću ih, pa makar svu zemlju prevrnuo.

Vuju sevnuše oči zadovoljno.

— Što će ti sad pare?

— Bez njih se ništa ne može, to znam. A ja ih moram sad bacati na sve strane.

— Pa dobro, daj da gledamo koju priliku još ove nedelje.

— Ti razbiraj i spremaj, a i ja odoh da što razberem — odgovori Đurica i, znajući da će ga Vujo sad raspitivati za njegove planove, obrte se odmah i ode.

I ako je bio dan, nije se mnogo krio. Išao je preko sela, držeći se šljivara i zabrana, a gde naiđe na čisto polje, tu se više požuri i obrće opreznije. Tako stiže u Vrbljane, pred kuću čuvenoga gazde Janka Pajića. Razgledavši kroz plot, vide u dvorištu nekoliko dece u igri i jednu ženu gde mota cevi. Ne razmišljajući mnogo, otvori vratnice i uđe u dvorište. Da ne bi svojom pojavom uplašio ženu i decu, nakašlja se i viknu običnim glasom:

— Pomozi Bog, snaho!

Žena, okrećući se k nemu, primi mu Boga, ali videvši ga onako naoružana, trže se i preblede. Deca prestadoše igrati i zanemeše, ne znajući da li da begaju i vrište, ili samo da ćute i posmatraju neobična čoveka.

— Ne boj se, snaho; ti se kâ da nešto plašiš — reče on blago, i da bi je bar koliko umirio, sede na klupu pod šljivom, pa nastavi: — Imam mnogo hitna posla do gazda Janka, pa te molim, ako je tu, kaži mu da ga čekam.

Žena ga gledaše s velikim nepoverenjem, ali se odmah diže i, pošavši k vratima kućnim, reče mu:

— Ništa ti ne znam gde je. Da pitam nanu.

Posle nekoliko minuta promoli se jedna proseda muška glava na vratima i, razgledavši hajduka, zovnu ga:

— Hodi der bliže, momče!

Đurica ustade, uze pušku i dođe pred vrata. Janko ga pažljivo razgleda, držeći jednu ruku sakrivenu za leđima.

— Čiji si ti, more? — zapita ga starac.

— Zar me ne poznaješ, gazda Janko? Dogonio sam ti onomlane merteke iz naše šume — odgovori Đurica i nasmeja se prijateljski, kao stari poznanik.

— A, ti li si to! Ja bih rekao, pa opet kô velim... neće zar to biti. A kojim dobrom?

— Imam hitna posla s tobom nasamo. Pa, ako što sumnjaš, zatvori vrata, pa stani s one strane kuće na prozor, a ja ću ti ispred prozora kazati što imam — odgovori Đurica veoma blagim glasom.

— Bog s tobom, dijete, što da govorimo kroz prozor, kad je dao Bog te imamo gde sesti i razgovarati se. Hodi ovamo — reče starac i propusti ga na vrata.

Đurica se zbuni, došavši u nepriliku: naučio je iz detinjstva kad uđe u kuću da nazove Boga i da se zdravi sa domaćinom, a sad nekako sam oseti da je to u ovoj prilici neumesno; oseti da on nije sad onakav, kakvi su ostali ljudi. Janko ga ćuteći uvede u sobu, zatvori vrata za sobom i ponudi ga da sedne.

— Pa tako: ti sad pomalo hajdukuješ? — reče starac, posmatrajući ga ozbiljno i radoznalo.

— Tss... šta ću — promuca Đurica, i još više se zbuni od ovog otvorenog i neočekivanoga pitanja.

— Samo ti ne valja što si se združio s onim zlikovcem... s Radovanom. Sa njega ćeš brzo glavu izgubiti.

— Ja ga, vala, nisam tražio, ali šta ćeš.

— Znam, znam. Sve je to udesio onaj matori ugursuz. Znao sam ja još pre godinu dana da ćeš biti ovo, što si sad, čim sam čuo da ne izbijaš iz njegove kuće. Gledao sam dosta takvih glava... ali, šta ja tu buncam! Dede da vidimo kojim si dobrom došao?

Đurici beše prijatno slušati ove pametne reči; milo mu beše sedeti ovako i razgovarati se lepo sa najuglednijim čovekom... Ta on je, u poslednje vreme, mogao razgovarati samo s onima, koji ga čuvaju...

— Nemoj da se naljutiš, gazda Janko, ali mene je velika nevolja nagnala da ti dođem. Meni treba ovih dana novaca, i to vrlo mnogo, pa dođoh da te molim, da mi uzajmiš. Pričali su mi o tebi sve, da si i drugima tako činio, pa zato ti i dođoh ovako sam. Čim dođem do novaca, sve ću ti vratiti: a dok sam god živ, neće te zaboleti ni dlaka na glavi...

— Koliko ti treba? — prekide ga Janko odsečno.

— Pet stotina dukata.

— Ništa ne možemo učiniti... Ja jesam pozaimao gotovo svima Vujovim ljudima, i oni su mi pošteno vraćali, ali tolike pare niti sam imao odjednom, niti sam ih davao. A pravo da ti rečem, i kad bih imao, ne bih ti toliko dao.

— Zašto, gazda Janko?

— Ja ti to ne mogu reći, a pitaj Vuja, pa će ti on, može biti, kazati. Daću ti sto dukata, više ni pare.

Đurica se i snuždi i namršti se, ne znajući da li da pređe na pretnju, ili da još pokuša lepim. Janko poznade šta on misli, pa ga zapita:

— Što će ti tolike pare?

— Trebaju mi, mnogo su mi potrebne, a posle ćeš, može biti, čuti zašto su mi trebale.

— Ako ću posle čuti od drugoga, bolje je da sad čujem od tebe. Može biti da ti mogu pomoći savetom, i ako znam da imaš mudroga savetnika... Istina, ja i zaboravih da te pitam: zna li Vujo da si ovamo otišao?

— Ne zna. To ću mu posle kazati. Hteo sam...

— E, pa onda se mi ne možemo više o tome razgovarati: ja takve stvari ne vršim bez njega.

— Zašto?

— Zato, što mi je on pouzdaniji. Ako tebe, recimo, danas ubiju, ostaje mi on za dužnika, pa će mi to posle platiti drugi, koji dođe na tvoje mesto.

Đurica se sasvim zbuni, jer vide da ovome starcu ne može i ne sme ništa. Najgore mu beše što se uveri, da i ovde ne može bez Vuja ništa učiniti. Ali on se odluči da ogleda poslednje sredstvo — da bude potpuno poverljiv sa gazda-Jankom. Ispriča mu iskreno, gotovo naivno, ceo današnji događaj, ne sakri mu ni Vujovo mišljenje, pa kad ućuta, stade bojažljivo da čeka odgovor.

— He, momče — odgovori Janko posle kratkoga ćutanja — traljava posla! Najbolje je, da ti to sve ostaviš, a ako ne možeš, onda radi onako kako ti Vujo kaže.

Dakle, i ovde neuspeh!

Đurica iziđe neveseo, zbunjen, uplašen, ne znajući šta da čini i kud da okrene glavu. I odavde ga upućuju k Vuju; i jataci, kad im se za što god obrati, prvo se izveštavaju o Vujovu mišljenju i volji; a on — njegovo mišljenje niko ne traži, njegovu želju niko ne čuje, na njega niko, bez Vujove reči, ne obrće ni glave. — Kao da on i ne postoji, kao da je on neka stvar, kojom se svi mogu po volji služiti...

Obuze ga veliki bol; oseti se tako jadan i tako usamljen, da već ne viđaše nikakva cilja svome opstanku. Neko ljuto, gorko osećanje usamljenosti zasede mu u duši, i on iđaše po njivama i šljivarima, koračajući nesvesno, zaboravljajući i na svoj položaj i na svaku opreznost...

Najedared slučajno pogleda niz ravno polje, i krv mu se sledi od straha, što mu izazva ova iznenadna kob. Daleko pred njim kasahu na konjima tri žandarma. Oni su ga opazili ranije, to je jasno, jer se jedan odvojio i, u najvećem trku juri desno, da mu spreči put k šumovitu potoku, kome se on uputio. Ostala dvojica iđahu pravo na njega, držeći puške na ruci, koje odsjaivahu prema zahodu sunčevu.

Đurica zastade; jednim brzim pogledom razgleda položaj i, ne misleći više ni o čemu, potrča iz sve snage k potoku. Već vidi kako mu se onaj pored potoka naglo približuje, čini mu se da čuje konjski topot iza sebe i on napreže svu svoju snagu i poleti niz polje, kao na krilima. Već se približio prvim šumarcima nad potokom, ali je i onaj blizu, samo sad ne ide preda nj, već mu se približuje sa strane. Sad dobro čuje tutnjavu od konjskih kopita i oseća da ga snaga pomalo izdaje...

„Ta neće me, valjad', stići... neću poginuti?" — misli on, i ova strašna misao daje mu novu snagu, i on trči, samo trči, ne znajući više ništa za sebe.

— Stoj! — viknu onaj sa strane, i Đurica ne pogleda, ali oseti da ga onaj cilja puškom i potrča još brže.

„Na konju je, ne može me nanišaniti..." — pomisli on i pogleda onamo u stranu.

— Predaj se! Ne gini! — viknu žandarm s konja.

Đurica potrča još brže. U taj mah grunu pucanj, kuršum fijuknu pored njega i odlete u ševarice, sa kojih opadoše nekoliko grančica. Istoga časa zagrmeše puške iza leđa mu, ali on utrča u šumu, sjuri se niz duboku strmen, i, kad potrča drugom stranom potoka, vide da je spasen. Za njim se nije moglo na konjima, i on okrete niz potok običnim korakom. Više nije ni mogao trčati.

XIV

Đurica nađe dosta novaca, ali mu taj novac ne odnese brige i nezgode, koje ga ne ostavljahu nijednoga časa. Vujo mu donese dvesta dukata od Janka, a odmah zatim izvrši smeo napad u požarevačkom okrugu, gde mu dopadoše još trista dukata. Ali pošto mu Vujo prepolovi dobit, opet mu ostade malo, te sad izgledaše gde bi još udario. Jatak mu pokaza trgovačkoga veresijaša iz Beograda, koji se vraćaše s puta po jugozapadnim okruzima. Đurica ga presrete i nađe kod njega samo dvaestinu dinara.

— E, moj prijatelju — reče mu priseban, neki veseljak, veresijaš — zar ti ne znaš, da su se naše gazde odavno dosetile, da se sačuvaju od ortačine sa vama! Što god naplatimo u jednoj varoši, to odmah šaljemo poštom u Beograd, a mi ti posle putujemo kao ptica kroz goru.

Đurica mu oduzede časovnik i duvanski pribor, pa ga pusti, ostavši ljut na neuspeh i na stid, koji mu pričini veseli putnik.

Međutim vlast, videvši da Đuričini napadi postaju sve opasniji i smeliji, stade da ga goni življe. Po svima selima odrediše se čuvari, koji su stražarili i danju i noću, a po Đuričinu i Radovanovu selu stadoše da krstare žandarmi svakoga dana.

Seoskih stražara Đurica se nije bojao. K njima je svraćao svagda, kad mu je trebalo da se izvesti ko je prošao putom, ima li kakve nove naredbe, gde se nalazi kmet... Ali je morao biti mnogo oprezniji od žandarma. Onomadašnji događaj pokazao mu je, da se ovi ljudi ne šale, i tada je prvi put, na delu, osetio da mu glava svakoga časa visi o koncu. Tada je potpuno shvatao svoj položaj, jer dotle mu je sve još izgledalo obično: viđa se i razgovara slobodno sa svojim seljanima, viđaju ga i po drugim mestima, i svi ga gledaju obično, kao da i nema ničega neobičnog u njegovoj pojavi.

A Stanka mu zadavaše najveću brigu. Dok je bila slobodna, kod oca, dotle mu i sastanci sa njom izgledahu kao najsrećniji trenuci u životu. On dođe na obično mesto, tu se nađu oboje i provedu čas-dva u zanosnom ljubavnom priželjkivanju, pa se rastanu; i on se vraća srećan, zadovoljan, opijen slašću ljubavi, ne brinući se ni za nju ni za sebe, znajući da će se to ponoviti i sutra i prekosutra i tako redom... A sad ga obuzme hladna jeza kad pomisli, da mu svakoga časa mogu oduzeti i odvesti to jedino njegovo blago, da je mogu zatvoriti, mučiti i šta je još ne može snaći u pandurskim rukama... Tada se prene i, ne gledeći ni na kakve opasnosti, ide pravo k njoj. Ali na njihovim sastancima sad nema one vesele, nepomućene i bezbrižne sreće, kojoj se odavahu, dok ona beše kod roditelja. Sad se još više pribijahu jedno uz drugo, ali im sa lica ne silažaše ona sumorna briga, onaj oprezni, nervozni strah od iznenadna napada, kome se, i ako verovahu u okolinu, svakoga časa nadahu. — Ko se skriva i bega, njemu se neprestano čini da mu je neprijatelj za vratom.

Naposletku vlast doznade za ceo događaj sa Stankom, pa, ne uzimajući još stvar ozbiljno, posla kmetu naredbu, da devojku „odmah stražarno sprovede" sreskome mestu. Kmet naročito sačeka vreme, kad je i Đurica kod kuće, pa ode k njemu sam.

— Nije vajde, Đuro, nema se kud. Moraš je voditi na drugo mesto — reče mu on, kad mu saopšti novost o naredbi.

— Vidim i sam, ali treba još da promislim i da se dogovorim s ljudima...

— Baš ti gledaj kako bilo, te je još danas prekri kod koga u selu. Ja moram sad odmah ići za odbornike, pa da sa njima dođem ovde i da saslušam tvoju majku.

— Pa dobro, kad nije drukčije — odgovori Đurica zabrinuto. — Ja ću je za noćas sakriti gde god, a sutra ću je morati voditi u drugo selo.

Kmet ode zadovoljan, a Đurica snuždeno pogleda Stanku.

— Da ideš, za noćas, kod Jova — reče joj.

— Neću više tako da se potucam — odgovori ona odlučno. — Hoću da idem svuda s tobom. Ali... ovako ne možemo više da živimo, nego da se venčamo.

— Šta? Kako? — zapita začuđen Đurica.

— Hoću, velim, da mogu slobodno pogledati svakom u oči. Što da me nazivaju svakojakom? A kad ti budem venčana žena, neka govori ko šta hoće.

I Đurici se dopade ova misao, ali sve to za njega beše tako novo i neobično, da ne znađaše još ni šta da misli o svemu. U prvom trenutku dođe mu na misao samo to, da za takav čin treba mnogo prethodnih poslova, pa onda se seti, da treba i sveštenik, koji će to izvršiti, pa mu dođoše na um kumovi, deveri i sva neizbežna povorka ljudi, koji su potrebni u takvu poslu. Ove misli on saopšti Stanki.

— Jok, brate, ništa nam to ne treba. Slušala sam ja da su za vreme Turaka venčavali noću, oko bureta. Idi ti našem popu, pa se razgovori sa njim. Videćeš, on će pristati. A ja odoh da te čekam u Beglucima, tamo pod našom njivom, dok to ne svršiš.

Đurici beše po volji i ova misao, samo mu je teško, mnogo teško bilo da iziđe pred popu, koga je, još iz detinjstva, veoma voleo i poštovao. Ali nevolja goni napred, i Đurica sa zebnjom ode k popovoj kući.

Popa ga, kad ga ugleda u dvorištu, pogleda začuđeno, ali ga oslovi onim istim glasom, kojim ga je uvek sretao:

— A gle, Đura! Otkud ti sad?

Đurica obori oči, obli ga crvenilo, ali ipak skide kapu i smerno priđe k svešteniku.

— Ne smem ti tražiti blagoslova, jer znam da ga nemaš za mene, ali te molim: daj mi ruku da je poljubim — odgovori on potresenim glasom.

Sveštenik se iznenadi; zasja mu u oku neobična roditeljska radost, ali on, ne izmenivši glasa ni držanja, samo mu pruži ruku, koju Đurica smerno celiva.

— Ako mi dolaziš, kao onaj bludni sin, na pokajanje, mogu ti i blagoslov dati — reče mu sveštenik, očekujući žudno njegov odgovor.

— E, moj popo!... Kamo sreće da imam načina da ti dođem na kajanje, ali ja sam već odvojen od ljudi, a to je kâ i da sam mrtav. Nego me druga nezgoda dovede do tebe.

Sveštenikovo se lice zamrači.

— Ako si odvojen, sam si se odvojio; ali ti niko ne brani da se vratiš među ljude.

— Znam, ali me tamo čeka kuršum.

— The... kuršum ili robija... ne znam, ali je to za tebe svejedno, ako ti je teško u samoći, ako ti je duši teško...

— Mili mi se još živeti, popo!

— Jadan ti je takav život, sinko!

— Šta ću!... Ali sad dođoh da me naučiš i da mi pomogneš — reče Đurica i ispriča popu svoju nameru sa Stankom.

Sveštenik se i uplaši i naljuti, kad ga sasluša.

— Zar ti hoćeš, sinko, da me oteraš na robiju, da mi upropastiš decu i da mi kuću zakopaš! Zar ti ne znaš da se ni obični ljudi lako ne venčaju, a s tobom već... budi Bog s nama!

— Nije to, popo; nego ako može onako, znaš, da niko ne zna... Pa ako se dočuje, ti kaži da sam te namorao.

— Sad da me ubiješ, sinko, pa ti to ne smem učiniti ni ja, ni ma koji drugi sveštenik. A posle, i to vam ni pred Bogom ni pred zakonom ne bi vredelo.

Đurica pojmi, da od njegove namere ne može ništa biti, pa, da bi se što pre uklonio od sveštenikovih saveta, koji mu veoma teško padahu, prenese razgovor na neke obične stvari, pa se odmah i udalji.

Našavši Stanku na određenome mestu, povede je k selu, ali ona, čuvši za neuspeh kod popa, ne htede da se odvaja od nega, a ne beše voljna ni da odustane od svoje neobične namere.

— Hajde da se nađemo s tvojim ljudima, pa da gledamo nekako sa njima, nećemo li se dogovoriti — reče mu ona.

— Ama kažem ti, veli mi pop da niko to ne sme učiniti.

— Znam, ali ako namoraš koga?

Đurica ne htede da joj kaže da takvo venčanje ne bi ništa vredelo, no razmislivši, uvide i sam da je najbolje dogovoriti se sa Vujom. Pa umesto da je vodi na novo sklonište, okrenuše oboje niz polje ka Brezovcu.

Đurica je još ranije, za vreme prvih sastanaka, upoznao Stanku sa svojim hajdučkim životom, ispričao joj mnogo o Vuju, Pantovcu i drugim svojim saradnicima, te sad, došavši k Vuju, Stanku ne iznenadi ništa što vide tamo. Slučajno je došao bio ranije i Pantovac, malo nakvašen, pa, videvši Đuricu sa devojkom, dočeka ga veoma veselo.

— Ha, pobro, je l' to snajka? Živa i srećna bila! Gle đavola kakvu je curu prevario. Starče, kažem ja tebi da je valjano! — reče, okrenuvši se Vuju.

— Živa bila! — odgovori Vujo i pogleda je oštro, kad mu ona priđe ruci. — Sad možemo to, radi viđenja, a posle ne moraš.

— Posle neću i da hoćeš — odgovori Stanka, osmehnuvši se.

— Ehej, more, pobro, da ne stradaju tvoji čuperci! Vi'š kako je snajka oštra — reče Radovan i trže se sam, pa, da bi taj nezgodan izraz zagovorio, on okrete: — A što ste se, deco, tako nakinđurili, kô da ćete na svadbu?

— Pa da vi'š, pobro, i pogodio si — odgovori Đurica.

Vujo se nasmeja, i držeći to za šalu, dodade i on:

— Samo vi nema popa, ali ga možete stići.

— Kako? Koga to? — zapita Đurica živo.

— Sad videh oca Simeona gde se vraća iz varoši. Dok on izređa sve mehane putom, možete ga stići, pa sa njim zajedno u manastir. Ho-ho-ho... — odgovori Vujo.

— Ama ti se šališ, a ja te odistine pitam — reče Đurica, pa im ispriča radi čega su došli.

— Valjano, pobro! Daj svatove! — skoči Pantovac, pa stade da se obrće po sobi, kao da nekoga traži.

— Besposlica! Kakvo venčanje... — reče Vujo. Za svaku ludost da navlačiš bedu na vrat.

— Ako je za tebe besposlica, za mene nije — upade mu Stanka oštro u reč. — Ja hoću prvo da mu postanem prava žena, pa posle da se ne razdvajam od njega.

— Alal ti vera, snaho! — viknu Radovan. — Takvu ženu i ja bih slušao. Starče, kažem ti, kupi svatove!

Vujo sleže ramenima, pa odgovori:

— Činite, naposletku, kako hoćete; ne branim.

— Pa kad veliš tako za kaluđera, onda je najbolje da idemo čim se smrkne, samo nam nađi još koga čoveka — reče Đurica.

— Gotovo tamo vam je najsigurnije. Čiča će se do manastira dobro zagrejati, a ti mu malo popreti, a i obećaj koji dukat, pa će on to narediti bez vladike.

— Nađi, starče, i kola. Kad je svadba, nek bar bude svatovski... Ih, pôs mu njegov, ko se nadao da ću večeras u svatove!...

Vujo ode da nađe ljude i kola, jer behu nastupili zaranci.

...Tri časa već putuju neobični svatovi na dvojim kolima. Raspitivaše za kaluđera kod svake mehane redom, i kod poslednje, pred manastirom, kazaše im da je starac malopre izmakao. Mladić, koji je silazio s kola i raspitivao u mehanama, namesti se na prednje sedište, ošinu bičem i kola pojuriše. Trebalo je na svaki način da stignu kaluđera, jer kad se za njim zatvore manastirska vrata, onda im je sav trud uzaludan. Posle kratkoga vremena začuše pred sobom pevanje crkvenih pesama. To se otac Simeon slobodi kroz klisuru, kojom se dolazi do manastira. Kad ga stigoše, Pantovac skoči s kola i pođe pešice pored starca, a kola odjuriše napred i za nekoliko minuta stadoše blizu manastirskih vrata.

Zamalo stiže i Pantovac sa Simeonom.

Vrata na ulasku u dvorište behu zatvorena, te starac stade da lupa, dok jedva razbudi uspavana poslušnika. Za to vreme Radovan ispriča Đurici kako je jedva primorao kaluđera da izvrši venčanje, i to pošto mu obeća deset dukata.

— Ne boji se ničega; ali moramo sad dobro paziti da nam ne umakne u ćeliju. Posle nam ne pomože ništa.

Ali starac, vidi se, nije pomišljao na begstvo, jer čim uđe u dvorište, pre nego što sjaha s konja, posla đaka da mu donese ključ od crkve, a on pusti dizgine konju, pa se obrte Pantovcu:

— Hodi der, sinko, pridrži. Star sam, pa ne mogu sam...

Radovan ga uslužno skide s konja, pa se odmah uputiše svi u crkvu. Pred ikonom hramovnom svetlucaše „neugasima lampada", te svojom slabom svetlošću pridavaše još sumorniji izgled mračnim svodovima hrama, koji se kao neka čuda izdizahu i povijahu u gustoj pomrčini. Prvi koraci odjeknuše neobično u ovom mračnom prostoru i hajduci se i nehotice zaustaviše pri ulazu.

— Palite sveće, more; hoćemo da polomimo vratove po mraku! — viknu Radovan i trže se sam od svoga glasa, koji udari o svodove, pa zabruja otud, kao da je pun hram ljudi.

Pred ikonostasom kresnu žigica nekoliko puta, dok ne planu i osvetli neobično lice poslušnikovo, koji, sa svojim dugom i razbarušenom kosom, sanjivim naduvenim očima, dugom i uskom rasom, izgledaše kao strašilo. Kad planuše nekoliko sveća i hram se osvetli, hajduci priđoše k stolu na sredini hrama, gde stajaše starac pod epitrahiljem i prevrtaše žurno neku veliku knjigu.

— Dajte mladence! — reče on i obrte se đaku, pa mu dobaci nekoliko kratkih isprekidanih reči, usled kojih se ovaj namah rasani i razrogači oči od straha i čuda...

Đurica i Stanka stadoše napred, jedno pored drugoga, a iza njih se namestiše Radovan i Kosta sami, ne očekujući da ih ko pozove. Kaluđer ih i ne pogleda, već samo sastavi ruke mladencima, pa se obrte stolu i stade da čita. Čitao je dugo i žurno, kroz nos, čas zapevajući i uzvikujući visokim glasom, čas gudeći basom. Izgovarao je sve reči spojeno i brzo, bez predaha, te mu i onaj, ko se razume u molitvama, ne bi mogao uhvatiti smisla. A Pantovac, napregnuvši sluh, mogao mu je uhvatiti samo jednu reč, koju češće pominjaše: bjesi... pa se neprestano domišljaše šta mu to može značiti. „Ili mu to u knjizi piše jesi, pa ne ume da čita, ili dovikuje đaku: bježi! A vala neće mi pobeći, pa makar ga zaklao ovđe u crkvi" — pomisli on, pa stade da motri na svaki pokret đakov.

Posle dugoga čitanja, otac Simeon, držeći u rukama voštanicu, obrte se mladencima:

— Hajde za mnom! — reče im, pa se okrenu i pođe oko stola, pevušeći neku pesmu kroz nos. Kum i starojko domišljahu se da li da i oni pođu za mladencima; pogledaše na đaka, ali ovaj se skamenio, pa samo treplje očima, a oni, videvši da mladenci idu, pođoše i sami za njima.

„Šta ovo ja činim?" — pomisli Đurica. „Venčanje... Prate me robijaši!... A kako sam nekada lepo sanjao o ovome času!... Napolju greje toplo sunce, sviraju svirači i pucaju puške, ljulja se kolo veselih seljana — svatova... A u crkvi stojimo ovako nas dvoje, i vidim pred sobom majku i sestru kako me veselo glede i smeše se od radosti, a oko nas susedi, prijatelji, kumovi, pa sve veselo i lepo... A gle sad..." I nešto ga u glavi tako jako zabole, da se morade uhvatiti levom rukom za čelo, koje obuzimaše sve veća vatra...

— Nek vi je srećno! — viknu starac i stade žurno skidati epitrahilj, pa se onda okrete Đurici.

— Kad si sam potražio Boga, onda ga bar nemoj od sada vređati. Teška je i strašna kazna Božja za one, koji se titraju imenom njegovim...

— Ćuti, pope! — viknu Pantovac — za to ti nisam došao. Nego ako si svršio posao, da ti platimo, pa da idemo.

Starac se prenu. Kao da ga sad tek obuze neka nova misao, neko čudno novo osećanje, koje mu baci sasvim novu svetlost na ovaj događaj. On podiže glavu, i sa nekim svetiteljskim dostojanstvom pogleda zlikovca pravo u oči i odgovori mu:

— Ovo je mesto, gde samo ja mogu govoriti i niko drugi. A tvoje pare ne tražim, jer su to krvave, proklete pare, koje ti je satana dao u ruke.

Sve ovo beše izgovoreno takvim glasom, od koga hajduci zanemeše, zgledaše se, pa ne rekavši ni reči, iziđoše iz hrama zlovoljni i uputiše se izlasku...

— Pravo reče nama Vujo da su to luda posla — progovori Pantovac ljutito, kad iziđoše van dvorišta. — Koji nas đavo vuče u crkvu!... Stid me je, vala, od samoga sebe.

— Ako se stidiš, nisi morao ni dolaziti — odgovori mu Stanka. — A ja sam zadovoljna.

— Ama vidoste li čudo, gde ne smedoh ni šamar da mu opalim — prekide je Radovan, nastavljajući svoju misao glasno — a baš sam mislio da ga maznem jedanput.

Đurica iđaše neveseo, zamišljen, ne slušajući šta se oko njega govori i radi. Samo mu jedna misao beše svetla i mila: da je ona, za kojom je tako dugo žudeo, sad njegova, potpuno njegova, i da se više neće od nje rastajati...

Beše skoro ponoć. Po nebu jure crni i gusti oblaci, otežući se u duga i široka povesma, a vetar duva snažno, te uvećava ono usamljeno šuštanje i brujanje šume, koja se sklopila nad ovim tihim samostanom. Hajduci poskakaše u kola i odjuriše kroz klanac brzim kasom...

A starac Simeon zatvori se u ćeliju, pa, ne skidajući se, stade da piše dva izvešća, duhovnoj i policijskoj vlasti. U oba izvešća starac ispriča opširno kako su ga hajduci uhvatili na putu, mučili ga i terali da venča „odbegšega zlodjeja Đuricu Dražovića sa djevicom Stankom, koja svojom dragom voljom ide za njega. Ali — dodaje starac — da ne bih umro bez pokajanja i da bih sačuvao svoj grešni život, pomislih da neće biti grešno pred Bogom, ako se zamolim Spasitelju za ove zabludše ovce, pa ih dovedoh u sveti hram i očitah im veliku molitvu svetog oca našega Vasilija, iže jest na oderžimih bjesom... Po tome im dadoh pastirsku pouku: da se ostave zlodjejanja i da se pokaju. A oni otidoše veseli, držeći da sam venčao mladence.”

Zora već zabeli kad starac poslednji put pročita oba pisma, savi ih, zapečati i diže se da probudi uspavana đaka, koji je trebao sad odmah da trči u varoš s ovim žurnim izvešćem.

Kao što posle onoga događaja, pri ocenjivanju potre pred klenovičkom sudnicom, nastupi u Đurici izvesan prelom u mišljenju i osećanju, tako i sada, posle ovih burnih i neobičnih događaja, koji se nabrzo izređaše i preturiše preko njegove glave, nastupiše u njemu drugi pogledi na njegov život, zadatke i postupke. Do sada je Đurica na ceo svoj rad gledao kao na slučajnosti, koje se menjaju svakoga dana, onako isto, kao što se menja nebesno plavetnilo turobnih jesenjih dana. Živelo se od danas do sutra, izbegavala se svaka određenija misao o budućnosti, jer joj nije ni bilo mesta: jedan kuršum iza trna pokvario bi i odneo sobom sve planove i želje... Istina nije on baš bio bez ikakvih planova, ali je sve to bilo tako nejasno i neodređeno, da ni sam nije bio načisto sa svojim željama. Ali ga poslednji događaji prinudiše da misli, i ako mu je ovaj posao, od svega, najteže išao od ruke.

Postepenim tokom događaja Đurica se već navikao na svoj položaj, a ozbiljne prilike navedoše ga na misao: da ovim položajem osigura sebi i svome drugu budućnost. Sad mu život beše miliji no ikada, a opasnosti se nagomilavahu sve više. Trebalo je, dakle, naotimati — „zaraditi", kako on mišljaše — što više, pa se posle negde skloniti i proživeti mirno. A da bi mogao zaraditi, trebalo je prethodno da zajazi stotinu drugih strana; trebalo je da zadovolji i Vuja i drugove i jatake i poverenike, kojih je bilo bez broja i koji su ga sve više, svojim zahtevima i uslugama, obavezivali i sputavali u beskrajnu mrežu svojih zamaka. On je osećao da je teško nadavati svima i svakoga zadovoljiti: od tolikih pohara još nije ni polovini dao prvi „peškeš", koji se obično smatra kao sitnica i za kojim tek posle dolazi pravo razračunavanje, koje mora imati neke srazmere sa državnom ucenom. Ali se ipak on nadao, nekom maglovitom nadom, da će sve to nekako izravnati i zadovoljiti drugove i sebe. Nadao se utvrdo, i ako je video da mu gotovo sva „zarada" odlazi u jedne gvozdene ruke, iz kojih se više ne vraća njemu.

Posle svoga neobična venčanja Đurica pade u veliku brigu zbog opasnosti, koje se gomilahu oko njega. Marko Radonjić ne mogade otrpeti sramotu svoje kuće, pa se obrati za pomoć državnoj vlasti. Usled toga postade Đurici nepouzdano i njegovo selo, jer Marko samo vrebaše priliku da dozna za njegov dolazak, u čemu ga pomagahu rođaci i neki momci, naročito Sreten. I sama vlast poče mnogo življe da traga za Đuricom, ne dajući mu nigde da se stani. Đurica sad tek poče da razumeva i oseća svoj užasni položaj: ličio je na zver, koju neprestano, s mesta na mesto, goni velika hajka. Zbog svega toga i on sam izmeni svoje postupke prema drugima. Do sada je u napadima bivao priseban, pažljiv, gotovo blag, a sad poče sve više da liči na Pantovca: stade da napada plahovito, grubo (ako se može reći da ovo do sad nije grubo), bez osećanja i bez ikakva sažaljenja.

Odmah posle venčanja nađe nekoliko pouzdanih kuća u raznim selima, gde je mogao sklanjati Stanku. Tako skide s reda prvu brigu. Ali posle dva-tri dana javiše mu da Sreten, sa nekoliko momaka, jednako krstari po selu, s namerom da ga ubije ili uhvati. Ovo ga neobično naljuti i iznenadi. Smatrao je svoje selo kao jedino pouzdano utočište, a sad mu prva opasnost otud preti. Ne misleći dugo, uputi se s Pantovcem, s kojim se sad ni danju ne rastavljaše, pravo u selo.

Sunce beše davno izgrejalo, te se pod njegovim zracima prelivahu i blistahu polja i njive, okićene rosnim kapljicama, koje se po brežuljcima već stapahu i isparavahu. Ispod sudnice, kraj puta, seđahu dva dečka sa zadenutim pištoljima za pojasom i jedan čovek osrednjih godina sa prebačenom šešanom preko krila. Pred njima gori vatra, plamen se veselo povija s jednoga kraja na drugi, a oko vatre pršte i puckaju mladi purenjaci, koje jedan od dečaka obrće i nadgleda.

— Odmakni de malo tanji kraj, vidiš pregore — veli onaj s puškom i zadovoljno, svetlim očima posmatra kako purenjak rudi i pucka. — A ti, kićo, da je kakav sud da doneseš malo vode, pa nam ne treba bolja čast.

— More lako ćemo za vodu; eno reke, pa ćemo posle piti, samo daj da ovo lepo ispurimo.

— Ala da naiđe Miloš; naplatio bi nam svaki purenjak po groš.

— Pa eto, Sreten je video sad kad prođe, pa ne veli ništa.

— E, mari sad Sreta za purenjake. Misli on gde bi našao Đuricu da podeli Kosovo.

— Ih, da ga hoće gde sukobiti: ala bi bilo smeja i pričanja po selu!

— More, deco, gledajte svoja posla — odgovara im onaj s puškom, otresajući pečen kukuruz i zavijajući ga u zelenu šašu. Malo zatim zašušta kukuruzovina pred njima i iz nje iskočiše Đurica i Pantovac. Dečaci zinuše od čuda i zanemeše, a drug im ustade i zdravi se sa Đuricom.

— Stražarite li pomalo? — pita Đurica smešeći se.

— A ja... setkarimo pomalo, et'...

— Prodajte nam dva purenjaka.

— Nismo ih, vala, ni mi kupovali, pa ih nećemo ni prodavati, no uzmite pa jedite — odgovori stražar i dade im po jedan pečen kukuruz.

— Vi govoraste sad o Sretenu — reče Đurica, kruneći pečena zrna i bacajući ih šakom u usta. — Kud ode on?

— Ode u Lokvu s kosačima — odgovori dečko.

— Koliko ih beše?

— Petorica. Pajo Stanojčin, Jevto, Petar...

— U zdravlju! — prekide ga Đurica, obrte se i ode s drugom.

U Lokvi su gazdinske velike livade, sa kojih se diže po nekoliko stotina plastova. Sad su već plastovi zdenuti, a u Miloševoj livadi podigla se zelena otava. Po njoj se poređali mladi kosači, pa jednačito, kao po komandi, izmahuju oštrim kosama i seku zelenu sočnu travu. Prijatan, zanosan miris otave širi se uokolo, te ne mogu site da ih se nadišu mlađane grudi. Sunce prižiže u znojava leđa, jutrenji povetarac pirka i rashlađuje, a trava šušti i pada pod oštrim čelikom...

Najedared kosači se prenuše. Neko iza njih povika:

— Stoj!

Podizaše glave i uprepastiše se, videvši Đuricu i Pantovca s naperenim ostragušama. Sreten, koji bejaše napred, podiže kosu i kao da htede nekud poći, pa, videvši da se nijedan od drugova mu ne miče s mesta, zastade i sam, dvoumeći šta da čini s kosom: da je baci ili da je drži tako podignutu. Ali ga dvoumica prođe brzo, kad Đurica podviknu:

— Dole kose!

Sve kose popadaše, a kosači, prebledeli od straha, gledahu začuđeno u naperene puščane grliće, kao da su im oči prikovane za njih.

— Otpasujte se, a ti, Jevto, vezuj sve redom! — viknu Đurica i stupi korak bliže.

Za časak behu svi dobro povezani, a Jevto stajaše uz njih, čekajući šta će sad biti.

— Vegni de, pobratime, i ovoga — reče Đurica, pa priđe povezanim mladićima, a Pantovac stade da veže Jevta.

— Pa, Sretene... — poče Đurica — čujem da me mnogo tražiš ovih dana... vele, hoćeš da me ubiješ, šta li?... Pa, et' ja dođoh da se vidimo i 'nako... upitamo za zdravlje.

— More, Đuro, nadlaguje se svet — odgovori Sreten mucajući i bledeći. — Ja, vala, znaš sam, volim te... kako ću reći... ’nako kâ... br... kâ brata, jest, baš kâ brata... A svet... the...

— A šta si ono poručio Jovu i Stanojlu da ti jave kad budu na straži?

— Ja, vala, ništa. Kažem ti: svet...

— A jesu li se svi ovi zakleli onomad s tobom, da će ti pomoći da me ubiješ?

— Ko, zar ja? — viknu Pajo. — Ne dao Bog! Ja još velim, brate, da te čuvamo kâ jednoga svoga...

— Ko to iznese? — viknu treći.

— Šta ih tu ispituješ... im njihova! — viknu Pantovac — još im nađi advokata... Lezi, bre! — podviknu zatim Sretenu, koji se očas pruži po otkosu. U ruci Pantovčevoj odjednom se nađe vitak drenovak, koji odjednom fijuknu u vazduhu i stade da pada po Sretenu kao grad.

Posle prvih udaraca Sreten se samo uvijaše, bledeći i mršteći se, ali na šestom đipi, kao iglom uboden, kleče na kolena i zakuka iz svega glasa:

— Jaoj, kukavac, đe pogiboh! Ne, kumim te Bogom...

Pantovac ga samo gurnu levakom, pa opet produži, ne osvrćući se na njegovo očajno zapomaganje. Kad navrši trideset udaraca, odujmi, a Đurica priđe i saže se nad Sretenom, pa mu prevuče oštar nožić preko sredine uha, smešeći se:

— Ovo, znaš, da me se sećaš... Neću da ti kvarim uho, jer nisi oženjen, ali nek stoji reznica, da ne dižeš ruku na ljude, koji ti ništa ne čine.

— A vi — obrte se potom ostalima, koji od straha jedva stajahu na nogama — sad vam praštam, a drugi put vam ne gine kuršum u leđa. Sad idite, pa pričajte kakvu ste ucenu dobili za glavu Đuričinu.

Za ovim se obrtoše i on i Pantovac i polagano se udaljiše niz ravne livade, a povezani kosači, ne dvoumeći mnogo, razbegoše se po kukuruzima, bojeći se da se razbojnici ne prisete i ne povrate.

Đurica s Pantovcem udari potokom, koji protiče ispod Dikića kuća, gde je ostavio Stanku na boravištu. Javili su Jovu Dikiću da im spremi ručak. Kad iziđoše na čisto polje, koje preseca potok, ugledaše konjanika, s kojim su se morali sresti. Đurica poznade popa.

— Pop! — reče on, i senka nekoga detinjega stida prelete mu preko lica, ali on brzo odagna osećanje, koje mu ne beše prijatno, pa reče Pantovcu: — Ako ja zastanem sa njim, ti idi napred, pa me čekaj u šiblju.

— Šta ćeš sad s popom? — promrmlja ovaj nezadovoljan, jer beše gladan, pa hitaše na ručak.

— Ništa, more; idi ti! — odgovori Đurica zbunjeno.

I pop ih beše ugledao poizdalje, ali videvši da se moraju sresti, nemade kud, no produži pravo k njima.

— Pomozi Bog, deco! — reče on još na korak dva pred njima.

Pantovac se još više potulji, obori glavu i nekako neodređeno mahnu rukom pored uha, što se moglo uzeti kao da skida kapu, a moglo je izgledati i kao da se češe iza uha.

Đurica vrlo pristojno skide kapu, smerno priđe ruci sveštenikovoj i oseti kako mu opet maloprešnje crvenilo nailazi na lice.

— Hoćeš u selo, popo? — reče on blago, kao običan seljak, koji je, idući s rada, sreo svoga sveštenika.

— Hoću ja — odgovori pop, osvrćući se na Pantovca, koji već beše prošao. — Siromah Ilija, izgubi detence... A ko ti je ono... valjad' Pantovac?

— Ja — reče Đurica i namršti se malo, ali se po njegovu izrazu ne mogaše pročitati da li mu je neprijatno to pitanje ili mu je neprijatan sam Pantovac.

— Baš ja jednako mislim kod kuće, nikako ne mogu iz glave da te izbijem... Šta to bi s tobom, Đuro?... Ja sam te krstio i jednako si mi pred očima rastao, pa sam baš mislio i radovao se kako ćeš biti valjan momak. Istina, otac te, Bog da ga prosti, nije nikakvom dobru učio... to se već zna, nemoj da ti je krivo i ako ti je otac, ali, brate, ti si mi izgledao drukčiji...

— E, moj popo... šta ću, takva mi je, valjad', sudbina... Malo od oca, malo od drugih, pa... eto!... — odgovori on uzdahnuvši.

— To je, to je, znam ja... ti drugi učitelji, to su tvoji dušmani... Ti si bio... ti si mogao biti krasan domaćin i radnik, ali te oni navedoše na klizav put. Pa sad moraš da im argatuješ, da mećeš glavu u torbu radi njihove koristi.

Đurica, pognute glave i bleda lica, slušaše ove neobične reči, koje iskazivahu i neke njegove najtajnije pomisli. I njemu je dolazilo sve to na pamet, ali on nikad ne beše u stanju da istavi takvu misao jasno i da pomisli dublje o njoj. A sad, kad je čuo gotovu, iskazanu misao, ona ga uplaši, jer pojmi da je misao istinita i pravilna. „Jest, zacelo, ja radim, a oni sve odnose i žive od moje glave...”

— Ti otimaš od drugih — produži pop, videvši da ga Đurica sluša — da bi mogao njima što više dati. Ubijaš, recimo, ili upropašćuješ pošteni svet, pa daješ njima, koji su tebe upropastili... A kad dođe do gustoga, onda će im biti prvi posao da te ubiju, da bi sebe sačuvali, i da uzmu ucenu za tvoju glavu.

Gotovo plašljivo, raširenih očiju Đurica pogleda popa. Ova strašna misao, koja mu do sad ne dođe na pamet, porazi ga kao grom. On gledaše u mirno i blago sveštenikovo lice, očekujući drugu reč, koja bi ublažila ili preinačila tu strašnu misao, ali pop naročito zastade, da bi se ta misao što bolje i dublje ukorenila u njemu.

— Kako... zar to može da bude?... — promuca Đurica.

— He, moj sinko... da je to, što ti radiš, kakvo dobro, zar ne bi i tvoj otac to radio!... A on je, vidiš, drugima jatakovao i od drugih živeo... Ja znam desetinu ljudi, koje su ti tvoji prijatelji izmamili u goru, terali ih da otimaju od naroda za njihov račun, pa ih posle poubijali i uzeli velike ucene za njihove glave...

— Ama, popo, šta veliš ti?... O kom ti govoriš? Znaš li...

— Znam ja dobro, ne boj se, sinko. Znaju i deca seoska ko tebe upropasti, a da ne znam ja, koji već triestak i nekoliko godina gledam šta se radi po ovoj okolini... I znaš li još šta? Za ove moje reči, kad bi ih ma kome drugome kazao, ja znam šta bi me snašlo posle nekoliko dana; a vidiš, ja ih tebi govorim slobodno, ne bojim se ničega... Vidiš da te dobro poznajem... da nisi rđav čovek...

Odjednom, kao plahovit povodanj, po Đurici se razli neka nežna i slatka toplina, a uz grudi mu pođe nešto vrelo i neobično, zastade u grlu mu, pa zagolica mu nos, vilice i oči, i on oseti da mu se oči vlaže, a vilice dršću... Neka stara i slatka, veoma neobična uspomena iz detinjstva senu mu kroz glavu, seti se kako je nekada detetom plakao, i sad mu se učini da oseća ono isto, što je i u detinjstvu osećao; učini mu se da je i on sam onakav isti, kakav je i u detinjstvu bio... Otkada pamti za sebe, nikada mu još niko nije tako otvoreno u dušu zagledao... I takva vera, takvo poverenje u njega, razbojnika!... Čovek govori pred njim ono, za što bi mogao izgubiti glavu... „ali zna da nisam rđav čovek!...”

— O, popo, da znaš kako mi je to... Niko mi do sad nije tako govorio... a ja sam sve sa njima, od detinjstva... s ocem...

— Jeste, sinko, znam ja. Kamo sreće da oca nisi ni video ni zapamtio, drugo bi sad bilo... Takvo srce ne bi se samo pokvarilo. Ali sad to na stranu, pa mi reci šta misliš, dokle ćeš tako? Znaš, valjada, šta te čeka naposletku... danas, sutra, kroz godinu, dve?...

— Ništa ti ja ne znam, no živim tako od dana do dana; a šta će biti i ne mislim, ne smem da mislim... Samo znam da sam propao, propao sasvim.

— Pa što onda veza onaku devojku za sebe, te i nju upropasti, bolan brajko?

— To ne znam, popo, sreće mi. Kako se to desi, ni sam ne znam. Kao da nas neki vetar zanese, te se zakrlepismo jedno za drugo, ne misleći ništa i ne znajući šta radimo... A sad mi je to velika, teška briga na vratu... Ali šta da radim, nauči me, popo?

— Samo jedan pravi put imaš pred sobom: da se predaš vlasti, da ideš na sud, te da pokaješ stare grehe, a posle već... lako je. Neće te streljati, znaj zacelo, a kad se pokažeš na robiji valjan, smanjiće ti kaznu. Izdrži tamo pet-šest godina, pa kad se vratiš otud, bićeš čovek, bićeš pošten seljak i domaćin, živećeš na svome pragu i ognjištu.

— A ona... Stanka, šta ću s njom?

— He, njoj neće biti lako, ali naposletku, i ona će se dovesti u red, sve će se dovesti u red... Naći će, zar, i ona sebi druga...

— A, to ne može, to nikako ne može. Eto, to je ono!... Prvoga dana, pošto mene zatvore, ona nema kud, a ja je ne mogu ostaviti, pa makar poginuo. Nego kaži što drugo: ima li kakva načina da se mi ne rastajemo, da se sklonimo gde, ili tako na primer nešto?... — i Đurica žudno, vatrenim očima pogleda sveštenika, očekujući povoljna odgovora.

— Znam šta misliš, sinko. To ne može. Svaki je, koji je bivao na tvom mestu, to pokušao, pa ne ide. Posle nekoliko meseci povuče ga opet neka sila u goru, zažele mu se oči gomile zlata i banaka i... eto ga!

— Jest, znam to — reče Đurica, shvatajući položaj hajduka, koji se udalji od svoga posla.

— Jedini ti je put, sinko, da se vratiš među poštene ljude — robija. Kroz nju se možeš vratiti slobodan.

— Onda... ništa!... — reče on uzdahnuvši.

— Teško mi je, Đuro, što ti ne mogoh ni u čem pomoći...

— Kako?... Hvala ti, popo, do neba. Ti si mi otvorio oči. Bar ću se sad umeti čuvati i znam s kim imam posla. A 'vako, što no kažu, bile su mi povezane oči.

Sveštenik ga pojmi. Pa, hoteći da ga ostavi baš na toj glavnijoj misli, pozdravi se sa njim i krete konja pod sobom, a Đurica ostade zamišljen, ukočena pogleda nakraj vidokruga, otkuda se pomaljahu retke paučinaste kudelje sivih i beličastih oblačaka...

„Moraš da mećeš glavu u torbu, radi njihove koristi" — seti se on popovih reči i, idući polagano uz potok, stade da misli o tome.

„A ja do sad nisam na to mislio, a vidiš kako je to jasno! Zbog čega se ja mučim i propadam, zbog čega upropašćujem toliki svet, zar zbog sebe? — Jok, brate, nije!... Kakva mi je vajda od toga. Nego sve zbog njih... Donesi pet stotina, oni sve razgrabe, i još moram da molim njih za koji dukat. I tako jednako da radim za njih, da upadam u sve veće krivice dok... jest, dok ne dođe do gustoga, tako reče popa, a posle... pljus po čelu, pa uzmi još sto dvesta dukata ucene za moju glavu!... E nećemo tako!" — reče on u sebi, ali ne beše u stanju da misli kako će drukčije, kad neće tako.

„Da mi je znati šta li misli ovaj Radovan? Eto, i on je učinio što i ja, još i gore, a čini mi se da je pametan čovek. Da li on vidi za koga se mi mučimo? Baš ću da ga pitam, ali neću sad: setiće se da mi je to popa govorio. Samo znam jedno: treba dobro otvoriti oči... Ča-Vujo, povući ćemo se klipka, pa ili moja ili tvoja glava!..."

„Da se predam, veli, vlasti" — stade opet misliti. — „Ali kako?... Recimo ja odem i kažem... tako, već zna se... oni mene u tomruke. Posle ispituj: ko je još, ko te čuvao, s kim si išao, koga si napao?... I tako sve, pa muči i pitaj... Dobro. Posle već sud i, recimo, robija. A ona?... Ocu ne može, jatacima ne može, mojoj kući... i gore!... A-ja!... Opet je ono najbolje: nakupi para, pa beži u svet. Da mi je samo da nakupim pet stotina dukata... Ali prvo mora da se plati jatacima... Tamo-amo, pa opet: udri, otimaj!..."

XVI

Našavši Pantovca, koji već postade ljut radi tako duga čekanja, Đurica dođe sa njim do urečena mesta (jednoga trnjaka ispod Dikića kuća), pa dade znak. Ispred kuće mu odgovoriše da je sve povoljno, i oni se obojica pažljivo provukoše kroz šibljak i kukuruz, te uđoše u kuću, gde ih očekivaše Stanka i dobar ručak. Jedna žena ostade napolju da pazi neće li ko iznenada naići, a gosti se namestiše sa domaćinom u sobi i stadoše da ručaju, pričajući o događaju sa Sretenom.

Posle ručka donese Stanka čuturu vina, koju je Đurica sobom doneo. Pantovac zasvetle očima i maši se čuture.

— Oh, sejo rođena i majko miljena, ti si mi još ponajvernija druga — reče on gladeći čuturu po boku i nateže je. Kad se napi, pruži je Đurici.

— Nategni, pobratime, pa da vi'š kako odnosi sve brige u maglu — reče on sučući guste brke i gledajući jednim okom Stanku, koja seđaše do Đurice i neveselo gledaše na njega.

— A što mi reziliš pljosku, bolan Rako — reče Jovo. — Zar ona ne može da izvrši taj posao!

— He, dušu li mu, nije to... ona samo provrti, a čutura udari klin.

— More čuvaj se da ne zaklinoše.

— Stari smo poznanici. Ha-ha-ha!... — odgovori Pantovac i stade da savija cigaru.

Nasta kratko ćutanje. Jovo dvaput počinjaše nešto da kaže, pa se trgne, kao da se domišlja da li je baš sad najzgodnije vreme. Pogledavši još jedared Đuricu i videvši ga dobro raspoložena, on se odluči.

— Đuro, znaš... meni bi trebalo para. Baš mi je jaka potreba. Okupile ove proklete dacije...

— Znam ja, ne beri ti brigu. Skoro ćemo imati posla, pa će biti svima.

— Ama jest to, nego znaš, ja velim... kako ću reći... kad svršiš posao, nemoj nam šiljati preko Vuja, nego nam ti sam podeli... Ja, brate, neću drukčije! — uzviknu on odjednom i ustade sa stolice, kao da se sad nečemu priseti. — Jest, neću da mi on deli kâ slepcu po dva dukata, a sebi ostavlja stotine...

— Koliko ti je dao Vujo onomad? — zapita Đurica.

— Svega do sad pet dukata.

Đurica se namršti. Pantovac upade u razgovor:

— Pa šta ćeš, more, ne zna čovek kud će pre. Nije vas malo. Samo u ova četiri naša sela imamo trideset takih ljudi, a još dvadeset u drugim srezovima... He, dušu li mu, nije to lako nadavati.

— Znam, Rako, ali opet... niste ni vi sedeli skrštenih ruku. Tu je palo, brate, mnogo više od hiljade, pa tu ima i za nas i za njega, a 'vako nećemo... jok!...

— Dobro — reče Đurica — ja ću to kazati Vuju šta vi tražite, pa sad videćemo. I meni je pravije da ja i pobratim sami razdajemo našim ljudima, a bogme i za sebe da ostavljamo.

— Ama što vi, ljudi, ne udesite sa njim, pa da se zna šta je njegovo, a šta vaše. Nek se zna njegov deo od stotine, pa to mu je, a vi se posle sa nama kusurajte — reče Jovo.

— Da vi'š, more, meni se to svidi — reče Pantovac i naže se k trpezi. — Ali, dušu mu matoru, neće on na to pristati. Ovako on odnosi tri dela, a jedan deli svima nama, to znam dobro. A da se pogađamo, on zna da nam ne može tražiti više od četvrtine... Bolje mu je ovako, pa neće ni pristati.

— Pa, brate, kad mu vi dajete, što da ne uzme. I ja tražim tri dela, ali meni ne date... Je li tako?

— Ono tako je... ali to je drugo... Badava, neće on!... — reče Pantovac odsečno, razmislivši malo. — Ne ide, sve je u njegovim rukama... bez njega mi ne možemo ni mrdnuti.

— To je muka — reče Đurica, pogledavši mimogred Stanku — ali opet, da pokušamo. Što da nas dvojica zalažemo glave za njega, pa otud ne vidimo koristi ni mi ni naši ljudi, no sve njemu. Pa, naposletku... zar mi baš ne bismo mogli bez njega?...

— He, pobro!... da nije njega, drukčije bi se ti osvrtao oko sebe — odgovori Pantovac, smešeći se.

— Što, zar...

— Zato, što bi onda i potajnici, i vlast, sve bi išlo kud treba, pravo za nama, a ne bi išli onamo, gde sami znaju da nas neće naći.

— Kako, pa je li mene htedoše tu pre ubiti oni konjanici?...

— A ko ti je kriv, što ti sam ideš na pušku. Leno pseto, dok ne vidi zeca, neće da ga traži, ali kad ga vidi — drž' se zeče!

— Opet ću ja da pokušam — reče Đurica.

— To možeš, i ja ću ti pomoći, ali ćeš videti da neće od toga biti ništa. Samo pazi da ga ne naljutimo — odgovori Pantovac i diže se sa stolice. — Jovo, ja bih malo spavao — reče on kresnuvši okom na domaćina, koji ga pojmi, pa ustade i iziđe sa njim.

U sobi ostadoše Đurica i Stanka.

Pogledaše se oboje, i dok im se pogledi ne sastaše, mišljahu da će poleteti jedno k drugom, a kad sagledaše svoja uplašena i zabrinuta lica, oboriše glave i zaćutaše oboje.

— Đuro, šta je ovo? Ja ću poludeti!... Dokle će se ovako? — reče Stanka i sede kraj njega na pod.

— Što, Stale? — odgovori on i prebaci svoju ruku preko njena ramena.

— Ne znam, ali ja ovako ne mogu. Hoću da budem jednako s tobom, pa neka poginem, ne marim, samo da ne sedim 'vako kao u tamnici.

— Pa ja sam ti govorio da nije lako...

— A što sam ja ostavljala svoju kuću, nego da budem s tobom! — odgovori ona, a oči joj sevnuše onom vrelom blistavom vatrom.

— Pa kako ćemo, kad ne može drukčije? Eto, nisi mogla ići sa mnom da bijemo Sretena, a ne možeš sutra ili prekosutra na poharu.

— Svejedno, hoću da idem, pa šta bude.

On je privuče k sebi, pa joj stade drugom rukom gladiti glavu, a u njemu samom rađahu se čudne misli.

„Što li je to tako?" — mišljaše on. — „Dok je ne uzeh, činila mi se veća od sunca i dalja od samoga neba, a gle sad... ništa... Baš kao i oni čvorkovi sa bresta!" Đurica se sad seti detinjstva. Jedared opazi da se legu čvorci u jednom visokom, okresanom brestu. Mesec i po dana obletao je oko toga bresta, gledao kako su se legli, hranili i rasli mali čvorci, i video da će nasigurno odleteti kad porastu. Drvo je bilo tako pravo i visoko, da se nije moglo ni misliti o penjanju. Ali jednoga dana svih pet mladih čvoraka behu u njegovim nedrima: što je za njega bilo nemoguće, drugome je išlo lako; drugi se popeo i povadio mu čvorke. S najradosnijim srcem otrčao je kući, odneo svoje lepe male čvorke i pokazao ih ocu. „Pootkidaj im glave, nek ti majka načini paprikaš" — reče mu otac. On je učinio tako. I kad mu je posle majka donela kuvane čvorke, on se čudio: čemu se do sad toliko nadao i radovao? — Ničemu... rekao je tada sam u sebi. I sad se setio čvorkova...

Ali je opet, još jače i strasnije prigrlio Stanku, pa stade da je ljubi u one čudne oči, koje nekada ni pogledati nije smeo. Zanosna vatra ljubavne strasti obuzimaše ga sve više, i on već osećaše da mu

Stanka nije ono isto što i čvorkovi, uviđaše da mu je mnogo više za srce prirasla.

„Šta ću da mislim? Vidim da se sve više propada u neku dubinu, iz koje nema izlaza... Padamo oboje i propadamo, pa bar nek se živi još ovo malo vremena što nam ostaje!..." i on osećaše kako ga Stanka grčevito privlači k sebi, i zaboravi sve brige i opasnosti ovoga sveta.

XVII

Đurica i Pantovac ostadoše kod Jova i na prenoćištu. Đurica i Stanka odneše ponjave u kukuruz ispod kuće, pa tu, pod jednom kržljavom divljakom, namestiše postelju. Pantovac se zavuče među krstine više kuće, a Jovo sa čeljadima, kao obično, leže na dvorištu pred kućom. Iza Bukulje pojavi se sjajno crvenilo, kao od ogromna požara, pa mu se zraci razmicahu sve više i sve dalje, dok iza gore ne ispliva pun sjajan mesec, te prosu bledu svetlost najpre po vrhovima drveća i bregovima, a posle sve niže i šire, dok sa visine ne osvetli sav vidokrug. Oštar hladan planinski vetar zanjiha lisje i vrhove kukuruza, te nad glavama sakrivenih begunaca zabruja čudna noćna pesma, puna neke mile i sumorne sete, nekoga nerazumljivoga i blaženoga duševnoga straha...

— Što nije svakad ovako? — prošapta Stanka, grčeći se i pribijajući se uz Đuricu, navlačeći sve više tanku oštru ponjavu. — Da mi je ovako da proživimo koji mesec dana zajedno, pa posle ne marim, nek poginem.

— I sve ovako da sija mesec, da pirka vetar, a mi da ćutimo pokriveni u kukuruzu, je li? — odgovori Đurica, prebacivši ruku preko nje.

— Jest, sve tako.

— E, Stale, nismo mi za to rođeni, za takvo uživanje i odmor, nego za nevolju, za večitu nevolju... Ej-haj!... — uzdahnu on posle neke teške i gorke misli.

San stade da ih obuzima oboje, i oni zaspaše.

Pred zoru, kad stadoše zvezde jedna po jedna da se gase i neko nejasno bledilo da se navlači po nebu, Đurica se trže, probudi ga nekakvo šuškanje i šaputanje, koje se čulo ozgo, od dvorišta. Sede na postelju, dohvati pušku, pa stade da sluša. I Stanka se prenu, pa videvši ga tako na oprezu s puškom, skoči uplašeno.

— Šta je to? — zapita ona poluglasno, osvrćući se oko sebe.

— Pst, ne govori! — prošapta Đurica, pa se podiže na noge. Perje kukuruzno zašušta i zatim se ču tiho zviždanje, koje najviše podsećaše na pištanje uhvaćena miša. Đurica dahnu dušom, odgovori istim znakom i zadovoljno, posle bezuzročna straha, sede na postelju.

— Što li je to Jovo poranio? — reče on. — A ja mišljah drugo...

— I ja mišljah... — odgovori Stanka, ali ni ona ne iskaza svoju misao, koja se, bez sumnje, ticala žandarma...

Kroz kukuruze približavahu se i provlačahu se tri čoveka, koji neobično izgledahu u ovoj polutami. Đuricu nehotice obuze jeza; on opruži pušku i stade da se privlači krušci.

— Jovo, jesi li ti? — zapita on poluglasno, kad se oni iz kukuruza približiše.

— Mi smo, naši smo... — ubrza Jovo s odgovorom, videvši pruženu pušku. Za njim iđaše Pantovac i još jedan čovek, u kome posle Đurica poznade Vujova sinovca, mladića.

— Šta je? — zapita Đurica ustajući.

— Brže, pobro, dušu li mu... danas ćemo u zečeve — reče Radovan smejući se i češući potiljak.

— Potera!... Vujo poslao ovoga... — odgovori Jovo.

— Kazao ti čiko da begate na Korušac svi troje, čim vas nađem — progovori mladić brzo, dišući naglo posle umorna i duga puta. — Čim svane, krenuće se ceo srez osim naših sela... još sinoć su svi skupljeni i sad su tu negde blizu.

— Hoće li svi pravo ovamo? — zapita Đurica, tražeći oko sebe kapu, osećajući da mu noge dršću od ovoga iznenadnoga glasa.

— Jok, jedni će na Radovanovo selo i Brezovac, a drugi će ovamo. Ovi će se skupljati ispod Bukulje, ali mesto nije određeno. Čiko se boji da ne bude dignut i kačerski srez, pa veli da dobro pazite kad naiđete na Kačer... Kazao vam da se prikrijete na Korušcu, dok ne vidite šta je bilo sa poterom, pa onda idite pravo Štuloviću.

— Hoće li nam on šiljati još koga?

— Javiće on sve. Kad se svrši potera, veli, biće najzgodnije da odmah počnete ono što ste ugovarali. I to će javiti.

— Znam, znam... dobro! — odgovori Đurica. — Ti sad gledaj kako ćeš se provući, a mi odosmo. Stanka, spremaj se!

— Šta ću se spremati, no hajde da idemo — odgovori ona, a u oku joj zasja neobična radost. „To je ono! Počinje se" — pomisli ona, obuzeta velikim uzbuđenjem zbog ovih neobičnih prilika.

Radovan obesi torbu, u koju je još sinoć spremljeno sve što treba gladnim i žednim putnicima, pa se onda svi troje okretoše potoku i požuriše niz brdo.

— Samo da pređemo potes pre videla i da se dohvatimo reke — prozbori Pantovac zabrinuto.

— Ne brini, preći ćemo — odgovori Đurica, pa svi troje ubrzaše korak.

Kad stigoše potesu, beše već svanulo. Sad se moralo ići čistinom, jer potok, krivudajući kroz njive i livade, ne imađaše koritom ni šiblja ni drveća, a i korito mu se beše gotovo izravnilo sa livadama.

— Ovuda se mora trčati; nema šale — reče Pantovac. — Snaho, ti napred, pa potrči! — viknu on namrštivši se i promrmlja nešto u sebi, što ne beše za Stanku povoljno.

Stanka ga samo pogleda, pa prođe napred i potrča tako brzo, da Pantovac, koji trčaše za njom, stade izostajati.

— Lakše, ne mora baš tako brzo — progovori on.

Ne ostade im više od stotine koraka do reke. Najedared Pantovac pogleda ulevo, pa, videvši ono, čega se najviše sad bojao, povika:

— Lezi! Lezi!

Stanka ne pojmi odmah na koga se odnose te reči, pa se u trčanju osvrte i vide da su obojica prilegli po samom potoku.

Toga časa i Đurica joj mahnu rukom, te ona brzo leže, pa stade da se osvrće oko sebe, čudeći se šta rade njih dvojica, kad nikakve opasnosti nema. Videći da oni gledaju sve ulevo, pogleda i ona istim pravcem i — sledi se...

Tamo daleko, na kraju potesa, izdiže se veliki go hum, po kome su se prostrle zelene Pašine Livade. Po vrhu huma vide se jasno gomile seljana, sa belim košuljama i crnim gunjevima i jelecima, kako se žurno primiču k selu. Vidi se i konjanik, koji se spušta kosom, idući pred njima.

Pantovac čekaše da potera siđe u dolinu, da mu se izgubi iz očiju, te da se oni neopaženi dohvate reke. Tako su bili mnogo pouzdaniji, no da ih opazi potera i da se krene odmah za njima. Račun je bio dobar. Čim potera siđe sa huma i zapade u dolinu, begunci poskakaše i za jedan trenut dohvatiše se reke.

— E, danas jeftino prođosmo — reče Pantovac, umeravajući hod. — Ha, snaho, dušu li mu!... Šta veliš sad?

— Ja, vala, ništa; a vidim da se ti više od mene plašiš.

— Kako to?

— Šta ste polegali kâ zečevi, kad su ljudi daleko od nas.

— Ha-ha-ha... — nasmeja se hajduk. — More ti si žešća od moga pobratima. Čuješ, da povedemo i nju na poharu.

Đurica se nasmeja i pogleda Stanku.

— Ona to i traži jednako — reče on.

— Pa lepo, bolan. Eto, ja ću kidisavati na decu i ukućane, a ti sa njom drži i napadaj gazde.

— To neću — odgovori Stanka. — Ja ću vas samo pratiti, a vi vršite vaš posao bez mene.

— Pa šta ćeš ti za to vreme da radiš?

— Ništa, čekaću vas negde u potoku ili u šumi.

— A, tako bi i moja baba, da je živa, mogla hajdukovati...

— Stoj! — viknu Stanka, osvrćući se oko sebe, kao da traži kakvo oružje. — Stani de, da ti pokažem ko liči na tvoju babu — dodade ona, saginjući se da dohvati kamen sa potoka...

— Hajde da se izmiče! — progovori Pantovac sasvim drugim glasom, želeći da prekrati neprijatan spor u ovakvu vremenu, gde je dragocen svaki trenutak.

Svi troje pređoše reku, dohvatiše se guste klenovičke šume, koja se pružila do blizu Kačera i požuriše da se što pre dohvate rudničkih ogranaka, koji su u drugom okrugu, gde će, bez sumnje, biti izvan svake opasnosti.

Klenovička šuma pružila se po jednoj dugoj strani, koja je ispresecana jarugama i kosama. Begunci su svakoga časa morali da slaze u jaružice i opet da se penju na kose, koje su se otegle niza stranu. Beganje je bilo teško i umorno, ali kad se bega od velike opasnosti, onda se nema kad misliti o umoru.

Kad dođoše ispod gologa presedlastoga prevoja, kojim se prelazi otud iz Šumadije u rudnički kraj, begunci se zaustaviše na jednoj strmoj kosi, koja beše obrasla gustom gorom i šibljem. Trebalo im je odmoriti se i dušom dahnuti, jer ih umor savlada. Zavukoše se u gust šibljak i posedaše jedno do drugoga. Pantovac odmah izvadi pljosku i nateže.

— Dede, pobratime; ne znaš kako je ovo dobro za umorna čoveka — reče on, pružajući pljosku Đurici.

— More ostavi me, nije mi sad do toga — odgovori Đurica ljutito, ne gledajući ni u koga.

Pantovac, kao čudeći se i sažaljevajući ga, vrati pljosku u torbu. Njegov pogled kao da govoraše: „Ja ne znam za takvu opasnost ili ljutnju, zbog koje ne bih mogao probati ovako lepu mučenicu."

Tada svi troje polegaše i ućutaše.

Đurica, legnuvši na leđa, ugleda zeleno i gusto lisje bukovo, koje se raširilo i visi pred njegovim očima, ali mu ono sad izgledaše kao da je izraslo iz neba, pa visi nad njim. Kroz lišće vidi jedan beo usamljen oblak, koji plovi gore po čistom plavetnilu, pa mu izgleda da i on i lisje nad njim plovi, i čisto oseća kako promiče kroz blagu šumsku hladovinu.

„Ala bi lepo bilo, kad bih imao krila" — pomisli on u sebi. — „Ih, kako bi se letelo. Legneš 'vako, a ono ide, ide, ide... a ti samo lezi, maši krilima i uživaj... Kud li putuje onaj oblak i šta li je tamo kud on ide? Raj ili pakao? — Jedno mora biti, jer znam, kad je ono popa pod zapisom govorio o raju i paklu, on sve pogleda u nebo. Šta li je tamo, kako li se živi?... Kud li ću ja... a, istina jest: kud li ću ja? Jamačno u pakao, neću valjad' u raj, kad sam tolika čuda činio. Ala li će da peku, bre!... Ako, vala, i zaslužio sam, a dotle ću bar da gledam da zaslužim još više, neka znam zašto se mučim... A Stanka, gde li će ona? I ona će sa mnom... Istina, ko zna gde li će ona?... Možda će i u raj?... A jeste luda, pôs joj njen, umalo ne kidisa na čoveka!... Vidiš, i to se mora narediti, mora joj se nešto učiniti da drugi put to ne radi. I mene onda na reci umal' ne ubi!... Čudna je!... Samo da je pobratim ne omrzne, da je ne može gledati. No, već ja ću to udesiti. A šta ono drugo beše, ono lepo što sam mislio?... Oblak pliva... ide u raj, a jest, o raju. Ko li je tamo? — Moj tata izvesno, a i svi stari Dražovići... Istina jest, više nema nas Dražovića. Ja ću poginuti, to je već izvesno, a ja sam poslednji, dece nemam... a ono..." i, kao uboden, skoči i razgleda oko sebe, pa se naže nad Stankom, koja ga pogleda kao krivac pokajnik.

— Stale, tako ti svega što ti je najmilije na ovom svetu, je l' istina što si mi pre kazala? — prošapta on nad njom, a u očima mu zasja velika neizmerna žudnja.

— Šta? — reče ona začuđeno.

— Znaš... da si teška... — odgovori on i pocrvene.

Ona ga pogleda pažljivo, kao da beše rada videti unapred: kako on misli o tome, da li se raduje ili mu je krivo? Kad mu je pre mesec dana saopštila svoje otkriće, baš tada ga odazvaše nekud, a posle nikad ne započinjahu govor o tome. Stanka je mrzela na ovo svoje stanje, i mislila je do sada da je i njemu mrsko, pa neće ni da govori o tome. Ali sad, ova blažena i srećna žudnja, koja se viđaše na licu mu, kao da ne dolazi od mržnje, već naprotiv...

— Što ću te lagati, zar je meni milo! — odgovori ona i začudi se, kad se on namršti na njen odgovor.

— Što ti nije milo? — reče on čudeći se.

— Zar smo mi za to... i našto će nam deca, kud ćemo ih?

— Kako, bolan — prošapta on, bacajući pogled na Pantovca, čije se grudi odizahu kao mehovi. — Znaš da ćemo da se sklanjamo, da se negde nastanimo, pa da živimo...

U taj mah nešto šušnu više njihove glave. Oni ne opaziše, ali Pantovac lagano podiže glavu i oslušnu, pa, kad se šuštanje ponovi, on skoči i pruži pušku. I oni oboje poustajaše i pogledaše uplašeno iz svoga zaklona. Šuštanje dolazaše ozgo, sa vrha strane i sa više mesta, iz čega oni zaključiše da gore idu ljudi ili stoka

— Da se beži sa kose; ovo je nešto opasno — reče Radovan.

Podizaše se i žurno siđoše u jaružicu, koja je gore pri vrhu imala dva kraka, upravo dve provalije. Više sastavaka opaziše najpre jednu, zatim više belih seoskih košulja, ugledaše i poneku pušku. Sad nije bilo sumnje da su opkoljeni poterom. Ostaje im još samo potes, gde ih je, na onoj čistini, najlakše pogoditi iz puške, i reka koja krivuda između potesa i šume. Ali ko zna da nije lanac od potere već sišao do reke. Imali su, dakle, još samo dva načina: ili da opet udare rekom, gde su mogli naići na poteru, ili da se zavuku tu negde u šibljak i da ćute, pa, ako ih opazi potera, da skupo prodadu svoje glave...

— Šta ćemo sad? — reče Đurica bledeći, osvrćući se plašljivo oko sebe. — Vidiš li sad! — viknu ljutito na Stanku. — Ja ti lepo onomad velim da te vodim u Vojkovce...

— Ostavi to! — prekide ga Pantovac. — Zar ne vidiš da se mora ginuti.

„Šta to veli on? Kakva pogibija? Ko će da gine? Jest, mi ćemo da ginemo i... i ja ću da poginem!...” — pomisli Đurica, pa stade još pažljivije da osluškuje ono značajno šuškanje.

— Da begamo niz reku — reče on gotovo nehotično, tek samo da što kaže i da govorom odagna strah, koji ga obuhvataše.

— Hajde, vala; jednom se mre! — odgovori Pantovac, sevajući očima besno. — Podaj i njoj što u ruku — reče on zagušenim glasom, gledajući na pojas Đuričin.

Đurica izvadi revolver i dade ga Stanki, pa onda okretoše jarugom k reci. Tek što koračiše dva-tri puta, a ozgo više provalije neko povika iz svega glasa:

— Eno ih! Pucaj!

Odmah zatim razleže se pucanj i više njih prozvižda kuršum. Kao da to beše signal usamljenoj i uspavanoj gori da oživi. Odjednom se sva gora prolomi od vike i pucanja. Kuršumi stadoše da lete i zvižde oko njih i više njih, otkidajući grane, koje lako padahu pred noge im. Ponegde kuršum lupi u bukovo deblo, i tu se odjednom zabeli vlažno drvo.

Begunci potrčaše iz sve snage, onako, kao što može potrčati čovek, koji beži od smrti i zna da mu samo noge mogu pomoći. Napred trčaše Đurica, preskačući lakim elastičnim skokovima sve prepone, koje mu behu na putu. U desnoj, opruženoj niza se ruci, držaše položenu pušku, a u levoj, stegnuvši revolver, preskakaše rupe i kamenje niz jarugu, dok ne okrete rekom duboka korita, koja beše obrasla gustim šibljem i vrbakom. Za njim, sve u stopu, trčaše Stanka, pogledajući češće ulevo, otkud se čulo vikanje i pucnjava. Pantovac, težak i trom, izostajaše sve više od njih, ali i on živo skakaše, stajući celim stopalom na skokovima.

— Pucaj! Ne daj! Ua! — viču stotine grla.

— Gru... gru... gru... — prašte puške po zelenoj gustoj gori.

— Levo! Stranom! Za njima! — viču kmetovi.

I ceo, dug lanac ljudi, zbijajući se u gomile, juri naniže stranom da preseče put zlikovcima i da ih stigne. Ali nad provalijama zastaju svi i, u onom uzbuđenju, ne mogući trčati dalje, a ne znajući šta da se radi, okupiše opet svi u pucanje i viku.

— Okolo! Zaobilazi! — viču kmetovi, i gomile se dvoje: jedni trče uz brdo da obiđu provaliju, pa da opet slaze pred begunce, a drugi se vraćaju natrag da siđu k reci, pa da trče za beguncima. I jedni i drugi viču iz glasa.

Ova vika pomože beguncima. Pantovac jednako osluškivaše i odmeravaše uhom dokle se potera rastegla, pa, kad opazi da sva vika sve više ostaje iza njih, zasijaše mu oči radosno, jer pojmi da su iskočili iz lanca i da su, prema tome, pobegli od opasnosti.

Kroz četvrt časa hajduci pregaziše Kačer više gvozdene brane i dohvatiše se gustih rudničkih ogranaka.

XVIII

— Nasleđe, gospoda moja, velika je i važna činjenica u, takoreći...
u tome pitanju — govoraše apotekar pred Jankovom pivnicom svo-
jim prisnim „prijateljima, partnerima, sugrađanima i ostaloj bulu-
menti našega grada", kako on to veljaše. — Ali su prilike i okolnosti,
u kojima čovek egzistira, od presudnijega, takoreći... uticaja...

— Šta tu drobiš — upade mu žučno u reč mesni učitelj, koji se,
dok apotekar sastavljaše svoju naučnu frazu, ironično osmehivaše.
— Da je tebe tvoj otac bolje vaspitao — učitelj jako naglasi ovu
reč — ti bi uredno svršio školu i bio bi koristan državni radnik, a
ne bi prodavao čivit i sodu po palankama. Vaspitanje je, ako hoćeš
da znaš...

— A gle'te milorda! — uzviknu apotekar. — A kakvo ste vaspi-
tanje vi dobili, ako se smemo usuditi da zapitamo, od svoga ćaće?
Kakvu ste to vi filozofiju svršili, molićemo, i koji je rad korisniji za
narod, moj ili vaš?...

— Zar se škole uče samo radi toga, da čovek bude činovnik? —
reče sreski šumar, i prenese pogled preko svojih slušalaca, da bi se
uverio: dele li i oni njegovo mišljenje.

— Moj otac, kao seljak, dao mi je vaspitanje kako je mogao
— obrte se učitelj apotekaru — i ja sam učio onoliko, koliko je
kadro bilo jedno seljačko imanje da me izdrži. Ali ti, gospodski sin,
bogataš...

— Polako-te, more, vi odoste na drugo — progovori mesni sveštenik. — Mi smo počeli o Đurici. Šta je uzrok, velim ja, te čovek, koji može onako da oseća, koji može da voli, koji traži svetu crkvu da blagoslovi njegov brak, te takav čovek, velim, čini onake pokore i zločinstva i na onomadašnjoj i jučerašnjoj pohari? Koja veli da su ga na to nagnale prilike i okolnosti, a učitelj, kao što vidim, nalazi da je svemu tome krivo vaspitanje. Ali recite vi meni, draganovići moji, sa čega toliki drugi svet ode u goru? Zar ne vidite da već postaje običaj: čim kome malo potesni oko vrata, on domča šocu u ruke, pa hajd' u goru. To vi meni recite... A ja, ukoliko mogu da mislim, rekao bih, da će tome biti uzrok naš krajnji nemar prema veri i crkvi, rekao bih...

— Pardon! — viknu apotekar. — Ako sam bio tako srećan, da shvatim dragocene misli uvaženoga gospodina pope, meni se čini... ja bih rekao da on navraća vodu na svoju vodenicu, isto onako, kao što to čini učitelj. Ja vam opet velim, gospodo: prilike i okolnosti. Uzmite vi ovo: je li Đurica spreman izmalena za hajduka? — Nije. Je li...

— Ja šta je radio, no se spremao... — upade mu učitelj u reč.

— Pardon, ne prekidaj me. Je li on neprestano radeći svoje seljačke poslove, zamišljao sebe kao hajduka? — Nije. A da li je pomišljao na pošten život, na ženidbu, na kućenje, na rad? — Odrecite mu to, ako možete! Dakle, slučajno učinio jednu pogrešku i bio loše sreće, te ga vlast uhvatila, pa, bojeći se valjda gorih jada, dao čistac...

— Sve su to trice i kučine! — umeša se Živko pisar, stari policajac. Kakve prilike i vospitanije, kakvi bakrači! Ehe... kažem... — tu se Živko malo iskašlja, da bi našao što zgodniju reč za svoju misao. — Pop ima pravo, kažem ja... Ali to nije sve. Nego je pao ugled vlasti, ja, brate, ugled vlasti je pao. Jest, kažem... A ja bih njega na točak čim vrdne, pa da vi'š onda bi li se sećao hajdukovanja! Ja — završi on i duboko povuče iz ćilibarske muštikle.

— Varate se, gospodine — odgovori mu apotekar. — Kad su besneli po ovom kraju Jevđović, Sarić i drugi, tada je autoritet vlasti bio na maksimalnoj visini, pa su opet oni činili pokore. A pre toga metali su i na točak, i tada je bilo ovakih razbojnika. Ali šta je odvelo u hajdučiju i Jevđovića i Đuricu i toliki svet?...

— Baš da vam kažem i ja jednu — reče Dmitar knjižar, pošto se iskašlja i protrlja među prstima svoj debeo zlatan lanac o vratu. — Vi svi pogađate, ali, prostićete, s jedne strane. Sve to jeste tako kao što vi svi velite, i svi imate pravo. I to će reći, da svi ti uzroci postoje: malo ovo, malo ono, tek iziđe kako ne valja. A sad, zašto je toliki narod nagrnuo u hajduke? — To mu je, brate, u krvi... taka mu je pogana krv: čim što malo, on u goru. To je jedno. A za Đuricu rekao bih da će učitelj imati najviše pravo. Otac ga je naučio zlu, a on se potrudio da pretekne oca. Što ne odoše u goru toliki njegovi vršnjaci iz sela? Zato, što ih roditelji nisu učili da kradu i otimaju, no da rade i, štono vele, da žive pošteno. Ja kako, brate! Moje dete neće biti hajduk. A zašto? — Zato što pazim na svaki njegov korak...

— Dobro veliš, Dmitre — odgovori mu sveštenik. — To i ja kažem. Neka svaki vodi brigu o svojoj deci kako treba, pa neće biti hajduka, ili ih bar neće biti ovako mnogo. A da li nam je baš to u krvi — Bog će ga znati. Nešto ne znam kako je sad po drugim zemljama, ali držim da svud ima toga zla.

— O, te kako! — reče apotekar. — Banditi su veliko zlo u svima državama...

— Bog s tobom, Kosta, šta su tu krivi bandisti? — Viknu Laza terzija, koji je u mladim godinama, ispitujući svoje podobnosti, nosio doboš u vojnoj bandi.

— Oh-ho-ho-ho... — slatko se nasmeja apotekar. — Banditi, gospodar-Lazo, to će reći razbojnici — na stranom jeziku. A uvaženoj gospodi bandistima neka je slava i čast!... A-a, gospodine kapetane, čast nam je... i ovom prilikom, kao i svakom... — reče on, dižući svoju „šlafkapu" i pozdravljajući kapetana, koji nešto turobna izgleda dođe među društvo i sede.

— Dobro jutro! — pozdravi se kapetan, sedajući za sto. — Čujem ja još iz sobe, da se ovde pretresa velika filozofija.

— Ne zamerite skromnim i mirnim građanima — produži apotekar — što se u oskudici zdrave duševne hrane naslađuju policijskim biletenima, kojima ih vaše gospodstvo tako revnosno snabdeva. Da nije Đurice i vas, ne znamo šta bismo radili od duga vremena.

— A, i toga ću Đuricu skoro skinuti s vrata. Ne znam samo koji li je to od njegovih dolijao.

— Šta, ima li izvešća od sinoć?

— Ništa novo. Jedan je od napadača poginuo, a Nikola je do sad umro. Ne znam samo šta će biti s decom. Čekam izvešće svakoga časa.

— E njihova je drskost prešla svaku meru. Za dva dana dve razbojničke pohare! — reče sveštenik.

— I juče izjutra onaj slučaj u Klenoviku! — odgovori kapetan.

— Šta, mi nismo čuli? — povikaše radoznali slušaoci.

— Jedna seljanka, koja je nešto ogovarala njegovu Stanku, vraćala se iz varoši. On je uhvati, veže joj ruke, pa zadigne suknju i košulju joj, te veže više glave i pusti je tako u selo. Ali je najgore što je ona, po njegovoj naredbi, morala tako proći kroz celo selo, i nikom nije smela dopustiti da je odreši, dok ne stigne svojoj kući.

— Pa je li sve izvršila?

— Morala je, jadnica. Čekalo bi je gore zlo.

— Kako li je mogla ići zavezanih očiju?

— Kroz suknju se vidi lepo.

— Govorite, gospodo, što hoćete, ali ja opet velim: nasleđe je važna činjenica... — otpoče apotekar da razvija svoju filozofsku misao...

Međutim događaji, koji su se odigrali dan ranije i koji izazvaše ovaj razgovor, behu veoma strašni.

***

Drugoga dana posle potere, Đurica i Pantovac, s odabranim društvom, koje im je Vujo spremio, udariše na bistričkoga mehandžiju usred bela dana, pred desetinom seljana, koji se slučajno zatekoše u mehani. Sekoše, mučiše i tukoše mehandžiju Cincarina i momka mu sinovca, uzeše mu osam stotina banaka i, zarezavši mu nos, pripretiše:

— Ako čujemo da opet mučiš sirotinju kajišarskim interesom, ubićemo te na mestu.

Svi seljani ostaše kao prikovani na svome mestu; niko ne smede okom mrdnuti, a neki, iz prevelika usrđa, behu pozavlačili glave pod klupe. Kad odoše hajduci, ovi samo mrdahu nogama, na poziv svojih suseda da iziđu, pokazujući tim da se ne interesuju onim, što je iza njihovih leđa...

Odmah sutradan, oko zaranka, isto društvo opkoli kuću Nikole Čolića, bogata seljaka iz Grabovca. Nikola je bio na putu, i razbojnici, znajući tačno kad će se vratiti, čekahu ga svakoga trenutka. I sad su išli na pouzdanu dobit, jer su znali da je Nikola otišao da naplati obligaciju od dvesta dukata. Znali su da je Nikolina zadruga na radu u polju, a kod kuće behu samo sitna deca sa ženom redarom.

Na vratnicama, kuda će Nikola doći, behu prikriveni Đurica, Pantovac i Novica. Poslednja dvojica polegali su u korovu, što je izrastao po đubretu blizu vratnica, a Đurica se zavukao u vitlove šindre, koju je Nikola spremio za nove staje. Ostalo društvo zauzelo je druge vratnice, pa jedni čekaju ugovoreni znak da upadnu u kuću, a drugi da stoje na straži.

Beše tiho letnje veče. Sunce se pretvorilo u plameno kolo sa hiljadama dugih i sjajnih vatrenih paoca, od kojih se polovina zaklonila za visoku goru, a druga polovina blista i pršti vatrom uz nebesni svod, prelivajući se čas u vatreno crvenilo, čas u ljubičasto plameno žutilo. I ona gusta izmaglica, koja se vazda viđa oko zalaska sunčeva, pretvorila se u vatru, pa blista i treperi, zaklanjajući jedan deo sunčanih zraka. I šuma, i polje, i bregovi, sve dobi neku novu, sjajniju i otvoreniju boju... Po plavu nebu prolete jato zadocnelih ptica, žureći se na noćište...

Deca se okupila u jednom uglu pred vajatom, cepkaju i zabadaju iverje u zemlju, zaboravljajući sve drugo što je iza njih. Jedan mališan sa vrha brda, više kuće, dovikuje majku i javlja da ne može nigde da nađe jagnjad, koja su se pozavlačila negde u paprati.

Nepomuzene ovce bleje i, da bi se zar čime zabavile, štrbnu malo ugažene trave i opet podignu glave, očekujući muzaru...

Prve vratnice na ogradi od voćnjaka škripnuše, i kroz njih prođe konjanik. To se Nikola vraća s puta. Oni iz zasede poizdizaše glave osluškujući, da po glasu poznaju, vraća li se sam Nikola. „E, još ovo, pa kvit!" — pomisli Đurica u sebi, spremajući nož i pušku za napad. „Samo da ne bude krvi!... Ono istina, sad je svejedno, ali tek lakše mi je, kad se na miru svrši."

— O, Mićo! — viknu Nikola s puta, videvši sinčića na brdu.

— Čujem — odgovori dete osvrnuvši se.

— Jesi našao jagnjad, sine?

— Nema ih nigde, slave mi! — reče mališan zastanuvši i kao razmišljajući gde li su. — Da potražim još gore u zobištu.

— Potraži, moje dete, pa požuri — viknu Nikola, saginjući se na konju ispod šljiva. Kad stiže pred vratnice, siđe s konja i poče da ga rasprema. Pogledavši slučajno u dvorište, ugleda tamo dva čoveka, od kojih jedan utrča u kuću, a drugi ode k onoj gomilici dece. „Hajduci!... to je ono strašilo, od koga se i dan i noć strahuje... pa, eto ih!...” — pomisli on, i taman da se okrene i da bega natrag, a neki strašni i neobični ljudi pritrčaše mu, stvoriše se uz njega, kao da iznikoše iz zemlje, i dočepaše ga snažnim rukama. Konj odskoči u stranu i nestade ga ispred Nikolinih očiju, a on se oseti usamljen, u vlasti ovih strašnih zverova.

— Pst, da nisi pisnuo!... Polazi napred! — viknu jedan od napadača, i Nikola oseti jak udarac u leđa.

— Ne udaraj se, molim te, naredićemo se lepo... — reče on, stupajući napred plašljivo i zbunjeno.

Utom deda zavrištaše, a u kući zakuka žena.

„Šta to njima rade?... Otkud tamo drugi hajduci?” — pomisli on, zaboravljajući da je maločas sam video dvojicu.

Ulazeći u kuću, Nikola ugleda snahu kako je neobično prisela kod zavale ispod pročelja, digla ruke više glave i preplašeno gleda zlikovca, koji stoji pred njom s golim nožem.

— Pare daj! — podviknu Đurica i zamahnu nožem.

— Hoću, brate, hoću, molim te... evo na, evo sad... — mucaše on, vadeći rubac ispod pojasa, ali mu nešto smetaše da ga odmah izvadi. Ruke mu tako drhtahu, da ne beše u stanju vladati njima. Dohvatio je prstima za kraj rupca, ali nikako ne može da ga izvuče, jer ne zna šta da čini s rukama. — Ček’, ček’... evo sad... — mucaše jadnik jednako, preturajući rukom po pojasu.

Đurica priđe, istrže mu rubac i razveza, pa stade da broji banknote.

Za trenutak svi ućutaše, posmatrajući kako Đurica neveštim prstima odvaja jedan po jedan list papira. I sam Nikola se zabavi tim poslom i stade da broji, zajedno sa Đuricom, jednu po jednu banknotu, kao da i njega interesuje koliko će se naći novaca u tom zavežljaju.

— Ho, pa ovde je samo sto dvadeset dukata! Kamo ti još osamdeset? — reče Đurica.

— Jest, jest, brate... sto dvadeset ravno... Nema više.

— Kako nema? Uroš te je pozvao da ti isplati svih dvesta po obligaciji.

— A, e to jest... ali nije sve platio... Evo obligacije kod mene, pa čitajte... na njoj to piše — odgovori Nikola i stade da traži po jeleku.

— A, evo je! — reče on pružajući Đurici obligaciju. — Na njoj sve piše, sve...

— Što ti nije sve dao... mu njegova! — viknu Pantovac kao s nekim pravom, nalazeći da mu je tim pričinjena hotimična šteta.

— Nema, nema čovek... duše mi nema — pravdaše Nikola i sebe i svoga dužnika.

— Ostavi sad to — viknu Đurica. — Daj mi one pare što si uzeo za stoku i ječam.

— Kako? Nije, braćo, nije Boga mi!... Nema...

— Šta nema... ti tvoga! — viknu Đurica. — Jesi li o aranđelovskom vašaru uzeo pedeset, o pantelijevskom trideset, a koliko ti je dao Dmitar za ječam?

— Za ječam? — odgovori Nikola, čudeći se tačnom računu, koji mu Đurica iznese. — E jest, bilo je i to, ali sam razdao po narodu, braćo. Razdao sam do poslednje pare, tako mi samoga Boga...

— Lažeš, psino matora! — viknu Pantovac, pa izvi nož u visinu i udari njime Nikolu po glavi. Nikola oseti strašan bol u glavi, i sa njim zajedno poteče mu topal mokar mlaz niz potiljak.

„Gle, smrt! — pomisli on u sebi — da se gine!...” i ova misao ga preporodi, uli mu neku nepoznatu mu do sad snagu samoodbrane, koju on nikad u sebi ne pretpostavljaše. Naiđe mu neka crvenkasto-siva tama pred oči, koja mu zakloni sobom sve predmete i sva lica... On ne viđaše više ništa, osim jedno jedino strašilo, koje se pomaljaše iz te tame sa podignutim nožem. To je strašilo dobro poznao i razumeo: da mu ono sprema smrt, neizbežnu strašnu smrt, bez ustanka, bez prebola... I ako sad on uspe da uništi to strašilo, onda... onda će biti nešto drugo, nešto bolje, a šta — o tome i ne mišljaše...

Glava ga žignu još jače, još užasnije, i on nekako mehanički, bez razmišljanja, onako isto kao što se udavljenik grčevito hvata za slabu šibljiku, dohvati svoj mali nožić iza pasa, istrže ga brzo i tako isto munjevitom brzinom sjuri ga onome strašilu u grudi. Oseti samo kako nož udari u neku mekotu, kao kad on u jesen cepa but goveđi za pršutu, pa posle ode tamo nekud sav do drške... I potom ugleda kako ono strašilo neobično otvori i raširi oči, kao da se nečemu jako začudi, pa ih prevrte u vis i onda on poznade da je to strašilo hajduk Pantovac, koji se odjednom opusti i nekako neobično sede i leže u vatru na pročelju, leže onako leđima, prevrnutih očiju, i on poče razumevati da je to on ubio Pantovca. Ali istoga trenutka nešto jako puče i njega nešto tako jako udari u slepo oko, gurnu ga, i on se od toga preturi i — umre...

A Đurica stajaše nad njima sa puškom, iz koje još izlažaše pomalo dima, gledaše ih začuđeno, ne mogući pojmiti šta to bi. „Sad ovoga trenutka behu dva čoveka živa, behu ovaki isti kao što sam i ja, i gle...” Pantovčevu glavu dohvatio plamen, zgoreo svu kosu i po kući se prosu zadah...

Kako oseti smrad spaljene kose, Đurica htede da vrisne, osvrte se pažljivo po kući, ugleda još nekoga nad onim, koga je on ubio. To se snaha nadnela nad mrtvim deverom i domaćinom, pa kuka i nariče, ali Đurica ne čuje nikakva glasa, no se samo čudi otkud ta žena ovde! I naposletku, ugledavši vrata, jednim skokom ispade iz kuće i potrča k prvoj šumi, koja mu pade u oči. Ali, potrčavši malo, obuze ga neopisan strah od samoće, od sebe sama i od onoga večernjega sutona... Zastade i oslušnu... Neko mu se približuje. A, jest, to je društvo, na koje je on bio zaboravio.

Potrčaše svi napred ćuteći, a Đurica skakaše pred svima, ne znajući ni gde gazi, ni kuda ide, ni šta radi. Tek kad zađoše u šumu, umeriše korak. U onoj nemoj, mračnoj šumskoj hladovini Đurica stade da pribira misli.

„Otkud ja ovo idem?... Šta ovo bi?... A, jest, ubio sam čoveka!...”
I pri toj misli steže mu se srce i ohladi, a na dušu mu pade neki
težak teret, neki veliki bol, neko nepojmljivo osećanje, koje je ličilo
i na kajanje, i na žalost, i na strah od nečega, što se ne vidi i ne
razume. Neko novo, do sad uspavano osećanje u njemu probudi se i
stade da ga grize, da žeže kao zubni bol... On iđaše uzverena pogleda,
strašljivo upravljena u pomrčinu, otvorenih, osušenih i vrelih usana,
onako kao što bolesnik u vrućici skače s postelje i beži od kuće.

„Za ječam?... Razdao sam po narodu, tako mi samoga Boga!...”
— ponavljaše on u pameti poslednje Nikoline reči i izazivaše sve one
strašne slike, koje se maločas pred njegovim očima izređaše, ali se sad
sećaše samo Nikolinih reči i poslednjega svoga dela: kad je pružio,
skoro naslonio, pušku na slepo oko i okinuo. Odjednom Nikola
sede; niti mu se lice promeni, niti se on osvrte, ni mrdnu čim, nego
ga samo odjednom nestade s one visine, na kojoj je stajao, kao da je
skočio u vodu, i tako se prostre po zemlji, pruživši onu ruku s nožem
ka pročelju, kao da je imao sa njom kakvu naročitu nameru. I zatim
mu padoše u oči široka Nikolina leđa, u suknenu jeleku, kako su
neobično odskočila od zemlje. I posle se odjednom nađe nad njim
neko drugi, kao da je video žensku konđu, ubrađenu crvenkastom
maramom sa belim cvetićima. I više se ničega nije sećao...

***

A varoš vri od nestrpljenja...

Kapetan je naposletku dobio tačno izvešće. Kola sa mrtvim Pan-
tovcem očekuju se svakoga časa, a pojedinosti napada poznate su,
većim delom, svima. Ipak se nestrpljivo očekuje pisar Mita, koji će
sav događaj ispričati onako, kako je uistini bilo.

Po podne stigoše kola sa sprovodnicima, pisarom i doktorom.
Narod nagrnu kolima, pa niti ko može prići kolima da što vidi, niti

se može izvući iz gomile, već se cela masa radoznala naroda talasa i povija sa strane u stranu, kao dobra pšenica pod snažnim vetrom. Veliku muku imađaše sreska posluga, dok uvede kola u sresko dvorište. Žandarmi odmah skidoše Pantovca i prostreše ga po zelenoj ledini. Narod se okupi uokolo.

Na blagoj, malo nagnutoj ravnici ležaše, raširenih ruku i opruženih nogu, mrtav Pantovac. Strah ga beše pogledati. Gusta kosa mu beše spaljena i na mesto nje stajahu još ukovrčeni crni i tvrdi purci, pepeo od kose, koji mu davahu još strašniji, neobičniji izgled. Preko celoga temena, kuda su žandarmi, dižući ga valjada na kola, zbrisali i skinuli rukama izgoreli puhor kose, viđaše se crvena, ispečena koža, na jednom mestu napukla, pa tu zija ogromna spržena rana. Na licu mu ne beše ni brkova ni obrva, već namesto njih stajaše crna gar, ponegde obrisana, te pokazuje na tom mestu tragove plamena. Oči mu behu otvorene, ali gotovo ispečene, usled čega celo lice više dobijaše izgled obične trupine. S leve strane grudi, na čistoj beloj košulji, zijaše mala krvava rana, ulepljena usirenom i zapečenom krvlju.

— Što ti je čovek, brate — reče neko iz naroda — kâ da si zaparao noktom preko mesa, a et'... mrtav!...

Svi razdeliše ovu filozofsku misao, pa čak i kapetan, koji dotle stajaše namrštena i ozbiljna izgleda, posle ove napomene značajno mahnu glavom, kao da bi rekao: „Ja, more!" Samo apotekar pokazivaše, da ga ova pojava ne začuđava, jer njegovo lice dobi izraz kao da je hteo reći: „E moj brate, da ste videli ono što ja znam!" I doista, on odmah progovori:

— E, niste videli vi u Štajnbruhu: uzme samo jednu tanku dugačku iglicu i zavuče je vepru između grudi. Vepar samo: mrd-mrd i — gotovo!... Gospodine moj, šta mislite!...

— To su, brate, svinje — odgovori onaj prvi — a svinjče... istina jeste, u neku ruku, kako ću kazati... kao čovek, ali opet nije čovek. A čovek je, brate, čovek!

— I ovo ti je, bolan, nekad bilo dete i sisalo majčino mleko, i majka ga, kâ i sve majke, volela i gajila! — prozbori gazda Dmitar, gledajući onakaženo lice zlikovčevo.

— Kako ga je gajila, tako je i prošao — odgovori učitelj.

Ljudi nastaviše da iskazuju jedan drugom svoje utiske, a kapetan stade da saslušava građane, koji su poznavali Pantovca. Pribravši dovoljno dokaza da je ovaj mrtvac doista Pantovac, kapetan naredi da ga odmah nose i zakopaju.

Uveče je, ukraj sreskoga puta, izrastao nov hum vlažne zemlje, kao jedini spomenik zlikovačkih dela.

Kad je Đurica poharao bistričkoga mehandžiju, nije hteo posle pohare da se sastaje s Vujom, no mu je samo poručio da je posao svršen uspešno, da su našli novaca više no što su se nadali i da će odmah da udare na Čolića. I ako Vujo nije nalazio za pametno da se vrši drugi napad sa tolikim novcem u džepu (jer mogao je Đurica poginuti, pa ko zna šta bi bilo sa novcem), ipak mu je odgovorio: „Neka čini kako zna, samo nek pazi na ljude.” Ali sad, posle druge pohare, Vujo posla pred njega čoveka, koji je imao na svaki način da ga dovede k Vuju, da mu ne da svraćati nikud na drugu stranu. Slučajno, pre ovog izaslanika Đurica srete svoga Klenovičanina, koga mu je poslao jatak Jovo.

Đurica još iđaše kao u groznici. Društvo je raspustio, davši svakom drugu po deset dukata, samo ostavi sa sobom Novicu, jer ga beše strah od samoće. Kad okretoše podnožjem Venčaca, onom šumovitom stranom, začuše pred sobom poznato zviždanje, znak njihovih jataka. Obojica se zakloniše za drva, spremiše puške i odgovoriše na znak. I s jedne i druge strane ponavljaše se zviždanje, da bi onaj, što im prilazi po mraku, znao kojim će pravcem ići.

— Stoj! — reče Đurica lagano, kad opazi čoveka blizu sebe. — Ko si?

— Ja sam, Đuro, od Jova...

— A, Miša! — poznade ga Đurica, pa mu priđe. — Šta je, ko te šalje?

— Jovo me poslao. Čuo je da ćeš noćas ovamo u Klenovik, pa ti kazao da nipošto ne svraćaš k Matu.

— Zašto?

— On je onomad javio kapetanu da ćeš noćiti kod Jova, pa su zbog toga dizali poteru.

— Ne može biti!

— Jest, vala, pa svrati na Vuja, te ga pitaj, i on će ti kazati; on to još bolje zna.

Đurica ućuta i kao da stade nešto misliti. Dugo je tako ćuteći upirao pogled u pomrčinu, pa naposletku mahnu rukom i obori glavu, kao da i sam uviđa, da ne može još ništa smisliti pod utiskom ovih neobičnih događaja, koji se sve više gomilahu oko njega. „Šta ću da mislim?” — reče on sebi naposletku. — „Vidim da se približuje kraj, pa sad što me snađe. Kad su najpouzdaniji moji ljudi počeli da mi rade o glavi, onda tu nema života. Ali se opet ne dam tako lako!... A ona?... Baš mi je i to velika nevolja!...”

— A, Novo? — obrte se on Novici, koji polako iđaše za njim. — Šta veliš za ovo?

— A da što ću ti reć’, bolan, no da utučeš pašče, neka oni drugi uzmu pamet u glavu.

— Ako li se oni još više naljute za to?

— Ne smiju, bogme! Svakomu je tanak vrat.

„Sad bi mi valjao pobratim. Šta li je sa njim, jadnikom?... Vujo bi me još bolje naučio, ali neću k njemu, dok god ne razdam ove novce ljudima...”

Opet se začu zviždanje.

— Šta je sad? — reče Đurica, zaklanjajući se i odgovarajući na znak. Zviždanje se ponovi kao i pre, Đurica odgovaraše, ali beše još oprezniji.

— Đuro, ja sam — začu se glas u blizini.

— Otkud ti ovde? — začudi se Đurica, poznavši Vujova sinovca.

— Vujo te zove da ideš pravo njemu. Radi se o tvojoj glavi. Mato će da te ubije, to je izvesno.

— Znam, čuo sam to. Kaži Vuju da ja odoh u Klenovik, da se naplatim s Matom. Ako on misli da ne treba to da činim, neka pošlje odmah za mnom. Stići ćeš me do klenovičke reke; ja ću polako putom.

— Dobro — odgovori onaj iz pomrčine i nestade ga.

Đurica s Novicom okrete uz brdo, žureći se da obiđe Brezovac, pa dalje na putu da čeka Vujov odgovor.

Na klenovičkoj reci Đurica se odmori ceo čas, pa, ne dobivši nikakva odgovora od Vuja, pođe s Novicom u selo, pravo Matovoj kući.

„A ovaj ništa ne upita šta je bilo kod Čolića. Jamačno je Kosta stigao i ispričao, ili je možda Vujo mislio nasigurno da ću ja pravo k njemu?... Svejedno. A žao mi Mata!... Šta da činim sa njim? Istina, on hoće moju glavu, a ja se, bogme, ne dam tako lako. Pa sad... to je i tražio!...”

Beše prevalila ponoć, kad Đurica stiže s Novicom pred kolibu u Matovu bostaništu, gde je od pre nekoliko puta noćio. U kolibi ne beše nikoga, jer je bostan već prošao, i Đurica uđe unutra, pa stade da smišlja s Novicom šta će da radi. Dogovoriše se da najpre i sami okušaju Mata, da mu dadu dovoljno prilike da im pokaže svoje namere. Radi toga Novica će se sakriti, ali će se ipak nalaziti u blizini Đuričinoj.

— Čuješ, Novo... — reče Đurica ustajući. — Baš me mrzi da opet poganim ruke... Kad vidimo da to moramo činiti, ako te ne mrzi... da ti to učiniš... — promuca on kao stideći se svoje slabosti, i u isto vreme kao podležući duševnom i fizičkom umoru, koji ga je savladao.

— Samo ti mrdni, pa ne brini! — odgovori Novica, za koga to, kao što izgledaše, ne beše nikakva nepovoljnost. — Hoću li ga posjeć', ili pravo u čelo?

— Bolje je da ne pucamo. Nož ti je oštar?

— Ljuta guja!

Đurica, polako i oprezno, ode pred kuću. Beše sve mirno. Mato, kao i svi jataci, nije držao pse, po kojima bi susedi mogli doznati kad dolaze noćni gosti. Đurica obiđe svud oko kuće, razgleda svako sumnjivo mesto, pa se uputi k visokoj rozgi, pobodenoj u gradini, pod kojom je Mato obično spavao. Došavši do poznatoga mu noćišta, Đurica opazi da Mato spava. Sagnuvši se nad njim, povuče za pokrivač i zovnu ga po imenu.

Mato skoči s mesta, i kao da nije ni spavao, poznade Đuricu i obradova mu se.

— Gle, otkud ti?... A ja baš mislim da ne udariš noćas, pa zadugo nisam zaspao.

— Čekao si me, je li?

— Nisam te baš čekao, ali sam pomišljao da ćeš svratiti na nas. Kamo ti Radovan?

— Pogibe. Jedva i ja izneh glavu — reče Đurica i ispriča mu ceo događaj kod Čolića. Potom mu kaza da je svraćao k Vuju i ostavio kod njega sve novce, pa se onda i on namesti kod Mata, leže i naskoro se učini da je zaspao.

Posle pola časa Mato ustade i zovnu ga polako.

— Đuro! — zovnu ga on nekoliko puta, pa, videvši da Đurica spava tvrdo, posle velika umora, diže se i ode u mrak.

Čim nestade Mata, Đurica odmah skoči i zađe za rozgu, gde se beše prikrio Novica.

— Šta ćemo sad? — reče on.

— Ček' da namestim tvoj pokrivač — odgovori Novica, pa ode te navuče ponjavu preko slamnoga jastuka i vrati se za rozgu.

— Lijepo sam namjestio, kao da spavaš tamo. A sad da gledamo šta će da radi ugursuz.

Posle nekoliko minuta vrati se Mato sa sekirom u ruci. Prilazeći ponjavama, on opet zovnu Đuricu po imenu, pa, ne čuvši nikakva odgovora, izdiže sekiru, korači dvaput bliže k ponjavi i poteže iz sve snage sekirom po onome mestu, gde je trebala da bude Đuričina glava. Istoga trenutka udari ga Novica nožem u leđa, probode ga skroz, i Mato pade mrtav...

Ubice se okretoše i odoše kroz selo. U Radonjića zabranu sedoše, Đurica odbroja osamdeset banknota i dade ih Novici.

— Evo ti zasad ovoliko, pa kad god ti bude potreba, samo mi kaži.

— E jesi čovjek, neba mi! — reče Novica, čudeći se. — A oni matori pas nikad mi ne dade više od desetak petnaest banki. Sad sam tvoj, sav tvoj...

— Nije on ni meni davao više — odgovori Đurica — ali sad ću ja da delim i njemu i drugima. Samo vi treba mene da čuvate... i od njega da branite, pa vam neće biti krivo od mene.

— Evo ti glave moje i vjere tvrde, da ću te čuvati bolje no sebe sama! — uzviknu veseo i uzbuđen Novica. — A doći će, more, danak, kad ćeš viđeti koliko vrijedim. Sad neću ništa da ti kažem...

Đurica se iznenadi ovim rečima, ali se učini da nije na njih obratio pažnju, a ogleda da izazove Novicu na iskren razgovor.

— Znaš, brate Novo, dosadilo mi se robovati za drugoga. Gini, muči se i propadaj svakoga dana, a za koga? — Sve za njega. Moji ljudi, koji me čuvaju, i oni, koji sa mnom meću glavu u torbu, dobiju od njega koju banku kao slepci, a ono drugo sve on zgrće. Zašto bismo mi to trpeli?

— Znaš šta je, Đuro!... Sve je tako... to je istina, ali ti ne moreš s onim kurjakom izići na kraj. To ja znam, i znam zašto... vjeruj mi. Doći će dan, velju, pa ćeš i sam sve razumjeti i viđeti, a dotle ga moraš zavaravati. Podaj i njemu polovinu od dobiti, jer sad je zima na pragu... treba dobro da se čuvaš, a bez njega ne moreš...

— Zimus mi on ne treba. Imam pasoše za nas oboje, to mi je on nabavio i dao, pa ću da se sklonim podalje. A više ne smem da napadam za ovu godinu... I dosta je.

— E onda te samo jedno molim: ne idi k njemu, dok ne pribereš sve za put. Pa kad bude sve gotovo, naračunaj se sa njim, pa odmah bježi i ne govori mu đe ćeš zimovati...

— Što to sad?

— Tako... viđećeš. I kad se na proljeće vratiš ovamo, prvo se nađi sa mnom, pa onda idi k njemu. To dobro upamti, ako ti je mila glava...

— Ama, reci mi, bolan, što god... ti nešto znaš, pa nećeš da mi kažeš, a vidim da se to tiče glave!

— Dobro vidiš, i to ti je zasad dosta. A kad dođe vrijeme, značeš sve.

Razgovoriše se još o zimovanju, ali je Đurica svoju pravu nameru, da zimu provede u Beogradu, tajio i od njega.

Rastadoše se kao najbolji prijatelji.

Đurica je imao pune ruke posla. Trebalo je razdeliti novac jatacima, ostaviti što i majci, pa onda uzeti Stanku i, pošto naredi račune sa Vujom, krenuti se na put.

Zora već zabelela, a on, posle ovolikih zločina, još nije ni trenuo. Morao se negde odmoriti. Posle kraćega dvoumljenja ode k Jovu.

XX

U prljavoj, kaljavoj, poslednjoj palilulskoj ulici, na kraju Beograda, poređani su sniski neokrečeni kućerci od naboja. Oko poneke kućice nema ni toliko dvorišta, da se čovek slobodno obrne, a oko poneke podignuti su u prostranu dvorištu koševi za kukuruz, stogovi slame, sena i šaše, košare za stoku i ostale potrebe dobre zemljodelske kuće. Stanovnici su ove ulice mahom oni tipski i Beograđanima dobro poznati zemljoradnici Palilulci, ili vredni i siromašni Vojvođani, koji se, svi iz reda, imenuju Banaćanima, i ako ih ima iz svih krajeva lepe Vojvodine.

Već nekoliko dana pada kiša nad Beogradom, te je i čistiji deo grada potonuo u žitkoj prljavoj masi; rasplinulo se blato po svima ulicama, po dvorištima, po pragovima i ulascima u kuće... Sa streha i iz natmureno srebrnasta neba sipi i kaplje sitna rosa, koja obuhvata cela čoveka, prodire mu do tela i, čini ti se, uvlači se i u samu srž koščanu... Povučeš li vazduha u sebe, pojure ti u grudi hladne rosne kapljice, zatvoriš li usta, eto ih kroz nos, pa zasiplju oči, uši, obraze, celo telo... Hladna, mokra vlaga prodire dalje i od samoga vazduha... Gnjila, vlažna magla zavila u svoj sumorni plašt ceo grad, kao kakvo čudovište, pa ga kvasi, cedi i opet kvasi, rekao bih da mu spira s prljava lica tragove užasnih zločina, muka, uzdisaja... I s mokrih kamenih ploča opet se dižu oblaci sure mokre magle, kvaseći usput ljude, kuće, drveće, sve... Kao da cela priroda plače za izgubljenim dobrom u svetu...

Palilulska ulica pretvorila se u more blata i vlage. Čitavi oblaci guste mokre vlage viju se po krivim i tesnim sokačićima, prelećú s jedne krovinjare na drugu, vlaže i prodiru u stanove kroz malena nezaštićena okanca, unoseći sobom i stud i otrov... I usred dana u takvoj je ulici pomrčina, a kada zađe i poslednji zrak sunčev, koji je danju bar one guste oblake osvetljavao, na takvome mestu nastupa crna neprobojna noć...

Šta se to vere noću po žitkoj teštavoj masi nepopločane ulice?... Ni najbolje mačje oko ništa ne vidi, ali uho jasno razlikuje, da se s mukom provlače tude dve noge čovečje, šljepkajući po blatu, otresajući se i vukući se opet po rastopljenoj, zamešenoj i rasplinuloj žitkosti. Tiho se provlači zadocneli stanovnik, pridržavajući se rukama za mokre zidove blatnih kućica ili za nakrivljeno prošće dugih dvorišta... Prođoše jedna... druga... desetak kućica, i on se naposletku zaustavi pred jednom.

„Baš sam lud!” — pomisli on, zastanuvši pred vratima, dvumeći da li da uđe unutra ili da se vrati. — „Ostavih onako krasno društvo!... A šta ću ovde? Da spavam ili da je gledam onako natmurenu i zlovoljnu... I najgore je to, što neće ni reči da progovori: sve ćuti zamišljena, poneki put se namršti, pa opet misli i misli... Nema kraja njenim mislima... A o čemu može da misli? O kući, o selu, o majci, o ocu... to nije; ona je isturena, izbačena otud, pa joj i nije do njih. O meni i sebi?... Jedan nam je kraj, šta ima da misli!... Ja joj činim sve... svega ima, kao kakva gospođa: ništa ne radi, jede i pije, šta će više?!... Šta treba čoveku drugo?... A onaj mi Vesa izgleda sumnjiv: mi svi pijemo, veselimo se sa devojkama, a on sve gleda ispod očiju, i čini mi se baš mene najviše gleda... Jest, baš mene, i od toga sam pogleda utekao, i dobro sam učinio... Baš ne volim onaj njegov pogled! Bolje mi je ovde... A ja... I ovde je onaj drugi pogled!... Svejedno, opet je bolje da trpim ovo; pouzdanije je, ali je teško...”

I Đurica odlučno gurnu vrata, uđe u dvorište, pa ih opet zatvori i nasloni na njih debelu kladu. Pipajući zid i spotičući se po klizavoj podstrešnici, dođe do vrata kućnih, oslušnu malo i kucnu lagano o mokru dasku. Posle nekoliko trenutaka otvoriše se sobna vrata i začu se hod bosih nogu po zemljanom podu.

— Ko je to? — zapita grub ženski glas iznutra.

— Otvaraj, more, ozeboh na ovom kijametu — odgovori Đurica.

Vrata se otvoriše; iza njih zinu ista takva gusta i crna pomrčina, kakva beše napolju. Đurica uđe u sobu.

— Upali-de videlo, oslepiću u ovoj prokletoj pomrčini.

— Što će ti? — odgovori Stanka. — Kako ja po svu noć sedim sama, pa ćutim i trpim.

„Vidiš, njoj je krivo što sedi sama; zato se ona i duje! E, vala, neću te ja po svu noć čuvati.“

— Šta ti vali što sediš sama! Živiš kâ gospođa... Šta ćeš bolje? — reče on glasno.

Stanka zapali sveću, pa sede na pod, po kome behu prostrte neke prljave ponjave. Do te postelje stajaše mala četvrtasta peć, sandučara, dobro zagrejana, od čega sva sobica beše vrela.

Đurica stade da se svlači. Stanka ga jednim trenutkom pogleda, pa opet obori oči, gledajući u njegove kaljave cipele...

Oboje su promenili nošnju; udesili su da se odelom ne razlikuju od stanovnika svoje ulice. Đurica je, preko glomaznih vojničkih cokula, nosio one široke suknene čakšire, koje nose Palilulci, a na leđima je imao kratak postavljen kaput, kupljen od jednoga Sremca, i na glavi malu šiljastu šubaru. Stanka je, kao i sve žene iz te ulice, nosila haljine od neke zagasite vunene tkanine.

— Čudo se nisi opet napio? — reče ona, osmehnuvši se jetko. — Ja mišljah ti ćeš čak u zoru.

— More mahni me. Beše tamo jedan... đavo ga znao... Nekako mi se čini sumnjiv... pa odoh ranije.

Od pre bi se Stanka posle takva odgovora uplašila i stala bi raspitivati i domišljati se ko li je to bio, ali sad kao da nije ni čula odgovor: samo ga pogleda i sleže ramenima.

— S kim si to bio tamo? — zapita ga ona nekim radoznalim i pritvorno veselim glasom.

— Znaš... oni naši.

— A ti meni ne kažeš da se vi tamo častite sa nekakvim devojkama? — reče ona i nasmeja se veselo, kao da je to, što je kazala o provođenju, doista veseli i zanima.

Đurica se iznenadi; lako crvenilo prelete mu preko lica, ali to Stanka, pri onako slabom osvetljenju, ne opazi.

— Otkud ti to znaš? — odgovori on, i odmah se pokaja što ovako lakomisleno zapita. — Šta imam da ti kazujem... ti znaš kakvo je moje društvo, a gde oni idu, tamo ima svačega.

— Pa dobro, ali što ti kriješ od mene?

— More, šta krijem!.. Da ti pričam s kim god sednem i progovorim reč?...

— Pa ne moraš baš sve, ali tek... 'nako... po nešto bih mogla i ja da znam — reče ona smešeći se. Istina, more, kakve su to devojke, jesu li lepe?

— The... znaš kakve su varoške: bele, a ruke im kâ pamuk — odgovori on i pogleda njene jedro razvijene ruke.

Stanka nehotično podvuče ruke pod odeću, pa se učini još radoznalija, ali tako, kao da se ona ne ljuti ni na šta i ne vidi u tome ništa nepovoljno.

— Pa kako, bolan: piju li sa vama, šta rade?... Hoće li koja da se šali?

— Piju dosta, a i đavoli su... — odgovori on i bi mu toliko prijatno to sećanje, da sam poče dalje pričati. — Jedna sve okupila oko mene, pa mi daje da pijem iz njene ruke i 'nako... šta ti ne radi... Onaj đavo Pera sve je podgovara da me dira. Kažu joj da nisam oženjen, a ona crče, sve oko mene... Tako... smejemo se...

— Kaži mi, bolan, pravo, koja ti se više dopada: ona ili ja?

— Što pitaš kad znaš: ona je varoška, nije za nas, seljake ljude. Ona hoće samo da izvuče novaca... a ti si drugo... Mi, onako seljački...

— Znam, ali kad ona ne bi htela novaca, no onako... kao ja?... — reče Stanka, a usne joj se skupiše i zaigraše od usiljenoga stezanja.

— E, to ne može da bude... ona je varoška. Neće ona bez novaca nikud, a ti si, vidiš, ostavila sve...

I kao da se sad tek seti ogromne žrtve, koju mu je Stanka prinela, Đurica se razneži i omekša, pa joj priđe i prebaci joj ruku preko ramena.

— Ti si meni sve dobro moje! A ove varoške... ništa...

Stanka obori glavu i ne odgovori ništa na ovu iznenadnu milost Đuričinu.

„Nisam mogla verovati baba Maci — pomisli Stanka — a ono vidiš, istina je. Dopadaju mu se varoške, a ja?... Još koji dan, pa će me, valjad', omrznuti; neće me posle ni pogledati, kad se navikne na ove varoške... Ali neće!... Dok sam ja živa, neće me promeniti ni oturiti, jer, Boga mi, onda može biti svašta... Ja sam radi njega ostavila sve... osramotila se, te ne smem nikome svome u oči pogledati... oca naljutila... Jest, to beše onda u zabranu... Ala beše lepo!... Činjaše mi se da ništa bolje u svetu nema od njega. Dopadala mi se ona njegova radost i poslušnost uz mene... Od njega strepe svi ljudi, a on me sluša kao malo dete... To mi se mnogo dopadalo, a i jeste bilo lepo!... Što nije sad onako?... A sad mu se dopadaju varoške...”

— Opet si se zamislila! — viknu Đurica ljutito. — Baš to ne volim, teško mi da te gledam takvu, pa mi se poneki put i ne ide kući zbog toga. Šta misliš, kad imaš svega i da pojedeš i 'nako...

— Šta si okupio jednako s tim jelom, kao da sam ja kod oca gladovala. Zar sam ja stoka, da samo jedem...

— More nije to, nego ja tako uz reč velim... A bojim se da u toj brizi ništa i ne jedeš. Istina, šta si jela danas?

— Šta ću jesti?... Hleba... Znaš da je post.

— Kakav post?

— Božićnji, zar ne znaš... Hoću da se pričestim, kô i ostali svet.

Đurica se podiže i pogleda je začuđenim raširenim očima.

„O čemu to ona govori?... Pričešće... Kakvo pričešće!.. I najedared stadoše da mu se pronose u mislima svetle i slatke slike davnoga detinjstva. Jedva ih izaziva u pameti. Bio je tako mali, da je malo što razumevao, i sad se seća samo kao kroz san... Majka mu obukla novu, sasvim novu, čistu i belu košuljicu i potpasala ga novim pojasićem... obula mu nove crvene išarane čarape i opančiće... seća se živo kako je jednako zagledao u šare na čarapama. Sestrica mu, obučena u šarenu suknjicu i crn suknen jelečić, uzela ga za jednu, a majka za drugu ruku, pa su onda svi troje išli daleko, daleko... ne seća se cela puta, ali zna da su išli crkvi. Pa onda se seća sjajnog i zlatnog odela sveštenikova, od koga nije odvajao očiju. I najzad seća se da je tada sve bilo tako lepo, veselo i radosno, da je bilo dosta male vesele dece... I seća se balvana preko reke, kojim su prešli, i kako je žmurio, dok ga je majka prenela... A sve je bilo tako sjajno, i nikad, čini mu se, sunce nije tako grejalo, kao tada što je... sjajno, svetlo, slatko... I nikad ga više ne odvedoše crkvi i ne pričestiše."

— Jesi li često bivala u crkvi i na pričešću? — zapita je on mekšim radoznalim glasom.

— Kako da nisam, kad sam se brojala u ljude. A ti?...

— Samo jednom, kad sam bio mali. Sad se baš sećam... A kako ćeš ti, s kim ćeš da ideš?

— Sve će žene iz ovoga kraja... pa ću i ja sa njima.

— Da li će ti dati bez ispovesti? Znaš kod nas popa ne da nikom, dok se ne ispoveda. Zbog toga se moji nikad nisu pričešćivali.

— I ja ću se ispovediti... Nisam nikog ubila ni onako... kakvo zlo učinila, što da mi ne da?

— A od onoga nema ništa?

— Što pitaš? — odgovori ona osmehnuvši se. — Znam da žene u tom stanju ne idu...

— Nema.

— Pa... gotovo i bolje!

— Od pre si voleo.

— The... tek onako... ne znam ni ja. Gasi sveću! — reče on i stade da se namešta na postelji.

Stanka ugasi sveću, ali ne leže. Ostade da premišlja u tamnoj noći nedovršene misli, koje joj behu jedino zanimanje u ovoj teškoj i neobičnoj samoći.

Odavno ona već nije više ona Stanka, koja je bila devojkom. Ugasile se one bujne žudnje i navike iz devojaštva, uvidela je i dotakla se svega, što joj se dotle činjaše neobično i primamljivo. I sad joj se onaj pređašnji život činjaše sjajniji od sunca i lepši od svega na svetu... Da joj je samo još jednom da stane u društvo svojih drugarica, da se onako slatko nasmeje i našali sa njima... da posluša ono veselo devojačko kikotanje... da ih, onako starinski, smelo u oči pogleda... I ona zna da više nikad, nijednoj od njih, ne sme u oči pogledati... i sve to zbog njega... i ako on voli da se šali s varoškima... Neka ga. I njemu je teško, nek se zabavlja, samo neka nju voli. A njoj je tako slatko bilo malopre, kad je on obgrli, pa reče: „Ti si meni sve dobro moje...”

— Đuro, spavaš li?

— Ne spavam.

— Nemoj da se ljutiš, što sam ti kazala za one varoške.

— I ja to sad mislim. Ti bi trebalo da se ljutiš, ali od sad ćemo drukčije... Samo da prođe ova dugačka zima!...

— U naš Klenovik, je li?... da se nagledam onih zelenih livada, da se naslušam, makar iz zaklona, onih naših pesama, da se napijem hladne vode sa našega studenca...

— Da sednemo u stranama, gore više reke, i da gledamo ceo potes i selo... Pred nama svet radi, vri kô u mravinjaku, a mi sedimo, gledamo i pogađamo koja je ono devojka što kupi seno, ili onaj što kosi...

— Badava, svoje pa svoje!

— Znaš... ja sam mislio da nakupim mnogo novaca, pa da pobegnemo negde daleko, da iskočimo iz Srbije... ali sad vidim da ne bih mogao... Nisam znao kako je to neobično.

I oni se približiše jedno drugome, da tako udruženi lakše snose tešku samoću...

XXI

Treći je mesec kako se Đurica nastanio u Beogradu. Kad je prispeo u grad, nikome se nije obraćao za obaveštenja, nikome nije poveravao svoje tajne; sam je smišljao kako će se u ovom velikom gradu skrivati. Pa kao što 'no kurjak, koga poteraju sa svih strana, traži najgušću šumu i zavlači se u neprolazne gudure, tako je i on, nekim neodređenim nagonom samoodržanja, izabrao sebi stanište, usamljeno, sklonjeno i pouzdano... zavukao se u svoju jazbinu i čekao da padne i da se otopi sneg, da ponovo lista zelena gora, koja će ga opet primiti u svoja nema naručja...

Živeo je kao što živi zver, koja svakoga trenutka očekuje gromovito halakanje potere. Danju se spavalo, a noću živelo. I život je taj bio neobičan. Najpre nije smeo ni glave pomoliti iz sobe. Stanka je izlazila i nabavljala najpreče potrebe. Posle se upozna sa Timom Banaćaninom, koji je stanovao u susedstvu. Sa njim je počeo poneki put da izlazi u kafanu, gde su se skupljali neki neobični gosti: i oni su se, kako izgleda, pokazivali samo noću, a danju se zavlačili, kao krtice, u tamne i skrivene rupe i jazbine. U ovom društvu se radoznalost smatrala za veliki prestup: živi kako znaš, niko te neće pitati ko si, ni otkuda si. Svaki je imao dovoljno uzroka da skriva svoje stanje i položaj, pa nije voleo da ga drugi o tome raspituje, niti je on sam imao volju da se interesuje tuđom brigom.

Đuricu su znali samo po imenu, razume se lažnom, koje mu je u pasošu označeno; a pasoš je glasio na Miloša Jokića iz Donje Trešnje.

O čemu drugom nije ga niko raspitivao, i ako je svaki od njegovih novih poznanika mogao s pouzdanjem tvrditi, da na duši ovoga plavuškastoga visokoga mladića, koji tako bezazleno i blago gleda, leži bar jedno ubistvo. I naposletku, drugovi su se revnosno čuvali. Doznavali su izranije za namere policijske, pa su se složno starali da ih osujete. Ako je za tu svrhu trebalo novaca, davali su svi rado. I Đurica je u dva maha davao po dve banke, i ako mu je tražena samo jedna. I to mu je donelo lepa uvaženja u društvu.

Jedared Đurica opazi da se mlađi posetioci ove kafane, uvek u jedno isto vreme, odvajaju u zasebnu sobu, otkuda se više ne vraćaju te večeri. I on im se pridruži.

Tamo, kuda uvedoše Đuricu, uvek seđahu tri mlade ženske, zdrave i primamljive, obučene onako, kao što se nose devojke u njegovu sreskome mestu. U njegovu zatvoreničkom životu i manje zabave bile bi mu dobro došle, a ova mu se pokaza kao dragocen pronalazak, te on ne propusti nijedno veče da ne provede u ovom novom i, za njega, seljaka, veoma neobičnom društvu. Upozna se brzo sa svima ženskima, a jedna mu postade bliska, veoma mila i bliska prijateljica. On nije žalio novaca, a ona je tako rasipala čari i milošte, da je nabrzo utrven put njihovu prijateljstvu. Pilo se i veselilo svako veče...

Smrklo se. Đurica se provlači pored sniskih krovinjara, zavejanih snegom; grči se pod natiscima hladna vetra, koji skida s krovova snežnu prašinu i zasiplje njome drugu stranu ulice. Pažljivo i oprezno korača momak, bojeći se i prezajući od svakoga zvuka, od svake ljudske pojave na ulici. Žurno ulazi u kafanu i, videvši sva poznata bezbrižna lica, i sam se sokoli, zaboravlja na strah i zagreva se jakim pićem.

— Ho, mladiću, ta nemoj tako žurno — oslovi ga čiča Tima. — Duga je noć!... Oni tvoji već počeli tamo.

— Neka ih — smeši se Đurica, nudeći Timu duvanom. — Načini jednu od ovoga.

— Ta ne marim ti baš za finim duvanom; volim ovu trafiku. A jes' čuo za našega Pantu?

— Jok. Šta je bilo.

— Ništ'. Uvatili ga noćas na berbi, pa će sad da se odmara u policiji. Ho maj... kako se ova mladež ne čuva!

— A ti nisi omirisao bajbok, a? — odgovori Palilulac.

— Ta ono nije da nisam, znaš... ali čuvam se.

— Baš ovi starci... — uplete se treći — sve nas kalpe da ne znamo ništa, a eto samo za tebe smo triput kupovali svedoke.

— Eto ga sad. Ta ko kaže da smo mi krilati!

Kad se društvo zagovori, Đurica se polako izvuče i ode u drugo odeljenje, koje ga je više privlačilo.

— Maco, evo ti dragana! — viknu jedan gost, kad Đurica uđe.

Jedna plavojka, malo pogurena, jasnih i svetlih očiju, živa i strasna izraza, ustade iza stola i pođe nasusret Đurici.

— Gde si, Mišo; kamo se? — reče ona, spuštajući mu svoju belu oblu ruku na rame i gledajući ga sa puno strasne žudnje.

Đurica se svakad zbunjivaše od ovih nežnih belih ruku, i obično mucaše tek što god u prvim trenucima, ne nalazeći reči da iskaže svoje osećanje i čuđenje.

Sednuvši na stolicu i posadivši je pored sebe, on je uze za ruku, pa stade da gladi onu meku kao pamuk kožu na ruci, potom je uzme za obraze, pogladi joj meku namirisanu kosu na glavi i opet gleda i gleda...

— Ala miriše! — reče posle dužega ćutanja.

— Šta? — nasmeja se ona.

— Kosa... i sva mirišeš... Kako to?

— A zar vaše devojke ne mirišu?

— Znoj udara od njih. Al' one rade, a vi gospodujete.

— Zar smo mi gospoda?

— Ja što ste?... Varoške...

— Lizo — viknu ona jednu drugaricu — čuješ šta kaže Miša: njihne devojke udaraju na znoj... ha... ha...

— Prijatan miris...

Đurici bi krivo što tako rđavo protumačiše njegov izraz, i još više što tako oštro ismevahu njegove seljanke, čija mu je uspomena i danas veoma draga, pa se namršti i ozbiljno odgovori:

— One rade teške poslove, pa ne mogu mirisati kao vi, što samo sedite i nameštate se za nas ljude.

Bez sumnje bi mu se nove prijateljice dobro naplatile za ovakovu grubost, ali ih uzdrža njegova oštra zbilja, iza koje su opažale da seva nešto tajanstveno i opasno. Učiniše se da ne čuše njegov odgovor, a Maca zatraži da što pije.

Đurica je svako veče, časteći svoju prijateljicu, trošio po nekoliko dinara, te je mogao izračunati, ako neprestano stane ovako trošiti, da mu neće dotrajati novaca. Ali se on još nije za to brinuo. Zanimala ga je u velikoj meri ova novina i ove, kako njemu izgledahu, gospodske okolnosti, pa im se predao sav, ne brinući se o kraju svega toga.

— More, dokle ćemo mi ovako? — poče Maca, pošto ispi sa njim nekoliko čaša. — Što ti meni ne kažeš kako živiš, imaš li dobre zarade, pa da se uzmemo, da me vodiš odavde... da živimo zajedno.

— Odistine, zar bi ti živela sa mnom?

— Što da ne bih, samo neću u selo, nego u varoši. A imaš li ti novaca da živimo lepo?... Ja nisam naučila da radim.

— Lako je za novac. Nego bi li ti pristala da te na proleće odvedem u moju varoš, da živiš, more, kâ bubreg u loju? A ja bih ti dolazio svaki drugi treći dan.

— Zar ne bi i ti mogao živeti u varoši?

— Ne mogu. Treba da zarađujem.

— Pristala bih, samo ako možeš da me izdržavaš lepo.

Đurica je u početku stavljao pitanja više iz radoznalosti, tek da vidi šta će ona reći, držeći da je to sve obična šala, ali čuvši njen ozbiljan i odlučan odgovor, nađe se iznenađen i začuđen.

...Ovaka varoška, zgodna kao molovana, pristaje da ide za njim, kud god je on povede (samo ne u selo) i da živi samo za njega!... Kako li bi to izgledalo? Namesti je on, recimo, kod... gde bi to moglo?... svejedno, Novica bi joj našao zgodno mesto, on zna svaku kuću. Pa tako... on bi dolazio noću... krišom... ne bi niko znao... A Stanka? The, pa ništa! Kad se vrati u goru, ako mu bude do toga, on će već smisliti kako će to narediti, a zasad će da je održava u toj misli... Godi mu to veoma, da je još od sad smatra kao svoju, sasvim svoju...

— Ja, vala, hoću, samo da čekamo do proleća, jer se pre neću vraćati. Dotle ćemo sve 'vako zajedno... Ti da si moja od sad... neću ni s kim drugim, znaš...

— Evo ruke! — odgovori ona, pa mu se ushićena i vesela baci na grudi.

A Đurica mišljaše da plovi po nebu i da niko drugi ne zna za ovako uživanje. Onamo jedna venčana, da ga prati na tešku putu, da se nađe u zlu i u dobru, kao verno pseto, koje samo zna da sluša, ne tražeći za to nagrade (tako je on mislio...). A ova za vesele dane, kad ne zna kud bi se okrenuo, kad oseti potrebu da otvori celo srce, da se nauživa i proveseli... Divna li života!...

„...Ali ko zna... dugo je još do proleća. Dotle ću se sit nauživati, jer — kuršum je pred očima svakoga dana!...”

Tako mu prolažahu dani, dugi, dosadni, teški...

Jedared ga, preko običaja, poseti Tima, rano u zoru. Behu prošli božićni praznici. Oko prozora zviždi i besni studeni vetar, gruvajući u slabu krovinjaricu, odbija se od zamrzlih zidova i s divljim i besnim fijukom juri preko ulica, preko stogova, preko čista polja... Đurica slatko spava posle sinoćne pijanke, videći u snu čitav harem varošanaka, koje se otimlju o njegovo milovanje... Ali kroz san oprezno uho hajdučko čuje neki hod pred kućom, i kad iznenadni gost lupnu na vrata, Đurica već beše na nogama. Pokuša da razgleda dvorište kroz prozor, ali se na stakletu uhvatio debeo sloj leda, kroz koji jedva prodiraše slaba svetlost zimnje zore.

— Vidi-de ko je to — reče on Stanki, oblačeći se žurno.

Stanka iziđe, i malo potom stade neko da otresa sneg s nogu, pa se onda pojavi Tima na vratima. Njegova neobična ozbiljnost uplaši Đuricu, zbuni ga, te ne umede odgovoriti na pozdrav, ni ponuditi gosta da sedne.

— Ho, ljudi, ala ovo seče — veli Tima, razgledajući gde bi se moglo sesti, pa ne videći nigde stolice, spusti se na pod do peći.

— Ta neka me, snaho, mogu i ovako — odgovara on Stanki, koja mu nudi jastuk. — Naposletku ne branim... A ja do tebe... znaš... hteo sam i noćas da dođem, pa velim neka ga nek spava.

— Da nisi što doznao?

— Raspitivala je juče policija za tebe... Znaš... mi se čuvamo, ali i oni ne dremaju. Opazili su te, doznali da mnogo trošiš, a ništa ne radiš; a kad to dozna policija, ho maj... Danas će ti sigurno učiniti „fizitu”...

— Šta veliš, more, je l' to šala? — viknu Đurica.

— Imaš li ti pasoš?... Znaš... ja te ništ' drugo ne pitam, to nije naš običaj. Ali, ako si zaslužio porotu, ne čekaj policiju... Pasoš ti možemo nabaviti...

— Imam pasoš, ali kud da idem?... Ne bih voleo da imam posla sa policijom.

— Mi imamo društva u Smederevu i Šapcu, pa ti samo izberi gde ćeš, a mi ćemo te preporučiti.

— Teško je sad otići do Šapca, nego da idem u Smederevo. Kaži mi samo gde ću naći vaše društvo.

— Samo pitaj za Julinu birtiju, kod „Čokota”. Nađi gazdaricu Julu i kaži joj: pozdravio te Tima, da mu čuvaš ribu i tikvaru, pa se ništ' više ne brini. A sad da idem i ja... Ho maj... kako je zgodno da se sad putuje, dok spavaju gospoda policajci!... — reče on kao uz reč, ali pogleda Đuricu značajno.

— E 'vala ti, čiča, kô bratu! Neću ti ovo nikad zaboraviti — odgovori zbunjen Đurica.

— Ta ma'ni, čoveče! Samo se ti požuri! — reče Tima, izlazeći iz sobe i pipajući po mračnom hodniku.

Posle nekoliko minuta Đuričin stan beše prazan, a Đurica i Stanka ostavljahu iza sebe poslednje kuće beogradske.

Kad dođe činovnik policijski da raspita za Đuricu, nađe mu vrata na stanu otvorena, u peći još tinjaše dogoreo panj, a u sobi po podu behu razbacani komadi hleba i pečena mesa, neke krpe i stara ponjava, raširena preko slame. Tada beše jasno, kakav se stanovnik skrivao u ovoj jazbini.

Kako je teško živeti otpadniku iz društva!...

Koga god vidiš, svaki gleda svoj posao, koji mu je po volji, svaki čini ono što hoće i što treba da čini. Kome se spava, taj spava slobodno, niko mu ne brani... Kako li bi sad Đurica slatko dopunio prekinuti san, ali eto, mora da bega, da se krije od živih ljudi. Gle, kako onaj Mokrolužanin slobodno ide putom i zvižduće, ne boji se nikoga, ne preza ni od čega!... A on, odmetnik, mora da se vere po zamrzlim urvinama, po golim i oštrim trnjacima, mora da zazire od svake žive duše, pa i od psa... jest, plaši ga i lavež pasa, strepi i od iznenadnoga poleta gladne vrane, i od kreštanja bezazlene svrake... Da je bar u svom selu, gde ne mora svakad begati daleko od puta!... A kako se lepo voze oni putnici gore po drumu... tovni konjici grabe hitrim nogama, za njima lako i brzo plove sanke po zamrzlu putu, kao čunić po glatkoj površini brze vode, i samo se čuje ono raznoglasno, u raznim tonovima, a po jednom taktu, zveckanje jasnih praporaca... tres-tres... tres-tres...

— Blago vama, kad ste slobodni! — uzdiše putnik natičući šubaru na levu stranu, otkuda ga bije oštar i hladan vetar.

Prolaze seljani, pešaci i konjanici, prolaze rabadžije s punim i praznim kolima i saonama, jure gospoda na sankama, i sav taj svet ide veselo i slobodno, pevajući pesme ili podvikujući na stoku, niko se ne boji policije ni pandura, ne boji se tuđega pogleda... i on zavidljivo gleda ove bezbrižne i vesele putnike.

...Zver!... Zver pred hajkom!... A on je mislio da je tamo sloboda, u nemoj zelenoj gori!...

I što mu je trebalo da se još okiva ovom ženom?...

„Istina, onda sam bio lud, nisam znao ni za što, mislio sam da neće biti slađega života ni bolje sreće od njene milošte... Bolan, Stanka Radonjića!... Uleteo bih onda kroz kišu od kuršuma, preskočio bih vatru i vodu da do nje dođem, da me samo onako pogleda i da se onako osmehne, kao onda, prvih dana... A sad?... The, nisam onda znao za bolje, a sad znam... Varoške, more, igraju preda mnom kâ na tanjiru, još kakve varoške!... kâ molovane, bele kâ sneg, zgodne, umiljate... A ja vučem ovu mučenicu, ni sam ne znam zašto; ni meni kakva dobra od nje, ni njoj od mene!... Ej!...” uzvikne on bolno i ljutito, baci pogled na Stanku, koja trpeljivo i mirno ćuteći korača pored njega.

Stanka ne zna šta se u njemu zbiva, ne pogađa misli koje se u njemu roje. Ona vidi samo da je on u opasnosti, u velikoj opasnosti, i ide za njim tamo, gde će biti miran, gde će mu život biti bezbedan. Ona se odlučila da ga ne ostavlja nikada, da bude uz njega u najvećim nevoljama, u najljućim patnjama, i drži se tačno svoje odluke, idući za njim na svakom koraku, kao njegova senka. I za tu veliku žrtvu ona traži od njega samo čistu iskrenu ljubav. Ona i ne sanja da bi se on mogao lako odvojiti od nje, ne misli da on već gleda na nju kao na tešku i veliku smetnju, koju bi rado skinuo s vrata. Zadovoljavajući se njegovim običnim ophođenjem sa njom, Stanka se sva predala svojim mislima, u kojima je lepa prošlost, devojaštvo njeno, zauzelo prvo mesto...

Vetar briše i zviždi preko golih čukara, kuda se provlače begunci, udara ih svojim ledenim oštrim sečivom, pa juri dalje, preko glatke snežne ravnice, preko beloga beskrajnoga pokrivala, tamo u maglovitu nedogled...

A pod njima se vijuga stari i sedi Dunav, valjajući na moćnim plećima bezbrojne ledene sante, čiji se lom i sumorno potmulo šuštanje pronosi besnim vetrom, te uliva usamljenu srcu još veći strah, još teži bol...

Najzad se, posle teških napora i straha, begunci nađoše u Smederevu. Tamo se skloniše odmah; Timina lozinka dade im sve, što im je, za prvo vreme, trebalo...

...Ćuti hajduk u mračnoj jazbini, ne misleći i ne videći ništa oko sebe... I čini mu se sad da je u okrilju guste hladovite gore, koja ga je natkrila i zaklonila svojim moćnim zelenim pokrivalom... Gle, šušti i bruji gusta planina, nosi se šum njen jednačito i tiho, slažući se u divlju, neobičnu svojevoljnu melodiju... Čuje se jednačito i odmereno njihanje bukovih grana, bruji i tutnji ponosito rašće, šapće i dršće plašljiva breza i jasika... A nad njom, nad mračnom i sumornom planinom, sija vrelo sunce, greje i peče gustu goru, u čijoj se hladovini slatko i slobodno diše...

Gde si, lisnata zelena goro! Kamo te, vrelo i toplo sunce!... Hajduk vas se zaželeo!...

XXIII

Proleće je; svetlo, veselo, živo proleće... Gora se razvila, pa se njeno nežno, zeleno mlado lišće preliva pod toplom i jasnom sletlošću sunčevom. Žile povukle u sebe svemoćnu vlagu, isterale je na vrhove grančica, i za nedelju dve od gologa šturoga granja pretvorio se gust zelen šator, izrasla hladovita kitina... Polje se preliva i treperi jasno zelenilo mlade trave, koja je, kao vlasje na četki, gusto izbila iz zemlje... Sunce greje toplo i blago, veselo svetle njegovi zraci oživeloj zemlji, grejući joj pocrnelu koru, da iz nje izvuku bezbroj novih života... Sve oživelo novim, svetlijim, veselijim životom, i bilje i životinje, pa i voda po bistrim planinskim rečicama veselije žubori i šapuće pesmu nove sreće, novoga života...

I srce hajdukovo življe i veselije kuca, i ono vidi pred sobom neku nejasnu nadu, obuzima ga neka svetla milina, i ono u trenucima liči na srca ljudska: htelo bi da se nada, da ljubi, da prašta; neka svetla neodređena vera u dobro obuzima i njega...

Đurica se vratio zavičaju, kamo ga je snažnom silom vuklo srce njegovo.

Upamtio je poslednji Novičin savet, pa je hteo prvo da se sa njim sastane. Ali toga radi morao je ići pravo u svoje selo, da ga preko sigurnih ljudi pozove k sebi.

Sunce se tek rađalo, kad se Đurica i Stanka ispeše na Orlovicu, visoko brdo u onom dugom planinskom vencu, koji deli šumadijske talasaste ravnice od rudničkih, načičkanih jedno do drugoga, brda i planina. Pred njima se zasvetli i zašareni ona živopisna kotlina, u kojoj su bez ikakva reda razbacane bele, ćeramidom pokrivene kućice; one vire i jedva se raspoznaju u gustim šljivarima i voćnjacima, belucaju se njihovi zidovi i crvene obasjani krovovi kroz gusto zeleno granje voćnjaka. Tu se, u tom stešnjenom i gustom zelenilu, nejasno ocrtava pokoji krov od staje, poneki stog zaostala sena, tamni se ponegde krovina na košari, na kačari, a nad celom tom grupom izvio se u vedro nebo viti jablan, pa treperi i veselo odsjajkuje pred sunčevim izlaskom...

A tamo pored reke, po dnu same kotline, pružio se zeleni potes u daljinu, čak do kačerskih planina, koje su, ovoga jutra, zavijene u gustu belu maglu. Sve treperi od sjaja sunčeva i zeleni se veselo, svetlo, radosno...

Oči se prikovale za tu lepotu, koju prosta seoska duša ne razume, ali je tako oseća i ljubi, da ne poznaje veće naslade od miloga joj zavičaja...

Umorni putnici oživeše, zaboraviše sve muke i patnje preživele u tuđini, oči im zasjaše živim veselim plamenom, u dušu im se useli beskrajna radost, blaženstvo, sreća...

Đurica pogleda Stanku i oči mu ostadoše prikovane na njoj: otkud joj se povrati izgubljeni sjaj lepih očiju, otkud ova čudna lepota celoga stasa?... Kao da je ove čarobne gore odjednom prerodiše!...

— Stale! — uzviknu on blažen, razdragan, i u tom jednom uzviku kao da htede iskazati celo svoje osećanje.

Ona ga pogleda, razumede njegov uzvik i upravi dug nem pogled na veličanstvenu sliku pred sobom.

— Ja — odgovori ona — samo kad doživeh da opet vidim ovo!...

— Gle, vidi se dud u vašem vinogradu.

— Eno i zabrana!... Kako se tamni!...

— A vrbe pored reke... izvile se tamo i amo kao zmija.

— Sad ne marim da umrem.

— More, živećemo, Stale!...

Zagrljeni i radosni siđoše u selo, zagledajući od želje u svako drvo, u svaki kamen.

Stigoše Đuričinoj kući. Hajduku se steže srce i obuze ga neka sumorna seta, kad ugleda svoje osamljeno napušteno ognjište, u kome je bezazlenu i srećnu mladost proveo. Sad mu sve izgledaše drukčije. Tužna i setna usamljenost širi se oko njegova gnezda, pustoš u dvorištu, tiho nemo ćutanje u okolini, nijednoga znaka od života... Priđe vratima i gurnu ih; zaškripaše ispucana rastavljena vrata i za njima odjeknu potmula praznina puste kuće...

„Da li je živa, jadnica — pomisli on za majku — ili je i ona zaklopila umorne staračke oči?...” Kao odgovor na njegovu zebnju začu se iz otvorene sobe suho slabo kašljucanje i za njim se pojavi na vratima suha uvenula starica. Pogleda ih svojim nemim staračkim pogledom, i najedared joj prelete radost preko lica, koje se razvuče u veseo osmejak.

— Đuro!... Gle moga Đure!... Stanka!...

— Dobro jutro, nano!

— O, deco... a ja sve mislim i strepim kad ću čuti... a vi ste, vidiš, oboje zdravi.

— Što si ti tako oslabila?

— Godine su, dijete, starost... — odgovori ona, zatvarajući za njima vrata.

Kad se izređaše ona prva pitanja i uzvici, koji su obično bez sadržine, Đurica odmah pređe na glavno.

— Kako je sad ovuda; govore li o meni?

— Sve se ućutalo, dijete; zaboravili su te, čim si otišao... zasad ćeš biti miran. Ali ti onaj pakosnik neće dati mira.

— Zar Vujo?... Šta on radi?

— Sastajala sam se sa tvojim ljudima, išla sam i do njega. Zvao me da mu kažem gde si... On će ti, dijete, glavu odneti, to znaj, pa gledaj šta ćeš i kako ćeš...

— Što, nano, otkud to?

— Kažu mi ljudi jednako reži na tebe što ga ne slušaš. Žao mu onolikih para, što si ih sam podelio jatacima, krivo mu što si otišao bez njegova znanja, čujem da te krivi i za Radovana što je poginuo.

— Za pare znam da se ljuti, ali šta sam ja kriv za Radovana?... Meni je Radovan više trebao no njemu...

— Ne znam, to će ti kazati tvoji ljudi, a ja ti samo to velim: čuvaj ga se, dijete, kô žive vatre! Ono ti je opak dušmanin... Ja sam se tek zimus počela dosećati nekim rečima tvog oca, pa sad tek vidim da je onaj pakosnik mnoge ljude upropastio i pobio. Samo ga se čuvaj...

— Znam ja to, nano, odavno. Zato sam se i odvojio od njega, ne brini se ti. Nego šta mi veliš za druge naše ljude, mogu li se u njih pouzdati?

— Ja znam da ti je Jovo najpouzdaniji. Ako te svi ostave, on neće. A on bolje poznaje te ljude, pa se sa njim razgovori. Samo se čuvaj Matove braće, oni ti mnogo prete.

— Ja, istina... šta mu radi žena... Matova?

— Mučila se zimus mnogo sa dečurlijom, pa joj se sad dever vratio u zadrugu. Njinu kuću obilazi daleko!

— Šta li rade moji, da li si čula? — zapita Stanka, izbegavajući da ih nazove po imenu.

— Zdravi su. Juče su ti oca nešto zvali u srez, i on je jamačno jutros otišao. Majka ti je poručila da svratiš do nje, čim stigneš ovde... Pa najbolje da odeš, dok se ne vrati Marko iz varoši.

— Baš dobro — reče Đurica — i 'nako mi treba da budem danas slobodan. Ti idi odmah; udari na Miletića čajir, pa u potok, a posle ti je lako do vašega zabrana. Ja ću biti kod Jova, a ti sedi tamo, dokle god možeš.

Stanka ustade i ode, a za njom se diže i Đurica, držeći se voćnjaka i ograde, pa ode k Jovu.

— Da mi dobaviš Novicu do mraka! To nam je najpotrebnije — reče on, čim se pozdravi s Jovom, koji se iznenadi njegovu dolasku.

— Novicu... sad će dete da otrči, samo ako ga nađe.

— Zar nije u varoši?

— Jeste, nego da nije kud otišao poslom. On ti sad vodi trgovinu na svoju ruku.

— Istina?... Može se još obogatiti.

— Neće, ne boj se, dok god mu je Maruške.

— Koja je to?

— Neka udovica... vodi ga kao konja zauzdana. Ali opet on dobro napreduje.

Kad ode poslanik za Novicu, njih dvojica sedoše da ručaju i da se narazgovaraju.

— E, sad kazuj šta znaš. Jesi li viđao skoro Vuja, šta veli on?

— Viđamo se često, a znaš sam šta veli. „Ko hoće, veli, sa mnom lepo — dobro, a ko neće, ja mogu bez njega.” Crče od muke za one pare.

— Što on mene krivi za Pantovca?

— Đavo ga znao. Samo veli: „Satari mi ’naka čoveka, koji mi je valjao nemerena zlata”, a ne kaže kako si ga to satario i zašto si ti kriv.

— Pa, šta misliš?

— Hoće da te ubije, to ti je. Samo će te prvo poslati na koju masnu poharu, pa će ti tu biti kraj.

— A po čemu ti to misliš tako?

— He, po čemu... po svačemu! Po njegovim očima, po govoru... po čemu god hoćeš. Ko zna Vuja, kao ja što ga znam, taj će lako pogoditi šta je on smislio. Nije mu ni prvina, ne boj se!

— Dobro, a šta veliš za naše ljude, kako će oni?

— Ovi naši odavde pouzdani su ti svi, a oni su iz drugih sela svi njegovi.

— Šta veliš ti: kad bi se 'nako znaš... njemu što desilo... da pogine... da li bi se ko svetio?

— E, to ti ne umem reći. Neki put pomislim da on tek 'nako zadaje strah... pametan je pusnik!... Mislim, znaš, da on sad, posle Radovanove pogibije, nema nijednoga čoveka, s kime je sasvim otvoren. A neki put, bogme, pomislim ti sto čuda... Ko ti zna njegove račune i krajeve.

— Znaš... i ja tako mislim. Ali mi se sve čini, da se mi svi bojimo od prazne puške. On je, brate, nas uzjašao, pa vodi kud hoće, kô stoku... a mi se plašimo ni od čega. Vidimo da je pametan, pa sve mislimo da on drma celom vojskom. Ja sam to opazio, kad on nas šalje na posao. Vidim, brate, čovek kô i mi, samo veća glava.

— Vala i ja sam to sto puta pomislio, ali opet nekako sagnem glavu i ćutim. Kô velim: ako ćutim, ne gubim ništa, a da povičem, ode glava...

— Ali ja sam naumio da ne ćutim i da ga ne slušam, pa kud pukne! Da vidim još samo šta će mi Novica reći.

Ceo dan im prođe u takvu razgovoru, smrče se, a oni još imađahu mnogo da kažu jedan drugome.

U neko doba noći stiže Novica.

Pošto se zasad nisu morali bojati ničega, Jovo ode da spava, a njih dvojica ostadoše sami u sobi.

— Ja te poslušah — poče Đurica. — Prvo tebe potražih, kao što si mi kazao.

— Dobro si učinio. Onda nijesam ni mislio da će ti moj savet biti tako valjan, a viđu da sam i ja imao razloga.

— Pa... šta radi Vujo?

— Znaš Vuja: ne radi ništa, no čeka da ti radiš za njega.

— Zar me on baš čeka?

— Da kako?... Zna da si živ i da se moraš vrnuti ovamo, pa kud ćeš no njemu?

— To mi, kanda, veliš, da idem pravo njemu i da ga slušam što god mi rekne?

— Ne ja, bogme! Ja ti velju samo što on misli, a što ja mislim, čućeš poslije.

— Aa... — oteže Đurica i lice mu se razvedri. — A ja se, bolan, začudih; rekoh: šta mi to sad ovaj priča!...

— Ha-ha-ha... kâ veliš: obrnuo ga Vujo zimus!... Neće više, ne boj se. Dosta ja njemu argatovah, pa ne viđeh hasne ni haira, i ostao bih tako vječiti živomučenik, da ne bi tebe. Znaš li, more, da ja sad od zbilje trgujem?

— Čuo sam.

— E vidiš, samo od jednoga posla s tobom digô sam glavu, pa kako bih te ostavio!...

— 'Vala ti kâ bratu!... A ja, što se tiče... s tobom ću sve bratski. Neće ti biti od mene krivo...

— Ostavi se zaludnice, vjere ti; zar ja ne znam tebe!... No daj da se razgovaramo o poslu. Vujo je, čini mi se, odlučio da ti nađe zamjenu.

— Kako?

— He... kako? Da te ubije, pa da uzme drugoga na tvoje mjesto. Nijesi više za njega.

— Je li on što govorio s tobom? — zapita Đurica odsečno i pogleda ga pravo u oči.

— Hm... je li ili nije, ti ne moraš znati. Biće dana i za to, kad ćeš sve doznati, a zasad nam je prva briga, da sačuvamo tvoju glavu.

— Kaži mi samo ovo... već ako dođe da se kida, ja znam šta ću, ali ne znam za posle... Ima li on svojih ljudi, koji bi ga svetili?

— Duboke su one knjige što ih on čati, moj đetiću, a njegove račune niko ne prebroja!... Ko ga zna!... Ali mi da gledamo zasad...

kud ćemo i kako ćemo. Ti znaš: on ti je već spremio dobar posao, čim se javiš, i ja bih ti rekao da ti to sve lepo izvršiš.

— Pa i ti ćeš, valjad'?

— Ja, bogme, ne! Ču li da rekoh: trgujem od zbilje. Učim se, bolan, da ti zamijenim Vuja, a on ti je našao druga na moje mjesto.

— Koga?

— Mučno da ga znaš. Jednoga mladića iz Lukavice. Njega on, čini mi se, i sprema da tebe zamijeni.

— Onda treba i njega da se čuvam?

— Ne, bolan. Ti ne znaš Vujove majstorije. Ko tebe našljedi i njemu će Vujo skuhati poparu, pa mu ne ide u račun da mu otkriva svoje rabote. Ne brini ti: u mojim su rukama svi njegovi planovi. Nego da mi sad odspavamo jedan san, pa posle ponoći da ideš k njemu. Biće mu, bolan, krivo kad čuje da si se vrnuo, a nijesi se njemu javio.

Đurica pristade. Legoše da spavaju, a njemu ne izlaze iz glave zagonetne reči Novičine.

„On mnogo zna, a neće sad ništa da mi kaže... Neće više ni na posao sa mnom... trguje! Hoće da bude čovek od reda... Pa neka ga. Daću mu mnogo, vrlo mnogo od ovoga prvoga posla, samo da ga pridobijem. Vidiš, crkao je za pare... Onda će mi, valjada, kazati sve što zna?... A onaj baš hoće da me smakne, pa to ti je!... S jedne strane vlast, s druge oni, koji treba najviše da me čuvaju... kud god se okrenem, svi mi o glavi rade... Ej, kukavac! Lepo li mogah živeti, samo da mi beše ova pamet... Ali dockan!... A ja se radovao što dođoh ovamo!... Ne znađah šta me ovde čeka...”

I misao za mišlju, sve gorča i teža, izvijaše se u glavi mu. Ono staro osećanje — grozničava plašnja od svakoga sekunda, koji proticaše, plašnja opšta od svačega, od samoga prostranstva, stade da mu se uvlači u dušu, i on opet postade onaj nepoverljivi opasni razbojnik, koji preza od svake senke i u toj plašnji čini nečuvene zločine.

„Šta hoće oni od mene... pa i ovaj Novica?... Ovamo mi sam kaže da mi glava visi o koncu, a ne veli mi da kidam na jednu stranu. Šta da čekam? Da me smakne iznenada, pa... Ne znam ni sam šta ću, samo znam da se mora kidati. Više se ne može ovako... Hoću da sam bezbedan bar kod svojih ljudi..."

— Novica!... Spavaš li?... — viknu odjednom.

— Šta... šta je?

— Hajde da idemo... ne mogu da spavam.

Novica ustade, protrlja oči, pa, onako u pomrčini, stade da pipa oko sebe.

— Pa hajde da te ispratim do Kamenara, posle ću ja kući.

— Zar ti nećeš sa mnom?

— Ne ja. Ne smiješ mu ni kazati da smo se viđeli. Ja se pred njim činim da sam ljut na tebe.

— Što?

— Sve ćeš doznati, a sad idi kud ti velim. Za svaki slučaj: pazi na Vuja; ne zadržavaj se kod njega dugo, ne jedi i ne pij ništa. Ako pošlje s tobom Sima kovača, otvaraj oči i čuvaj ga se... drži ga svakad na oku. Kad se vrneš sa pohare, čekaću te u jagnjilskom zabranu, znaš onaj više reke...

— Zar ti znaš kud će me poslati?

— Znam, ići ćete u smederevsku Moravu. Ali ništa, sastaćemo se mi prije toga.

Obojica iziđoše iz kuće i, neopaženi ni od koga, odoše kroz selo, dogovarajući se o daljim svojim planovima.

***

Kad Đurica uđe u Vujovu kuću i ugleda pred sobom dobro poznate mu crte stroga i odlučna lica, on ne izgubi ništa od svoje odlučnosti i prisebnosti, kao što je do sad obično bivalo. Đurica gledaše slobodno i otvoreno u ono suho i smežurano lice, osvetljeno slabim plamenom upaljene lojanice, i osećaše veliko zadovoljstvo što ne obori oči pred onim strogim, ispitljivim pogledom... Kao da su obojica osećali da treba odvažno izdržati ovaj prvi pogled, pa zastadoše, ne mičući se i ne pružajući ruke jedan drugom. Najzad Vujo mrdnu desnim brkom, što je trebalo da liči na osmejak i pruži ruku.

— A, begunče, dođe li?...

— Dođoh, vala... Kako si? — odgovori Đurica i steže mu pruženu ruku.

— Dobro... Kako ti?... Hajde u sobu.

Đurica uđe i sede na stolicu blizu vrata, a Vujo namesti zemljani svećnjak na pod, pa stade prema Đurici.

— Šta ti uradi, sokole: dunu jednoga dana, pa ode; nit' se ti kome javi, nit' mi što čusmo za tebe.

— Morao sam tako, ča-Vujo. Dok se imalo šta raditi, ja sam radio, a kad je došlo vreme da se čuva glava, morao sam je čuvati.

— O, sinju mu... zar ne bih ja umeo bolje čuvati tvoju glavu!... U početku te jedva isterah iz ovoga ćilera, nisi smeo da se odvojiš od mene, a sad se bojiš da te ne mogu sačuvati... Ili, da ti ne sumnjaš štogod na mene?... — reče Vujo i pogleda ga tako pažljivo, kao da bi mu hteo svu dušu razgledati.

— Ene sad... šta ti dođe u glavu!... — odgovori Đurica tako naivno, da odjednom rastera svaku sumnju kod Vuja. — Ti, brate, znaš najbolje ko su hajduci: dok radimo zajedno — slušam te, a kad dođe vreme da se krijem, neću da zna za mene ni moja rođena majka.

— Da tebi ne trabunja štogod onaj ludi Jovo? Kaži mi slobodno! — zapita Vujo i pogleda ga pognute glave, ispod obrva.

— Što?... Šta će mi on govoriti?

— Onako znaš... Vidim da si se nešto promenio... a znam da jataci hoće poneki put da govore ono što ne znaju. Da nije, rekoh, što ljut na mene?

— Jok, brate. On mi svakad veli da se bez tebe niko ne bi znao ni okrenuti...

Vuju se razvedri lice, primače se postelji, pa sede.

— Nego ostavi to — nastavi Đurica — pa da gledamo naš posao... Kako je sad ovde?

— Gde si bio cele zime? — zapita ga Vujo, čineći se da ne ču njegovo pitanje.

Đurica malo poćuta. „Da li da mu kažem? — Svejedno, moramo raskidati, pa onda ne moram ni kriti.”

— Gde ti nisam bio!... Po varošima... U Beogradu najviše.

Vujo se iznenadi, to mu se poznalo na licu, po kome padaše slaba svetlost svećice. Videvši da Đurica nerado odgovara na to pitanje, on promeni razgovor.

— Kako je ovde, veliš... — reče on posle kratkoga ćutanja. — Znaš kako je. Ucena je povišena odmah posle onog ubistva. Sad će se sve dići na noge, samo da te satru, ali mi ćemo gledati... nije nam prvina. I kapetan je sad promenjen, ovaj je novi opak...

„Ovo on sad mene plaši — pomisli Đurica — samo da mu robujem, ali nećeš!...”

— Jesi li spremio kakav posao? Sad nam svima treba...

— Treba, istina je. Ali kako ti misliš... kao pre?

— Svi bismo najvoleli da ti kažeš šta je tvoje, pa da se zna čisto. Ono bih drugo ja razdelio — reče Đurica.

— Da kažem, ja... Kad treba trčati i spremati za posao, kad treba što ujdurisati kod vlasti i doznati, onda trči Vujo, a kad se raspolaže novcem, onda pruži ruku, pa koliko ti damo... To vi hoćete, je li?... Ali Vujo neće!... Ja ću naći sebi ljude, s kojima ću raditi, a vi se delite i radite kako znate — viknu on, skočivši s postelje.

Đurica se seti Novičina saveta, pa otpoče blago:

— Nemoj, brate, da se ljutiš. Ja sam i jesenas zbog toga pobegao, jer ne znam kud ću: jataci vuku na jednu stranu, ti na drugu, a ja gorim između dve vatre...

— Ama koji to vuče na drugu stranu, kaži mi ga po imenu! Ko to traži ortačinu sa mnom?... Dede, kaži mi ga, pa ću se ja računati sa njim, a tebe neće ni glava zaboleti.

— Svi, Vujo, svi traže... nije jedan...

— Ta koji su to svi, gromove im njihove! Kaži jednoga po imenu, šta ti jedan veli... šta hoće svaki?...

— Mahni se toga, najposle. Ja sam ti samo kazao šta oni traže, a nisam rekao da i ja to hoću... Ja ću opet onako, kao što smo i od pre, samo nek se zna račun između mene i tebe... Svakad nek se zna unapred koliko kome od nas pripada...

— Tako, sokole, to je pametno — uzviknu Vujo radosno. — Daj da se ja i ti pogodimo, a šta mi pričaš za onu gladnu fukaru, kojoj nikad ništa nije dosta. Tako je trebalo da si odavno, a sa njima ću se ja računati, ja ću im deliti po zaradi... Je li dosta tebi četvrtina?

— A jatake ćeš ti namiriti? — zapita Đurica.

— Sve do jednoga.

— Dosta mi je — reče Đurica glasno a u sebi pomisli: „Ko je lud da me čuva džabe, kad za moju glavu može dobiti sto dukata!... Vidim šta hoćeš, starče, ali ćemo se ogledati, pa šta bude...”

— E, tako, vidiš... sad možemo da se razgovaramo o poslu — reče Vujo, prilazeći mu i sedajući do njega na tronožac.

Useknuvši sveću, Vujo stade da izlaže svoj plan za napad na bogata trgovca u Pomoravlju. Na tome razgovoru zateče ih zora.

XXIV

Vraćajući se sa krvave i bogate pohare iz Pomoravlja, gde domaćin i jedan napadač dopadoše teških rana, Đurica okrete, prema ranijem dogovoru sa Novicom, kroz jagnjilski potes, domišljajući se kako bi se do zabrana odvojio od Sima, koji neprestano iđaše uz njega. Sad je bio prisebniji i odlučniji, nije ga potresla prolivena krv: naprotiv, on se spremao da sad tek zasuče rukave i počne pravi posao.

— Simo, ti sad okreni desno na Kopljare, pa idi pravo kući, a ja ću gledati da se prokradem do Venčaca.

— Meni je kazao Vujo da jednako idem s tobom i da te dopratim do njega. Ne smem te ja ostaviti.

— Što ćeš mi ti?

— Pouzdanije je kad smo dvojica... treba se čuvati... — odgovori Simo i obori glavu, gledajući da se ne susretne sa Đuričinim pogledom.

„Ovaj gotovo ne krije šta hoće — pomisli Đurica. — Da li mu je kazao da me sad ubije ili će to posle, kad mu predam pare. Novica veli da je to određeno za danas, čim se izvrši pohara. Čekaj, doznaću ja to; nek ide ovaj sa mnom.”

— Pa dobro najposle, kad ti je on kazao... — odgovori Đurica ravnodušno. Moramo da se odmorimo u zabranu.

— Baš dobro! — viknu Simo i radost mu zasija u oku. — Umorni smo kao đavoli, pa da se malo prilegne.

Ulazeći u zabran, Đurica propusti druga napred, kome ovaj postupak ne bi po volji. Đurica stade da razgleda po zabranu, tražeći zaklonitije mesto, a videlo se da to isto traži i Simo. Posle stotinu koraka, naiđoše u jedan sklop, zastrven pavitinom. Đurica razgleda mesto i učini mu se da Simo vadi revolver iza pasa. Ne čekajući drugi njegov pokret, Đurica istoga trenutka baci svoju dugu pušku, skoči na Sima s leđa i jednim mahom obori ga na zemlju. Otpasavši mu tkanice, veza mu njime ruke, pa ga onda, kao kakvu kladu, izvrte na leđa.

Simo se u početku napada otimao i branio, ali posle, kad stade Đurica da ga vezuje, ućuta i ne mrdnu više.

— Šta hoćeš ti sa mnom? — viknu on začuđeno, kad ga Đurica prevrte i pogleda ono strašno zlikovačko lice.

— Prvo ti meni kaži: šta hoćeš ti sa mnom?

— Ništa, brate... Šta je tebi!...

— Čekaj, sad ćeš videti šta mi je — reče Đurica, pa izvadi iz jeleka kotur žute voštanice, kresnu palidrvce i upali sveću. Zatim izvadi jednu iglu i nadnese je nad plamen.

Simo sve to posmatraše raširenih očiju.

— Je li ti kazao Vujo da me ubiješ sad, ili posle, pošto mu predam novce? — zapita Đurica, držeći iglu nad plamenom.

— Šta ti je danas, jesi li poludeo!... O kakvom ubistvu ti govoriš? — odgovori Simo začuđeno, ali mu preko lica prelete smrtno bledilo.

Đurica spusti sveću pored sebe, uze jednu Simovu ruku i zabode mu usijanu iglu pod nokat jednoga prsta.

Simo stade grčevito trzati ruku, stadoše mu se stezati mišići oko očiju i uzdahnu duboko.

— A-a-a... što me mučiš, tako ti sreće, zabadava!...

— Ništa... 'vako ću ceo dan, dok ti se ne dosadi — odgovori Đurica, pa opet ugreja iglu i zabode je pod drugi nokat.

— Što ne govoriš, psino jedna, nego se mučiš zbog onoga zlikovca, kome svi robujemo!... — viknu Đurica grejući iglu treći put. — Kaži pravo, pa idi kud te oči vode.

— Zar me nećeš ubiti, kad ti sve kažem?

— Što da te ubijam, ludače, kad mi ti nisi kriv!

— Ama, sreće ti hajdučke, kaži mi pravo!

— Pustiću te, ako mi sve pravo kažeš... Ja sve znam, ali hoću da mi ti to potvrdiš i da mi sve ispričaš što ti je on govorio. A sa njim ću se ja još danas naračunati.

— Jeste, kazao mi je da te ubijem... ako uzmognem sad na povratku, ako li ne mognem sad, onda posle, pošto mu predaš novce... Meni je strašno pretio, a obećao mi...

— Koliko ti je obećao?

— Sto dukata sad, i posle da se javim za ucenu, pa od toga novca njemu osamdeset dukata, a ono drugo meni.

— To ti je kazao prekjuče, posle sastanka sa Novicom?

— Jeste... Pretio mi je da će me ubiti...

— Jesi li ga pitao zašto me ubija?

— Jesam. Veli da su te obrlatili jataci iz tvoga sela, pa svu zaradu ti odnosiš, a nama i njemu daješ samo po nekoliko dukata. Našao je drugoga čoveka, koji će mu raditi bolje.

— Koji će njemu sve davati, a on će vama, kao slepcima, po dva-tri dukata, je li tako?... Kaži sam, koliko je tebi do sad davao?

— Pa tako... samo jednom mi je dao deset dukata, kad smo te izvadili iz apsa, a ono drugo... pomalo.

— Vidiš, a pitaj moje jatake, da li sam kome dao manje od pedeset dukata. Ja mu zaista ne dam sve pare, nego hoću da se to podjednako deli među sve ljude, koji meni pomažu.

— To je, vala, pravo... I ako hoćeš i ja ću te slušati. On je sve preko mene vodio dogovor sa pandurima iz sreza...

— Dobro, mi ćemo se razgovarati — reče Đurica drešeći mu ruke, pošto mu prvo povadi oružje. — Sad sedi lepo, pa mi ispričaj sve kako ti je kazao da me ubiješ.

Simo se ispravi, mašući onom rukom, koja je bodena.

— Ništa, sreće mi, samo je zadugo govorio kako te mora ubiti, a za ovo mi samo reče: „Gledaj ako mogneš usput, u kakvom sklonitome mestu, pa mu uzmi pare i oružje i donesi pravo meni, ako li, kaže, ne mogneš usput, onda ću ja, veli, namestiti njega na zgodu ovde." To je sve...

— Dobro, idi sad pravo kući, a ja ću te potražiti, kad mi ustrebaš. Samo si lud bio, što si se davao da te mučim onako... da čuvaš onoga zlikovca...

— Nije to, more, nego sam se bojao da me ne ubiješ, ako ti istinu kažem.

— Idi sad, ali dobro pazi da me ne naljutiš. Vidiš, trebalo bi da te ostavim ovde vezana... ali ja ti verujem...

— Čini, vala, kako god hoćeš, a videćeš šta ti ja vredim.

— Dobro, dobro — reče Đurica, gledajući za njim, dok god mu se ne izgubi iz očiju u gustoj šumi.

Posle desetak minuta Đurica razgleda svud oko sebe, okrete se istočnoj strani, pa zviznu učestano s prekidima.

Ne čuvši nikakva odgovora, pokupi oružje i pođe napred. Posle nekoliko minuta opet zviznu, i daleko pred njim u šumi začu se takvo isto zviždanje. Malo zatim ukaza se Novica između proređenih grmovih debala.

— A ja te čekam na ovom kraju — reče on, prilazeći Đurici. — Mišljah da ćeš odovud, od stanice. Zar te ne prati Simo?

Đurica mu ispriča malopređašnji događaj i kaza da je pustio Sima nek ide kući.

— Nijesi trebao. Istina, on je za pare svačiji, ali ne treba vjerovati nikom, kad glava visi o koncu.

— To sam i ja mislio, ali kao velim: neka ga. A ja ću sad da se požurim u Brezovac, da se naplatim s onim pakosnikom.

— Požuri se, što brže možeš. Ali dobro otvaraj oči: ono je stari zlikovac. Stići ćeš tamo još za viđela. A ja ću te čekati iza vatrenjače, pa da noćimo kod mene.

— Otud moram na drugu stranu, imam hitna posla, a kod tebe ću sutra.

Novica obori glavu, kao da mu to ne bi pravo.

Đurica se doseti. „Zna da ću noćas da razdam novac... Ali kud smem ići k njemu s ovolikim parama!... Ubio bi me bez reči. Bolje da mu dam sad.”

— Hoćeš li i tebi da se sad odužim? — reče on, mašajući se džepa.

— Pa... kako hoćeš — odgovori Novica oveselivši. — Pouzdanija mi je para u mom džepu no u tvom.

Đurica se nasmeja; odbroja sto banknota iz krvava zaveska i pruži ih Novici.

— Je li dosta?

— O-hoj! Ti si dobro pazario... Kako da nije dosta, bolan... — reče on, uzimajući novce i bacajući ih u nedra. — Samo hoće li ostati što drugima?

— Biće dosta svima, samo me čuvajte?

— A da što ćemo ti drugo, kad si nam ti zlatan majdan!... Đe ću te sutra sačekati?

— Ako možeš iziđi gore do Kamenara, kod onih debelih grmova...

— Više Vojkovića kuća, znam... Čekaću te posle zaranaka. A tamo... pazi!... otvaraj oči!

Đurica okrete ka Venčacu, a Novica pođe istim pravcem, kud ode Simo.

„E, sad si na redu ti, Vujo. Dođe zeman da i mi raskrstimo, a jedva sastavismo godinu u ortačini... Tek godina, nema ni puna godina, a čini mi se ceo vek!... Šta se čuda počinilo za to vreme... Naživelo se, nastrahovalo se, namučilo se...”

I sad mu dođe na pamet ono vreme, kad je ostavljao pređašnji slobodni život, kad se odvajao od društva i ognjišta, pa se uputio pod zakrilje ovoga Vuja, po čijoj naredbi htede danas poginuti. Kako je onda ludo srljao u propast, kako je lakomisleno stupao na kobnu stazu, koja ga dovede do ovoga stanja!... A kako se moglo lepo živeti, samo da beše ove sadanje pameti... Sad bi on bio seljak, kao i drugi; radio bi svoj posao; ne bi se nikoga bojao... Išao bi slobodno po polju, po zelenu lugu i dubravi... U kući bi mu bilo sve veselo, stara majka dobila bi odmenu... I sve bi to bilo, da ne beše njega!... On ga upropasti, pogubi...

I Đurica stade da misli šta ga je to privlačilo k Vuju, te mu se tako slepo predao... Večito mu je ovaj surovi čovek stajao pred očima kao nema zagonetka, koja te sve više privlači, što je manje razumeš... I Vujo je njega privlačio, ali čime?... Svojom tajanstvenošću, pameću, naročito ovom pameću, koju Đurica uvažavaše, jer je u sebi ne osećaše... Ali nije ni to... Imalo je nešto u samome njemu, što ga je vuklo na tu stazu, a to je osećao u sebi ranije, pre nego što je i poznao Vuja... još onda, kad je počeo da razmišlja o svemu; kad gledaše noću kako mu otac donosi tuđu stoku, a majka mu vesela lica podnosi ukusno jelo od te stoke... To ga je vuklo na ovaj put, ali opet, da ne beše Vuja, ne bi se ovako svršilo... On ga je uzeo za ruku, doveo ga do strme ivice i gurnuo... Posle se već morao klizati i padati, dok ne dođe do kraja...

„I taj zlikovac, koji me je upropastio, danas pruža pušku na mene... da me zbriše sa zemlje kao da nisam na njoj ni bio... E nećeš, čiča... naplatićemo se!...”

Kad se navuče prvi suton, Đurica prolažaše kroz šumu ispod Vu-jove kuće. Bojaše se samo da ga ne ostavi ova prisebnost i odlučnost, koja je rasla sve više, ukoliko se on približavao kući. Iz pameti mu ne izlažahu Simove reči: „Jeste, kazao mi je da te ubijem!...” Izlazeći iz šume, ugleda Vuja na čistini ispod kuće: seo na jedan breščić, pa gleda u šumu.

„Kao da sam mu poručio! — pomisli Đurica. — Bolje je ovako na čistini, nego u sobi... Ovde sam slobodniji...”

Ugledavši čoveka gde mu se približuje, Vujo se diže i pođe na susret, a kad mu se približi sam Đurica, on stade iznenađen.

— Kamo ti Simo? — upita ga još na hodu.

— Otišao je kući — odgovori Đurica, prilazeći mu.

— A-a... a ja rekoh da nije i on ostao kao Pantovac. Svršiste li?

— Svršismo. Plaskovčanin ode s ranom, a i gazda će imati da se poleči.

— Hajdemo unutra — reče Vujo i okrete se da pođe.

— Neka, možemo i ovde narediti što imamo — odgovori Đurica, pa odjedanput kidisa na Vuja i steže ga rukama.

Starac, još snažan, poče da se otima, trudeći se samo da prinese ruku k pojasu. Đurica i ne opazi šta on radi s rukom, već ga samo stezaše i omahivaše, da bi ga oborio na zemlju... Obojica ćute kao zaliveni, samo im se noge pomeraju, odskaču od zemlje i opet staju na prste... Starcu teško disati, steže ga mladić kao klještima... Najzad se nekako dohvati pasa, odakle istrže mali oštar nožić. Sad bi mogao ubosti protivnika, ali su mu ruke više laktova stegnute jako, pa se boji da će ubod biti slab, samo će ga još više ražljutiti, pa posle — zlo!... Da gleda kako da ga zavara, zagovori... I taman da zausti, a Đurica ga omahnu i tresnu o zemlju... Nehotično mu se podiže ruka s nožem, te Đurica ugleda šta mu je u ruci.

— A, zlikovče, izabrao si i oružje od koga ćeš poginuti! — viknu Đurica i steže mu ruku.

Utom se začu iz šume otegnuto, jasno zviždanje.

Vujo napreže snagu, pa zviznu kratko, a zatim povika iz glasa:

— Pomagaj!

Đurica se uplaši. Stadoše da mu dršću ruke, zadrhta sav... Jedva se seti revolvera... Istrže ga iza pasa, nasloni cev na čelo starčevo i okide... Tresnu pucanj, a ruke, kojima se Vujo branjaše, klonuše... Đurica skoči, i onako na hodu ispali mu drugi metak u grudi. Starac ne mrdnu više...

Iz šume trčaše neko... Đurica pruži pušku i viknu... — Stoj!

Čovek stade, pogleda u pruženu pušku, koja se još mogla u sutonu opaziti, pa se odjednom okrete i potrča natrag k šumi... Za trenut oka nestade ga...

— Vujo! — začu se glas ispred kuće.

Đurica poznade glas Vujove žene.

— Zovi ga jače, ne čuje! — viknu on, pa okrete naviše uz kosu.

Preko njega prelete buljina, mašući tiho i nemo čupavim krilima... On se strese i požuri uz brdo...

XXV

Drugoga dana, posle zalaska sunčeva, Đurica iđaše kosom, koja vezuje Venčac i Bukulju, pa brižno mišljaše o sebi i svome položaju. Jednoga se zla oprosti, a stotine drugih, manjih i većih, rađahu se... Dokle će se ovako?... Kad li će doći dan da i on položi svoju umornu bujnu glavu, da se i on odmori?...

Vujo ode... Nema više onoga groznoga pogleda, koji seče kao nožem, od koga su strepili najveći razbojnici... Ali se na njegovo mesto već javlja drugi, koji hoće isto ono, što je i Vujo hteo... da živi tuđom mukom, da se hrani tuđim znojem; nu on bar neće onako zapovedati. On je radostan, kad mu se pruži sto banknota, a Vujo ne bi ni glave okrenuo, Vujo hoće sve... On sad sedi tu negde ispod grmova i čeka, a Vujo ne bi ni prstom mrdnuo... Opet će se sa njim moći bolje... Eto, sad će da vodi momka u varoš da ga malo zabavi, a kod Vuja se moralo ili raditi ili spavati.

„A najpametnije sam uradio, što nisam juče pristao da idem k njemu s onolikim novcem. Đavo je para... navede čoveka na ono, o čemu i ne sanja” — pomisli Đurica, pa opet stade da razgleda pred sobom i da stupa sve pažljivije. Kad dođe blizu urečenih grmova, on dade znak kao i juče. Novica se podiže ispod jednoga drveta i mahnu mu rukom.

— Đe si, bolan, stiže li živ? — reče Novica, kad se sastaše.

— Šta će mi biti?

— Kako, more... digoše na tebe sav svijet.

— Da nije potera?

— Noćas se dižu na tebe tri sreza: da si tica, ne bi pobjegao... Ali ne boj se, neće nikom pasti na um da te traži u varoši.

— Šta vele varošani, žale li Vuja?

— Ko će žaliti 'naka zlikovca! Ama de pričaj mi kako ga pogubi, i onako moramo čekati dok se dobro smrači.

Đurica mu ispriča. Za onoga što se pojavi iz šume, ne mogoše smisliti ko je.

— Biće to koji njegov glasnik... oni, znaš... što mu javljaju đe ko ode, šta proda... ima ih on mnogo. Naišao valjada poslom, da mu što javi.

Tako prosedeše u razgovoru dugo. Prođoše dva časa noći, navuče se gusta pomrčina, jer ne beše meseca, a po nebu plivahu jednostavni tamni oblaci, pa se onda obojica krenuše niz brdo.

Varošica beše zaspala. Ozgo sa brda viđahu se samo svetnjaci pred čestim palanačkim mehanama, koji svetlucahu slabo i sumorno u tamnoj noći, dajući time jedini znak da se život u varoši nije ugasio. I još tamo, na samom kraju varoši, pored potoka što preseca glavnu ulicu, čuje se poneki put veseo uzvik pijana gosta, kome je jamačno kakav bukovički lautar svojim monotonim cilikanjem rastresao zagrejane živce... Mračna i vlažna noć navukla se na ovo mestance, zaogrnula svojim neprobojnim pokrivalom kuće i ulice, pritisla samu zemlju, pa stoji tako nepokretna i sumorna, kao da se i ne misli nikad dizati sa grešne zemlje...

Drugovi prođoše zabrančić, koji se pružio iza varoši, pređoše potok, pa stadoše uz jednu ogradu, koja je jednim krajem izlazila na ulicu, a drugim na potok. Novica podiže jedan proštac, te se provukoše kroz ogradu obojica i uđoše u dvorište. Đuricu obuze neka nepojmljiva zebnja od ove mračne i neme samoće, i on se stade kajati, što dođe ovamo.

Prođoše mračno dvorište i kroz nekakva sniska vratanca stupiše u odaju. Novica upali sveću i Đurica vide lepo nameštenu sobicu sa dve postelje i minderlukom, a na sredini stoji okrugao zastrven sto, prepunjen jestivom i pićem.

— Sjedi, brate, da se odmorimo, pa i da se založimo. Eto vidiš, ja tako... gazdinski. Moja Maruška meni spremi sve što hoću, pa kad imam gosta, ona se zatvori tamo u drugu sobu i spava. I na ovo sam gledao, vidiš: ovo prozorče može da posluži za svaki slučaj... sa njega pravo u potok, pa u šumu...

— A ova kuća nije sa ulice?

— Ne, more. Tamo je napred magaza đe ja smještam moju robu, a kuća je, vidiš, do samoga potoka. Zgoda!...

— Zacelo zgoda! — odgovori Đurica veselo, kome se dopade, što je Novica predvideo tako važnu okolnost.

— Dede sad da počnemo, duga je noć! Ovake prepečenice nijesi srknuo do sad.

Đurica sede za sto, nasloni pušku na postelju pored sebe, pa iskapi prvu čašu.

Stadoše da se ređaju čaše sa prepečenicom sve češće i češće, a Đurica postade razgovorniji i veseliji. Krv mu pojuri življe po telu, a pred očima stade da se hvata ona prijatna i blaga izmaglica, što nastupa posle jakoga pića.

Promeniše rakiju na vino. Dohvatiše se pečena jagnjeta, pa ga stadoše zalivati starom rumenikom...

Đurica jednako maše rukama, priča i smeje se.

— Hoćeš li da se pobratimo? — reče Đurica odjednom.

— Hoću, bane, s takijem sokolom, zašto ne bih!

Ispiše čašu zajedničku i poljubiše se.

— Eh, pobro, kad bi mi dao da probudim Marušku samo da nam ispeče po jednu kafu. Ne boj se, ona te ne poznaje, a zna da ja imam posla s takim ljudima...

— Ne bojim se kod tebe ničega. Budi snahu! — viknu Đurica, pa ustade i pođe za Novicom.

— Maro!... o Maro!... — viknu Novica na drugim vratima, preko od njihove sobe. — Ustani, dijete, ispeci nam kafu.

— Sad ću, ne ulazi ovamo!... — odgovori otud ženski glas.

Pobratimi se vratiše na svoja mesta, a malo zatim uđe u sobu visoka, crnomanjasta žena srednjih godina, noseći u ruci poslužavnik s kafom. Svaki bi se začudio, kad se pre ova žena spremi, a kad pre kafu skuva, ali to Đurici ne pade na pamet. On se zagleda u ženu i pomisli: „Da li mu je to ono dijete? Ova je gotovo starija od njega.”

— Evo ti snahe, pobro — reče mu Novica. — Dede, posluži đevera, kad si mi tako poslušna.

— Ne viči, more, imam gošću — odgovori žena, prilazeći Đurici. — Kako si, dešo?... A ovaj mi ne reče da će koga večeras dovesti...

— Kakva ti je to gošća? — prekide je Novica.

— Sestričina mi... udovica jadna — odgovori ona i saže glavu stidljivo, kao da u tome, što joj je sestričina udovica, ima nečega stidnoga.

— Udovica zar?... Vuci je ovamo! — viknu Novica. — Hoćemo li, pobratime... da se veselimo? A ja neću kazati za onu... tamo u selu — namignu on i mahnu glavom.

— Dovedi, dovedi!... — viknu Đurica zagušenim glasom i osećajući da ga jezik izdaje. Beše se dobro napio. Kad iziđe Maruška, Đurica se naže k Novici i stade mu poverljivo šaptati.

— Znaš... ja sam i tamo, u Beogradu, sve tako... hi-hi-hi... A što sam ostavio jedno varošče tamo, bre, pobro, kao gorska vila! Obeća mi da će doći, čim je zovnem...

— A Stanka, bolan, šta ti ona veli?

— He... šta će reći!... mo-r-ra da sluša bez r-r-razgovora... Ja sam gosa... gorski car!... — stade on da zapleće.

— Tako je, vjere mi junačke! A znaš, ako hoćeš da ti kažem istinu, nijesi trebao ni da vučeš za sobom nevolju... reče Novica, pa zastade da vidi neće li Đurica drukčije misliti.

— More, ne znam ni ja... bio sam lud...

— Zar nije bolje, velju, da ih biraš kâ gnile kruške... Da vi'š samo ovu moju gošću, da ti oči stanu!...

— He-he... — stade on da čupka i gladi brčiće — ja vala baš tako... Onu mogu i oterati... — reče on, ali se odmah trže i uplaši od te misli, pa nastavi: — Neka nje tamo u selu, nije mi na odmet.... Pazi me, znaš, mnogo.

— Đavo li si, pobro, kako ti to udesiš, pa đevojke mahnitaju za tobom!

— Ha-ha-ha... — nasmeja se Đurica zadovoljno.

Utom se vrati Maruška, vodeći za sobom neku žensku, ni mladu ni staru, omalenu, dosta lepuškastu. Na prvi pogled moglo se opaziti, da su obe ženske od onoga reda, koji ne drži mnogo na čednost i poštenje... Gošća beše doista neka rođaka Maruški, propala žena, i Novica je mnogo računao na nju, kad se odlučio da je dovede u svoj stan za ovaj slučaj. Pred Đuricom se samo pretvarao da nije ni znao za njen dolazak.

— Koja te voda donese ovamo, Julo? — viknu on, kad je opazi. — Eto nam sad, pobratime, društva... da vi'š kako je valjana ova moja Madžarica!

— Madžar si sam, a ja sam Srpkinja, bolja od tebe! — oseče se na njega gošća.

— Madžarica, Švabica — jedna vjera, brate, a za moga pobru došla si kao naručena. Je li tako? — obrte se on Đurici, koji ne odvajaše očiju od Jule.

— Ja nisam s raskida, ako ona hoće...

— Ne možemo mi trezne sa vama u društvo, nego prvo da vas stignemo! — reče Maruška, pa ponudi Julu da sedne do Đurice, a sama se namesti do Novice.

— Šta veliš, pobro; ove se ne šale!...

I otvori se besna, razuzdana pijanka. Žene se izopijaše brzo, a pobratimi se jedva drže na stolicama. Čaše zveče... smej, kikotanje... niko i ne pomišlja na opasnost. Đurica prebacio ruku preko susede, pa joj šapuće grube izjave, ljuljajući se i povodeći glavom napred i udesno.

— Koja je bolja, pobro?... znaš?... — namignu mu Novica, mahnuvši glavom u stranu, prema šumi.

— Ova, brate, varoška... mirom miriše.

— Kažem li ti ja!... Raskrsti s onim čovjekom... znaš?... pa da uživamo kao carevi.

— R-r-raskrštam! — viknu Đurica i skoči da obrgli Julu, ali ga noge izdadoše, te se dohvati njenih ramena i održa se na nogama. — Ova je moja... moja...

...Pijanka se produži do pred samu zoru.

Naposletku, kad se svi izopijaše, polegaše po zastrtom podu. Gde se ko našao, tako se i spustio na pod i zaspao. Novici ostade još toliko svesti, te ugasi sveću, pa se i on pruži, ne znajući više ništa za sebe...

Kad sunce odskoči visoko, Đurica se probudi i podiže glavu. Začudi se položaju u kome se nađe, ali se odmah seti noćašnje pijanke. Obe žene i Novica ležahu na podu, kao i on, spavahu teškim pijanim snom. Vazduh u sobi beše tako zagušljiv, osećaše se jak zadah od pića, kojim je prožet svaki delić vazduha... zapara, smrad... pa sve to davi, zanosi, opija...

„Ala li se provedosmo!... Nikad nisam ovako... ni u Beogradu. Ova Jula para vredi... Vidiš, i on se opio, a da je hteo mogao me je živa odneti u srez. Sad vidim da mi je prijatelj...” — pomisli on i htede da legne opet, ali se seti da je svanulo odavno i da treba Novicu odmah buditi.

XXVI

Četiri dana provede Đurica u ovom novom društvu. Danju je spavao na tavanu, gde mu je Julka namestila postelju, a noć se provodila veselo, u pijanci i razvratu. Besna neobuzdana pijanka zanela je celo društvo, koje je dobilo volju da se proveseli do najveće mere, da se zasiti, zanese...

Sad je već postala providna Novičina namera: on je želeo da pridobije, da priveže Đuricu za sebe i da ga odvoji od ostaloga mu društva. Tako bi on zauzeo Vujovo mesto, ali mnogo pouzdanije i korisnije, no što ga je Vujo držao. Novica je smišljao da mu nije potrebno veliko društvo: nekoliko ljudi za napade i tri-četiri jataka, to je svega. I kad ovako, naročito pomoću žena, priveže Đuricu za sebe, ostajaće mu od pohara mnogo više, no što je Vuju ostajalo. On je sam, kad se probudio posle prve pijanke, saopštio neke misli i Maruški.

— On se do sinoć malo pribojavao od mene. Ludak! — reče joj Novica. — A meni je njegov život potrebniji no njemu samom.

— Zar baš toliko?

— A da kako, jadna. Dovlačiće nam on sve na hiljade i sve će mi sam davati, da mu ne tražim... Neću ja kao ludi Vujo, nego ovako: da se pije i veseli... Samo neka ga Jula dobro uzme u ruke!

— Za nju ti ne brini...

— Carski ćemo da živimo, samo vi žene pamet u glavu!

A Đurica nije mislio ni o čemu; predao se sav ovom bezbrižnom i veselom provođenju, nalazeći da tako i treba hajduk da živi. Vek mu nije dug, to je već jasno video, pa onda bar da se živi i da se zadovolji svaka želja... Opazio je posle samo jedno: da ga Novica dobro čuva i da sve ovo čini iz računa.

„On hoće para — mišljaše Đurica. — Pa dobro, ja ću donositi para dosta, ali ću barem i ja videti vajdu od njih. Pije se, veseli se... to staje dosta. A kod Vuja: donesi pare, pa idi kud znaš. Sad će da se živi!...”

Naposletku odlučiše da prestanu s pijankom i da Đurica na nekoliko dana ide k jatacima. Morali su biti oprezni, jer da se ovako još produži, moglo bi pasti kome u oči.

Četvrtoga dana uveče, kad se dobro smrači, Đurica se spremi i ode u svoje selo. Idući putom seti se da onomad, kad je noćio kod Jova, nije ništa naredio za Stanku, te i ne zna gde je sad ona. Jovo mu samo uz reč napomenu da je ona kod majke; tamo se, veli, krije od oca po stajama, a Đurica, kako je bio zauzet poslom, i zaboravi na nju. Tako se još nisu ni videli od povratka.

Đurica osećaše jasno da u njemu nema više one topline, one čiste predane ljubavi prema Stanki; ugasilo se ono burno vatreno osećanje, koje ih je bacilo u zagrljaj... Sad se mesto njega javilo neko novo, grubo i neobično... A iza toga rasplamteo se razvrat, obuhvatio mu dušu i srce, i on oseća čudno zadovoljstvo u ovom novom i primamljivom stanju... Nije on ni Stanku omrznuo. Samo oseća neku dosadu, kad mu se ona javi u mislima kao prepreka njegovim planovima... Nezgodno mu je što se poneki put mora voditi račun i o njoj; oseća da bi mu zgodnije bilo bez nje. Ali opet na kraju bi pomislio: „Pa neka je... može se i ovako!” A i to ovako bilo mu je nejasno, neodređeno. Ovako, iz dana u dan, ne misleći o sutrašnjem danu, ne brinući se za posledak...

Iznenadi se veoma, kad nađe Stanku kod Jova. Behu pospala čeljad, i Jovo ga uvede u sobu, gde spavaše sama Stanka. Kad uđoše obojica u sobu, ona se trže iz sna i zasja joj radost u oku, ali se odmah zatim pribra, namršti se i po licu joj se razli velika srdžba.

— Gle, zar si tu! — reče Đurica, kad se ona podiže. — A ti mi onomad reče da je ona kod majke? — okrete se on Jovu.

— Bila je do juče, pa ne može više da se krije od Marka.

— A ti se odmah obradovao — reče ona gnevno. — Misliš ostaću jednako kod majke, pa da ti se skinem s vrata...

Jovo, videvši da nastupa domaća drama, pođe iz sobe, ali ga Đurica zadrža, jer mu beše teško da ostane ovako sa njom.

— Čekaj, kud ćeš — reče mu, čineći se da ne ču Stankine prekore. — Jesu li zadovoljni svi?

— Kako neće biti zadovoljni na onolikim parama! Svi se hvale, ne može bolje biti. A gde si ti ovih dana?

— Poslom... — odgovori Đurica, zapinjući. — Sutra ću ovde predaniti, pa gledaj da se pazi...

— Ne brini. Onomad nam potera pretrese celo selo...

— Znam, zbog toga sam i otišao. Gde si ti bila onda? — zapita on Stanku, setivši se sad tek da je ona bila u velikoj opasnosti od potere.

— Gde sam bila!... Sad si me se setio; a kad si doznao za poteru, nisi mogao da me povedeš?... Jedva si čekao, valjad', da me uhvate, pa da tražiš drugu...

Jovo iziđe iz sobe polako.

— More, prođi se komedije, kad ti kažem. Najpre sam zaboravio, a posle je bilo dockan... — reče on ljutito, pa posle kao da se priseti nečemu i povika: — A šta mi tu jednako drobiš i kontrolišeš: gde sam bio, te gde sam bio!... Bio sam kod devojaka, eto, pa sad šta ćeš mi!...

Stanka se prenu, raširi oči i pogleda ga začuđena.

— Zar baš tako? — reče mu zagušenim glasom. — Ja ovde propadam, a ti tražiš devojke te se provodiš sa njima!

— Ja šta si ti mislila? — odgovori on, osmehnuvši se ironično. — Da sedim jednako uz tebe i da ti piljim u oči, je li?...

— Kazao si da se nećeš rastavljati od mene i da ćeš me svud sa sobom voditi — odgovori Stanka hladno i odlučno. — A eto, veliš sam da si bio kod devojaka, a mene si ostavio da me uhvati potera, pa da trunem u apsu.

Đurica planu. Naljuti ga prava istina, koju mu Stanka reče, i na koju on ne mogade dati opravdanja. Svoja krivica se obično zaglađuje ljutnjom. I on se naljuti... Ali on htede da izvuče korist iz ove srdžbe, htede da se objasni sa njom sada, kad joj može mnogo štošta reći, što inače ne bi mogao. Htede da prekine odjednom te večite njene prekore, koji mu dosadiše, pa uzviknu:

— Ne zvocaj mi tu, dok nisi sad dobila što tražiš!

Stanka preblede, ali se ne mače s mesta, a on, pribravši se, progovori lakšim glasom:

— Jesi čula, ovako se više ne može... dovde si mi već došla — i on pokaza rukom na gušu. — I venčani ljudi ne trpe toliko od žena, kao ja od tebe... Brate, ti znaš s kim si se vezala, pa, ako ti je pravo, radi onako kako ja hoću, ako li nećeš, idi kud te oči vode. Nemoj da me dovodiš do zla, jer može biti svašta... — i on preteći mahnu glavom.

Stanka skoči, pa stade pred njega. Oči joj sevahu kao živi plamen, sagorevahu... Ona se ispravi i pogleda ga pravo u oči.

— A šta to može biti, reci der mi!

„Vi'š... tvrdoglava kao pseto — pomisli on, a srdžba mu sve više raste. — Sad ću ja njoj kazati, pa će biti manja od trunke."

— Ti znaš kako prolaze oni, koji rade protiv moje volje... Eno ti Mata i Vuja!... — reče on i pogleda kakav su utisak učinile njegove strašne reči.

Stanka se ne izmeni; kao da je očekivala nešto gore, nepovoljnije, pa je ovo i ne začudi.

— A posle... šta ćeš posle?... Da nađeš drugu, je li... — prošapta ona tiho, ne dišući, kao da sad tek očekuje pravi odgovor, od koga joj zavisi sve.

Đurica pak htede da kruniše svoj uspeh, jer mu se učini da je s onim odgovorom postigao cilj.

— Što ću ih tražiti, kad još sad imam na svaki prst po jednu!... Ti misliš ja ne mogu živeti bez tebe... More s kakvom sam se varoškom onomad provodio, nisi joj ni za mali prst... — nasmeja se on, kao u šali.

— Je li to odistine?... Nemoj da se šališ! — pogleda ga ona ozbiljno i udvoji pažnju, očekujući da on porekne svoju groznu šalu.

Đurica se još više osokoli, pa je pogleda ozbiljno i odgovori:

— Ne šalim se, sreće mi hajdučke! A ti čini što znaš...

Stanka steže zubima usnu, pogleda ga nekako ukoso, neobično... i taj pogled ne obećavaše nikakva dobra...

I kao da se htede još jednom uveriti da je ne varaju oči, kao da htede zapečatiti u duši taj nemi poslednji odgovor ohladnela srca, koje govori o neverstvu, pogleda ga još jednom pažljivo, bolno, mučenički... pa obori oči, okrete se i polako pođe k vratima... Polako uhvati rukom drvenu ručicu na vratima, očekujući neće li čuti strasno kajanje ljubljenoga čoveka, ali iza nje beše mrtva tišina...

Vrata škripnuše i ona iziđe iz sobe...

Učini joj se da on progovori, pošto se zatvoriše vrata, ali se ona više ne obrte nazad... Polako obiđe pročevlje, oko koga spavahu čeljad, napipa ključanicu na kućnim vratima, izvuče je i polako otvori teška rastova vrata... Jovo joj nešto reče, navlačeći šarenicu na decu, ali ona ne ču ništa... Prekorači visoki kućni prag i stade bosim nogama na hladnu ploču stepenice... Zaduhnu je planinska noćna studen, i ona se strese od zime...

„Neka je, vratiće se ona sutra mirnija od ovce!" — pomisli Đurica, pa leže na njenu postelju i pokuša da zaspi.

A Stanka dođe do ograde kućne, nasloni se na čatal vrljika, obori glavu na ruku i stade kao okamenjena...

...Vri u glavi roj misli, nejasnih, tamnih, crnih... bruji i šušti to vrenje, te ne može nijedna misao da se uhvati. Samo proleću kao iskre, ponesene besnim vetrom... U temenu nešto igra jednačito, brzo po taktu... igra i udara kao damari... U ušima šum... i tamo šušti, udara, pišti... Srce se steglo, sledilo: okamenilo se... A oči se uprle u crnu, tamnu noć, kao da u toj surovoj, nemoj crnini traže objašnjenje neke strašne misli, koja se rađa u zanesenoj glavi, ili bi da prodru u samu dubinu crnoga zastora i da nađu tamo ma jedan svetao zrak, koji bi davao nade na spasenje... Ali se pred usijanim očima tiho nosi i veje hladna i crna nema pomrčina, ulevajući u dušu još veći jad i crnji bol...

„Šta je ovo?... Šta ovo bi?... Svršava se, dolazi kraj... Je li kraj svega... smrt? Ne znam!... Šta je to smrt? Znam, videla sam kad umre Joka, bleda, pa požutela, hladna... Posle zakopaju u zemlju i gotovo!... Ništa, kao da nije ni bila... samo se izdiže gomila vlažne zemlje... Jadna Joka, kako smo lepo živele... Ona meni sve: Šećerka, veli, metni mi ruku u nedra, a ja polako, polako... A-a-a... ono!... Zar takav kraj dočekasmo? I naša se ljubav jednom svrši, ode, nestade je... Ama zar sam zato ja trpela toliku sramotu, poniženje, mučila se kao nijedna druga!... Ostavih dobru majku, uvredih do srca staroga oca, okretoh leđa celom svetu, samo da on bude moj, da delim sa njim zlo i dobro... Volela sam ga više od svega, slušala sam ga bolje, mnogo bolje nego oca, učinila sam sve što je on hteo, pa sad — pod noge!...

„A majka, jadna dobra mati, kako se ona obradovala svome detetu, svojoj osramoćenoj, ismejanoj kćeri! Sav svet obrće glavu od nje, kao od čudovišta, a mati širi slabe staračke ruke, obuhvata i steže svoju milu jogunicu, celiva je i gleda, gleda i celiva... Topi se radosno srce majčino, kaplju vrele suze niz obraze... To je bilo onda o povratku, pre nedelju dana, a sad?... Šta li bi sad rekla, jadna starice, da je vidiš ovako osramoćenu, poniženu, ucveljenu, pa izbačenu napolje, izbačenu kao isceđen limun, kao nepotrebnu stvar... Gle, nema gde da skloni obeščašćenu glavu!...

„A otac, šta li će on reći kad čuje?... Zna se šta, i imaće pravo!... O, kako je strašno kažnjena detinja neposlušnost!... A svet?...

„Šta će ovo da bude najposle?... Jest, došlo je ono poslednje, ono najposle, došao je kraj, ali šta ću sad, kud ću?... Da umrem... Ali zašto?... Kome će od toga biti dobro, ko bi se tome obradovao... ko bi se mojoj smrti radovao?... Majka... otac... drugarice?... Ne bi, ne bi im moja smrt bila dobra... A on?... Jest, njemu bi bila dobra; ta on i onako reče da me može ubiti!... Kako ono reče: može, veli, biti svašta... eno ti Mata i Vuja!... Kao veli: kako sam sa njima učinio, tako ću i s tobom. A posle?... Ti misliš, veli, ja ne mogu živeti bez tebe... O-o-o!... A ja sam mislila da ga ne bih mogla preživeti, umrla bih sa njim, poginula bih, kad bi njemu što bilo... Mislila sam, kud bih bez njega i našto će mi život posle!... A on veli: imam još sad na svaki prst po jednu... Dok sam išla za njim kao verno pseto, dok sam mu dala svu dušu moju, on već tražio druge i našao na svaki prst po jednu. Pa sad?... Sad bi hteo da me nema, a on da uzme drugu... mnoge druge na moje mesto... To li bi ti hteo? Ne!... Dok sam ja živa, nećeš uzeti drugu... Zar tolike moje muke i sramotu da pogaziš, pa da me oturiš kao pseto!... I još mi se kune srećom hajdučkom — drugo ništa i nema za kletvu — da se ne šali. E čekaj, ne šalim se ni ja!... Nisam se šalila, kad sam bacila obraz pod noge, kad sam osramotila svoju kuću i ime, kad sam zbog tebe okrenula leđa celom svetu, pa neću se šaliti ni sad!... Ti tražiš moju smrt, da bi se mogao bolje provoditi... A kad hoćeš tako... onda i ja hoću tvoju smrt!... Bolje neka te nema, nego da gledam da mi još i ti gaziš osramoćenu i poruganu glavu... da mi se smeješ sa drugima, kad stanem lutati kao obeščašćena prognanica!...

„Ali kako ću sad?... Da ga ubijem svojom rukom... ne mogu, neću... Tako bi se smirio začas, pa ništa!... Ne bi ništa ni znao, ne bi osećao muke... Ja bih se opet mučila celoga veka, a on bi bio miran zanavek... Neću tako... Hoću da se muči, hoću da vidi neizbežnu smrt pred očima i da zna da mu je smrt od mene došla... Nek se muči!... I ja ću se mučiti!...”

Jednim lakim skokom, kao vetrom ponesena, Stanka preskoči vrljike, i, ne dvoumeći, ne razmišljajući više o svome planu, pođe žurno, gotovo trčeći, k opštinskom putu... Grozan plan sevnu joj samo jedared u glavi... sevnu i ode... ona se ne postara da zadrži tu misao, da razmisli o njoj... Išla je kao u groznici, a beše je i obuzelo grozničavo stanje... Stade da se trese od hladnoće, a noge žurno stupahu po hladnoj, rosnoj travi, ne osećajući ni hladnoće ni umora... Samo što pre, samo da se stigne na vreme!... Naišla je na utrven, nasut put, prelazila je preko potočića, preko kamenjara, ubadala se, ubijala nogu nepažljivim gaženjem, ali na to nije obraćala pažnju... Išla je kao u bunilu, u vrućici...

Posle ponoći stiže pred sresku kuću. Umor je savladao jako, ali ona ne stade, ne predahnu... Prođe kroz vratnice na ogradi, pretrča preko dvorišta i stade pred jedna vrata nad stepenicama, za koja je držala da su na glavnom ulasku u kancelariju. To behu vrata na hodniku, pred stanom kapetanovim.

Kako stade pred vrata, udari snažnom pesnicom po njima... Vrata se zatresoše, a hodnik potmulo odjeknu... Ne ču se nikakav drugi glas... Ona udari još jače... U hodniku škripnuše neke daske i začu se uplašen, sanjiv glas:

— Ko je to?

— Otvaraj! — viknu ona glasno, saznavajući umesnost svoga zahteva.

Opet zaškripaše daske, začu se hod bosih nogu po opekama...

— Ko si ti? — zapita je neko lakšim glasom kroz vrata.

— Otvaraj brže, hitno je... vidiš: žena sam!...

Ključanica škripnu, vrata se otvoriše i Stanka uđe u hodnik.

— Koji te đavo tera noćas?... Šta lupaš toliko?... Šta hoćeš?...

— Kapetana... Gde je kapetan?...

— Što će ti noćas kapetan? — obrecnu se pandur srdito.

— Treba mi, njemu ću kazati... samo njemu...

— E, snašo, tako bi mogao svaki ludak da dođe i da pravi larmu zabadava. Ne smem ja buditi kapetana za svaku sitnicu... moram znati zašto.

— Đurica... Đuricu hajduka da mu sad predam živa... eto, to hoću... trči, budi ga!

Pandur se uozbilji, počeša se iza uha i zapita ozbiljno:

— Ama ko si ti?... Da nije kakva varancija...

— Ja sam Stanka... čuo si... ona što je sa njim.

— A-a!... E to je drugo... — odgovori on, pa priđe vratima, kroz koja je ušla Stanka, te ih zaključa i uze ključ sa sobom.

— E onda ga moram buditi. Pričekaj ti tu — reče joj on, pa otvori jedna vrata na hodniku. Istoga trenutka otvoriše se prema njima druga vrata, na kojima se ukaza razbarušena sanjiva glava. To beše kapetan.

— Šta je to tamo, Milisave? — viknu on, ne izlazeći iz sobe.

— Došla, gospodine, ona devojka što ide sa Đuricom... Traži vas, kaže, da preda Đuricu.

— Zaključaj brzo vrata spolja! — reče mu on tihim glasom.

— Zaključao sam, evo ključa.

Kapetan iziđe u hodnik, onako neobučen, pa videvši da lampa slabo škilji, obrte se panduru:

— Odvrni tu lampu.

Kad pade jaka svetlost na Stanku, kapetan je pažljivo razgleda.

— Jesi li zaista ti Stanka?

— Jesam, gospodine.

— Što si došla?

— Čuo si... Hoću da ti predam Đuricu.

— Čudo to?... Ti živiš sa njim...

— Kazaću ti nasamo sve...

— Dobro. Milisave, probudi sve žandarme i pandure. Neka se živo obuku i nek spreme konje. S oružjem... znaš. A ti, Stanka, hodi ovamo.

Kapetan je uvede u jednu sobu, upali sveću na stolu, pa se ogrte nekom haljinom i sede na stolicu.

— Sedi, odmori se... vidim da si se mnogo umorila.

Stanka se osvrte i sede na stolicu.

— Gde je sad Đurica?

— Kod Jova Dikića, u našem selu... Ostao je na spavanju, i sutra će predaniti kod njega. Ali treba da ideš odmah, da ga uhvatiš pre zore... posle vam se neće živ dati...

Kapetan je razgledaše pažljivo... Ono grozničavo drhtanje, neobičan sjaj očiju, suve, zapečene usne, nervozno trzanje glave pobudi u njemu sumnju, da ova devojka nije pri sebi.

— Ti si bolesna, rekao bih... da nisi bolovala ovih dana?

— Bolesna?... Do sad nisam nikad bolovala, a sad... svejedno!... Trčala sam, žurila sam se mnogo, samo da stignem na vreme.

— E sad mi sve lepo ispričaj... to što si htela... Kad si i zašto si sa Đuricom raskinula?

Stanka mu ispriča ukratko, isprekidano, bez veze u mislima, noćašnji događaj. Kapetan u malo reči pojmi njen položaj, pa htede da se koristi ovakim njenim stanjem radi dalje istrage, te je prekide:

— Pa veliš: on ti sam kaže da je ubio Matiju i Vuja?

— Sam, gospodine, on sam...

— A ja sam slušao da je Matiju drugi ubio?... Onaj što je te noći išao s Đuricom...

— Zar Novica?... — reče ona i trže se kao opečena. Sad se tek seti, da treba čuvati one ljude, koji su nju čuvali... Ali beše dockan. Policajac opazi da se ona trgla i da mu neće svojevoljno izdavati ostale ljude, pa se požuri da dozna što bar za toga Novicu.

— Novica!... Koji to beše? — reče kao prisećajući se.

Stanka ućuta kao zalivena.

— Znaš šta, gospodine, posle ćemo govoriti o drugim stvarima, a sad požuri da on kud ne pobegne — progovori ona posle kraćega ćutanja.

— E, ne može tako. Moram ja to znati pre polaska, jer već imam ovde u apsu jednoga Novicu, pa da znam koji je...

— Je li taj iz varoši? — zapita ona brzo.

Kapetan je pogleda. „Šta da joj kažem?... Da li ću pogoditi?... Kad je ona pomenula, tako će i biti...” pa odgovori:

— Jeste, iz varoši je.

— A, to je!

„Koji će to biti Novica?...” stade on opet misliti, pa uzviknu:

— Onaj što drži magazu... Crnogorac?

— Neću, gospodine, više da ti odgovaram. Ako ćeš ići... hajdemo! — reče ona odlučno i ustade sa stolice.

— Čekaj, brate, nisu još ljudi gotovi, a ni ja se nisam obukao.

— E pa dela, oblači se, pa da idemo!

Kapetan ode u drugu sobu, i malo zatim vrati se, noseći u rukama svoje haljine. Stade da se oblači i ujedno htede da pokuša neće li još što doznati.

— Vidiš, ti sve treba meni da kažeš... Ti nisi izvršila sa njim nijedno zločinstvo, pa ću ti ja pomoći na sudu da ne budeš osuđena, izradiću ti pomilovanje...

— Nemam ja posla sa sudom... Nisam nikom nikakvo zlo učinila... Kazaće ti to i on i drugi ljudi, koje je on napadao.

— E, devojko, po zakonima i ti si kriva kao i on. Ko god se druži sa razbojnikom, pomaže mu, čuva ga — i on je kriv pred zakonom. Kriv je svaki ko zna gde se nalazi razbojnik, a neće da ga javi vlasti... Ali kažem ti: samo ti meni sve lepo ispričaj, pa ću ja tako udesiti, da ne budeš kriva.

Stanka se začudi. Po svome poimanju, ona nije do sad smatrala sebe za krivca. „Ko čini zlo — on i odgovara za njega", mislila je ona do sad, „a ja samo idem sa njim, ne činim nikome ništa." Ali joj sad u glavi, i bez ovoga, beše čitav haos raznovrsnih misli, koje se samo jave i prođu... pa i ne beše u stanju da razmisli o ovom otkriću. Postade joj dosadno ovo zapitkivanje kapetanovo, koje se nikako nije slagalo sa njenim duševnim stanjem: ona ide na ono poslednje, na svršetak svega... i posle toga nastaje tama... kraj sveta... opšta propast... — ili tako nešto... a on okupio o nekim sitnicama, koje posle toga nemaju, kako ona mišljaše, nikakva smisla... I ona se odluči da ćuti, da ne odgovori ni reči, dok god ne pođu. I ona održa svoju odluku s najvećom upornošću. I kapetan naposletku beznadežno mahnu glavom, pa se požuri sa spremanjem. Pri samom oblačenju napisa naredbu pisaru da odmah, čim primi naredbu, uhvati Novicu, a ako se nađe koji odrasliji ukućanin sa njim, da i njega zatvori. Jednom panduru reče da odmah odvoji tri druga, pa sa njima da ide pisaru i da ga probudi.

— A kako ćeš ti? — obrte se kapetan Stanki. — Treba da se požurimo, a mi ćemo svi na konjima... Umeš li jahati?

— Umeću, ako imate konja — odgovori ona.

— Dobrosav će sad s pisarom, a konj mu je osedlan — umeša se pandur, koji ostaje u kancelariji, da bi tako sačuvao svoga konja od zamorna puta. — Može na njegovu konju...

— Pa dobro, kad je već osedlan. Neka izvode konje!

Posle nekoliko minuta krenu se oružana potera, iziđe iz sreskoga dvorišta, pa, da se ne bi obraćala pažnja varošanima, i ako još beše gluho doba, okretoše odmah poljem, koje se pruža više varoši. Napred jahaše kapetan s ostragušom o ramenu i revolverom o bedrima, za njim Stanka sa dva žandarma s obe strane, pa onda još tri žandarma i dva pandura. Žandarmi i panduri, kao obično, behu naoružani „do grla".

Kad se dohvatiše čistoga polja, poteraše brzim karijerom... Samo se čuje potmuo topot konjskih ploča, poneki put frkne ražljućeni konjic, a vetar zviždi pored ušiju...

Kapetan se oseća kao lovac, koji se krenuo da zatekne kurjaka na legalu... Razne prijatne slike iz napada, koji će sledovati, već se unapred javljaju, i on već vidi pred sobom živa, povezana hajduka... On mu odaje sve svoje jatake, priča o celoj organizaciji velikoga zlikovačkoga društva... i kapetan zadovoljno seda za sto, piše raport ministru... Zatim javna pohvala u zvaničnim novinama... orden... klasa... „Onaj kačerski pući će od muke, što mu uzabrah krušku ispred nosa!... Pa kad pročitam ukaz, dignem se, pa pravo k Leni: Sad si gospođa kapetanica prve klase, kažem ja, a ona: Juh, bolan, pa sad za okružnoga... Je li to na redu?... More, srećan sam ja, badava!..."

A Stanka samo sluša kako vetar fijuče pored ušiju i gleda u ovu crnu tamninu, koja joj sad dođe još teža, još sumornija... Povija se unapred i natrag po tome, kako se konj u skakanju pokreće, a u glavi joj samo jedna misao i njom se ona bavila celoga puta: „Samo da ga vidim uplašena, uprepašćena, kad ugleda naslonjene puščane grliće na prozorima!... Da stanem tako, pa neka vidi, neka zna ko je doveo njegove dušmane!... Pa onda... šta bude, ne marim!..."

Kad odjahaše konje u potoku, ispod Jovove kuće, beše se razredila pomrčina, ali se još nije dobro videlo. Tek se moglo nazirati nebo, koje se, kao crn džinovski poklopac, nadvilo nad ovom šumovitom kotlinom. Tišina!... Nijednoga zvuka ni pokreta...

— Ima li sad daleko da se ide do kuće? — zapita kapetan Stanku.

— Eno, odmah na onome bregu... da se dobacim kamenom odavde.

— Dobro. Sad nas ti povedi na onu stranu, gde nije njegova soba... da nas ne može opaziti s prozora.

— Znam ja, samo ti hajde za mnom... Mi ćemo da zađemo za kuću, odakle nema prozora.

Kapetan je još putem sastavio plan napada, prema Stankinu opisu kuće, i odredio po jednoga žandarma i pandura na jedan i toliko isto na drugi prozor. Tri žandarma odredio je da upadnu u kuću, od kojih će dvojica zauzeti vrata na sobi, a jedan će isterati čeljad napolje i držati Jova.

— Sad pazite dobro! — reče im kapetan, i ako nije bilo mesta opomeni, jer svaki od njih beše vičan tome poslu.

Krenuše se, polako, oprezno, pazeći na svaki korak, na svaki mig... Žandarmi nošahu puške na ruci, gotovi da svakoga trenutka prospu smrtonosnu vatru na iznenadnoga napadača ili begunca. Zaobiđoše uzoranu njivicu, i kad se ispeše na breg, ugledaše omalenu seosku kuću, koja na onom kraju do njih beše od brvana, a na protivnom, gde je soba, olepljena zemljom i zakrečena. U onoj maglastoj tamnini kuća im izgledaše kao plast sena, razvršen i razvučen. Primakoše se uz brvna, neki nasloniše uho: tišina... sve spava zdravim jutrenjim snom... Na istoku se jasno razlikuju i ocrtavaju vrhovi planinski... razvlači se ona prva bleda svetlost zorina... tama se proredila, pa umire, gasi se... Petlovi počinju svoju pesmu... Zora!...

Određena četvorica zauzeše mesta pod prozorima. Još jedared pregledaše magacinke, pa ih nasloniše na ragastov...

„E sad još ako ne budu zaključali vrata za Stankom, kad je ona izišla... To bi slavno bilo!" — misli kapetan i daje znak onoj trojici da stanu na vrata.

Mitar žandarm, odvažan momak, stade prvi, i po uputstvu kapetanovu pokuša da vidi jesu li zaključana vrata. Stade na prag, uze za ručicu i podiže cela vrata, da ne bi škripala, pa ih onda lagano, tiho gurnu... Vrata se počeše otvarati... Drugovi prihvatiše vrata ozdo, poneše ih u stranu i otvoriše sasvim... Slaba, bleda svetlost pokaza im unutrašnjost kuće, opaziše odmah mesto, gde čeljad spava i učini im se da se neko promeškolji... Dvojica pretrčaše preko pročevlja i stadoše na vrata sobna, a Mitar, videvši da se neko od spavača počinje dizati, pritrča i pritisnu ga ozgo.

— Ko je to? — dreknu jak muški glas i umuče, jer Mitar napipa rukama usta i steže ih, pa se naže na uho Jovu i prošaputa mu:

— Da nisi pisnuo!... Ovde je kapetan sa celom vojskom: propao si ako se mrdneš.

Jovove ruke, kojima se odupirao, klonuše, što je značilo da se pokorava i sluša. Mitar odvoji jedan od konopaca, što ih je za ovaj slučaj poneo, pa mu veza i ruke i noge. Zatim priđe onoj dvojici, pa zapita jednoga na uho:

— Čuje li se što?

— Budan je... nešto šuška, jamačno se sprema...

U isti mah začu se neki uzvik spolja. Mitar istrča iz kuće, doviknuvši onoj dvojici:

— Pazite!

Žena se probudi, za njom i deca... Htedoše da viču, ali ih sam Jovo ućutka.

Čuvši glas Jovov, Đurica skoči s postelje i dohvati oružje u ruke... Oslušnu... ne čuje se ništa... Priđe k vratima, sluša... Nešto se neobično događa u kući, ne može biti drukčije!... Lepo oseća da neko stoji pred vratima. Pregleda ključanicu — stoji dobro... otud je pouzdan. Priđe prozoru s istoka, obrte obe zakačke, pa tiho, tiho stade da vadi ram, na kome je razapeta hartija. Izvadivši polovinu rama, pogleda napolje i sva mu se krv sledi, okameni se... Dve čelične cevi stoje naperene na njega i dve glave, neobične i nejasne, vire ozdo...

„Otkud ovde ovi ljudi?... Šta je ovo?... Smrt!...” i on nehotično izvuče ceo ram i ispusti ga.

— Predaj se! — viknu jedna glava, i čelična cev pokrete se...

Đurica se saže uz duvar ispod prozora, podiže ruku sa revolverom i okrete cev tako, da gađa one pod prozorom pravo u teme, pa okide... Puče revolver, ali za njom suknu vatra na prozor, više same njegove glave, i zagrme drugi jači pucanj... Istoga trenutka nešto grunu na onaj drugi prozor sa dvorišta, ram se skrha i pade na pod...

— Predaj se, ne gini ludo! — viknu neko sa drugoga prozora.

Đurica okrete revolver i na taj prozor, pa okide...

Zagroktaše puške na oba prozora, kuršumi prelećú preko njegove glave, udaraju u zid i okrune malo zemlje, koja se osipa pravo na njega... Čim on ispali na jedan prozor, sa drugoga već sipa vatra na njega...

Boj... prava bitka!...

Ispalio je već oba revolvera, pa dohvati magacinku.

A spolja odjednom prestade vatra...

Šta li će sad?... Đurica se izdiže polako na prste i pogleda na onaj prozor ispred kuće. Oči mu preleteše preko nekakve slike, koja mu je tako poznata i tako bliska, ali se on ne zaustavlja na njoj, već gleda dalje... a u srcu se odjednom javi neki bol, tuga... On opet prenese oči na onu sliku i kosa mu se diže na glavi od čuda... Stanka!... Jest, ona je... Da li ga oči ne varaju?... Eno je, gleda ga i šta ono?... Pa to je ona i dovela ove kurjake!... Jest, eno opet pokazuje!... A-a-a!... uzvikuje on u sebi, a krv mu jurnu u glavu, naiđe na oči, obnevide... Pruži pušku, i ne misleći da li ga vide oni s leđa, uze pravac od nišana do one tamne, nerazgovetne slike, što ga i sad neobično gleda... Nijedne misli ne beše u glavi... samo se nešto crni tamo pred nišanom... Okide!... Vatra prsnu pred očima... za njom dim... one prilike nestade... ona se, odmah čim puče, nekako neobično, ukoso, spusti na zemlju i leže... bez jauka, bez reči...

Opet zagroktaše puške, zasipajući svu sobu paklenom vatrom... Đurica je opazio da sve puške gađaju u vrh, preko njegove glave, i pojmi da ovi neće da ga ubiju, no gledaju da ga uhvate živa. Pomisli: da li bi se mogao time koristiti?... Utom se razleže jak tresak, kao da neko lupi gredom u vrata... Sva se kuća zatrese... „Pazi!" — neko viknu pred vratima... Grunu još jači udarac... vrata izleteše, obrtoše se i padoše... Grunuše puške na vrata, na prozore, soba puna dima... vri, trešti, puši se... kao u paklu!... Đurica obrte pušku na prozor, ali ga odjednom dohvatiše i stegoše dve snažne ruke... Samo ispade iz onoga dima neka prilika, pade na njega, steže ga i pritisnu celim telom...

— Ovamo!... — viknu Mitar, pritiskivajući ga grudima i stežući mu ruke...

Popadoše na njega još trojica, četvorica... načini se gužva, gomila... Savladan je, pobeđen...

I mozak, i srce, i krv, sve se sledilo, umrtvilo... ništa ne oseća, ne misli, ne živi... Teška mòra pritisla mu grudi, stegla mu glavu kao kliještima, pred očima nešto seva i tamni se... A teret ozgo sve teži, sve mučniji... Počinje gubiti svest...

— Gotovo! — viknu Mitar i ustade. Digoše se i ostali, samo ostade na podu on, nepomičan, nepokretan...

„Šta se ovo vraća svetlo, slatko?... Gle, slobodno se diše!... Oh, kako je slatko disati!... A šta je ovo zakovano?... Ruke i noge prikovane za pod, za šta li... ni mrdnuti se ne može... A-a... vezali su, onako kao onda Mita pisar..." I on se seća onih bolova, i oseća da su ovi još teži, mučniji... Otvara oči i vidi gomilu ljudi sa sjajnim dugmetima na grudima. Svi ga gledaju radoznalo, neobično; čak se opaža saučešće na njihovim licima... „Gle, pa to su obični ljudi... vidiš kako ga lepo gledaju... A kud odoše oni... s onakim strašnim pogledima?... Nema ih, ovo su drugi..."

Ljudi se rasturaju, daju prolaz nekome... Eno, bradata, suha glava prilazi mu i gleda ga radoznalo, i opet mu se čini da vidi u tome pogledu saučešće...

— Stezali smo ga i za gušu, pa se onesvestio. Sad se povraća — reče jedan od ljudi.

Đurica se osvesti. Namršti se od bola u laktovima.

— Izvedite ga napolje, nek se osvesti na vazduhu. A noge mu odrešite... Što će vam to? — reče kapetan, pa iziđe pred kuću.

Đuricu izvedoše, vezanih ruku, na dvorište. Dvojica držahu konopac, kojim je vezan.

Svanulo je, vide se jasno svi predmeti...

— Kamo devojke? — viknu kapetan.

Pogledaše svi po dvorištu.

— Da nije ono... — reče Mitar, videvši neku crnošarenu masu pod vrljikama.

— Ona je, ubijena!... — povikaše drugi.

Kapetan i Mitar priđoše vrljikama. Pred njima ležaše Stanka, obrnuta licem k zemlji, savijena, kao da se sama naslonila na laktove, pa sakriva lice od nekoga... Mitar je polagano prevrte, pogleda joj zatvorene oči, prisloni uho na grudi, pa stade da sluša.

— Čini mi se da je živa... Kreće se nešto u njoj: ili diše ili joj radi srce...

Kapetan se saže, nasloni uho.

— Živa je, radi joj srce. Kod koga su zavoji? Vidi gde je udarena.

— Kod Petra su zavoji i stakleta — odgovori Mitar. — A, evo, u grudi!... — reče on, ugledavši krv na desnoj strani grudi.

— Jadnica, sumnjam da će preboleti... Što ubi ovu devojku, nesrećniče! — obrte se on Đurici.

A Đurica gleda namršteno, prezrivo, u nepomičnu paćenicu. U oku mu sija izraz zadovoljene osvete, ali ne prozbori ni reči...

Kapetan ne zna šta će pre, pune mu ruke posla: treba povratiti Stanku i zaviti joj ranu, treba pozvati opštinsku vlast i Stankine roditelje, treba videti šta će sa Jovinim ukućanima, treba pregledati kuću...

***

Tek uveče stiže kapetan u varoš sa vezanim Đuricom i Jovom. Stanku je ostavio kod oca joj i dozvao lekara da je pregleda i leči. Lekar se nada da će preboleti.

Kapetana očekivahu drugi nepovoljni glasovi. Pisar ga dočeka pred sreskom kućom, i na njegovo pitanje: šta učini s Novicom, odgovori mu:

— Poginuo je.

— Kako!... Ko ga ubi? — viknu kapetan i ljutito sjaha s konja. — Pričaj šta je bilo, a vi vodite tu dvojicu gore, pa me čekajte.

— Pandur... Došli smo polako do njegova stana; razgledam prvo položaj kuće, pa mi se učini sumnjivo jedno prozorče, što stoji nad samim potokom. Namestim tu Dobrosava i kažem mu da pazi dobro... Onda s ostalom trojicom stanem pred vrata i lupnem jako... Ne bi odgovora zadugo. Lupnem opet... Otvoriše se iznutra sobna vrata i neka žena viče: ko je to?... Ja već odgovaram... tražim da otvori, a ona me moli da pričekam dok se obuče... Utom čujem Dobrosava gde viknu: „stoj!... stoj!...” i puče puška... Potrčasmo tamo, i vidim Dobrosava, gde skače u potok... Pogledam: onaj leži u potoku, a Dobrosav ga drma za ruku.

— „Šta je bilo?” pitam Dobrosava.

— „Ja stojim, veli, pod prozorom i čekam... ćutim tako, dok on odjedanput izleti kroz prozor... kao vreća... Ja, veli, viknuh dvaput, pa kad vidoh da se diže... dadoh vatru i — gotovo...”

— Zar baš na mestu? — pita kapetan, mršteći se.

— Nije ni mrdnuo. Eno ga u dvorištu... Ženu sam zatvorio, a kod kuće mu namestio stražu.

„Kao da im sam đavo pomaže!” — pomisli kapetan, ulazeći u dvorište. „Ali neka, imam u rukama ovu dvojicu, a da ako i Stanka ozdravi, pa ćemo polako razmrsiti njihove zamke, a posle...” i ne dovrši misao, jer ugleda mrtvoga Novicu, gde se otegao na zelenoj ledini, a oko njega se načetili žandarmi, koji su se vratili s puta.

Na belom hlebu!... Kako mu je daleka i strašna bila ta pomisao nekada, kako se zdrhtavao od užasa, kad je slušao priče o tome crnome danu... Čudio se srcu živa čoveka, koji zna, pouzdano zna da sutra umire od kuršuma, pa opet živi, jede, pije, spava, misli... Držao je da toga dana mogu biti prisebni samo retki ljudi... I eto, dočekao je da vidi sebe u istome položaju, dočekao je da i sam toga dana slatko jede burek, koji mu je poslao Mitko ašćija, da pije staro vino, da traži skup duvan od kapetana... Što ti je živ čovek!...

Dan streljanja do sad su krili od njega... Jutros rano izvedoše ga na gornji sprat i uvedoše u čistu, svetlu sobu. Na sredini stoji okrugao veliki sto, zastrven čistim, belim platnom (s pandurske postelje), a na njemu polovak šljivove prepečenice, koja igra u stakletu kao kristal. Okolo stoje prazni tanjiri, a na sredini, uz rakiju, tanjir sa sirom i skorupom.

Uđe kapetan u sobu... U poslednje vreme, naročito otkad je doveden iz suda, promenili su svoje ophođenje sa njim i panduri i činovnici. Opazio je da ga svi gledaju sa žaljenjem, sa velikim saučešćem, i dosećao se da je to zbog toga, što ga svi oni smatraju kao mrtva čoveka, a već zna se da se svaki mrtvac sažaljeva... I kapetan ga pogleda blago. Priđe mu i metnu mu ruku na rame.

— Đuro, sutra se mora izvršiti osuda. Pa znaš, običaj je da se danas malo provedeš. Neki trgovci odavde poslaće ti ponude, a evo

Mitra i ovih njegovih da ti prave društvo. Eto, i ja te častim ovom rakijom — i pokaza rukom na staklo.

Kad pomenu kapetan osudu, Đurici zaklecaše kolena, obuze ga zima svega, i kao da mu nešto dohvati samo srce, pa steže... Kad mu je pročitana presuda na sudu, nije se iznenadio i saslušao je mirno: znao je da ima još sudova, koji će ga suditi. Ali kad mu posle mesec dana saopštiše odluku Kasacije, beše kao ubijen, promeni se, snuždi se... ali mu u duši ostade još neka nejasna nada, i on se dohvati nje slepo, grozničavo, bez razmišljanja, i ako mu je neki unutrašnji glas govorio da je sad sve svršeno i da posle Kasacije nema šta čekati... Okupi nekoga praktikanta, te mu, na ime majčino, napisa molbu za pomilovanje, i on s velikom pažnjom isprati molbu na poštu. Od toga dana nije nikako pomišljao o smrti i uporno se nadao pomilovanju. Čudan je i taj razlog njegovu nadanju. Sastojao se u jednoj misli: „Nije to šala, bolan, život čovečji! Živa zdrava čoveka ubiti... onako bez ičega, bez bolovanja... sad bio živ i — nema ga!...” Tako je on mislio, i u isto vreme dolazili su mu na um oni, koje je on pobio!...

U toj grozničavoj bezrazložnoj nadi proživeo je do danas, a sad odjednom izvode ga na beli hleb!...

Dakle sutra!... Sutra je ono što mu je neprestano za ove dve godine lebdelo pred očima, ono o čemu on nije smeo da misli, pa ni sad neće... još ne sme... Ali ko zna... može još doći odgovor... I srce se opet počinje rastapati...

— Hvala, gospodine! — odgovori on i sede za sto, pomičući i nameštajući teško gvožđe, kojim su mu noge okovane.

Kapetan iziđe iz sobe.

— Evo, Đuro! — prozbori Mitar, vadeći iz hartije veliku voštanu sveću. — Znaš... prvi sam te uhvatio, pa sam ti dužan. Kupio sam ti sveću, neka gori danas — i on namesti sveću, prekrsti se i upali je.

— Neka ti Bog oprosti! — reče on, pa sede za sto. Posedaše i ostali žandarmi. Jedan natoči svakome po čašu rakije, podigoše svi prvu čašu u vis i rekoše:

— Prva u slavu Božju. Neka ti Bog oprosti!

Đurica gleda besmisleno u ozbiljna lica ovih prostih ljudi, pa mu odjednom pođe nešto bolno i mučno iz grudi i zastade u grlu. On zatrepta očima, napreže se da proguta ili da izbaci to što ga steže, oseti da mu se vlaže oči i namršti se... Jedva se povrati. Ispi čašu, pa zaiska odmah drugu.

Žandarmi, onako isto ozbiljno i svečano, podigoše drugu čašu.

— Ova druga za laku zemlju. Laka ti zemlja bila, Đuro! — reče Mitar.

— Laka ti zemlja bila! — ponoviše žandarmi i iskapiše čaše.

— Hvala vi, samo me sutra nemojte mučiti, dobro gađajte!...

— Ne brini, za minut će biti gotovo... Dok treneš... — odgovori Mitar.

Jedan pandur unese celu tepsiju bureka, a drugi za njim čuturu vina i staklo rakije.

— Poslao ti Mitko i pozdravio te. Veli: dogonio si mu dobra drva, pa te časti. Vino ti šalje gazda-Mitar, a rakiju Janko.

— Hvala im — odgovara Đurica mehanički, i gleda kako pandur raseca burek krivom britvom.

Nastade prava gozba. Pandur je često donosio razne ponude, postavljao ih na sto, a društvo je sve jelo i pilo. Đurica je malo jeo, teško mu je bilo gutati zalogaje, jer mu nikako ne silazi ona težina sa grla... Zato je pio mnogo, pio je vino i rakiju naizmence, gutao je žedno i grozničavo, očekujući svakoga trenutka da piće učini svoju dužnost...

Žandarmi pevaju odavno, svaki je zasvetleo očima, a on ne oseća još ništa, kao da nije ni kapi ispio!... Samo mu struji neka vatra kroz telo, na čelu se kupe graške hladna znoja, a u srcu je tako hladno, sumorno i pusto...

— Pij, more, šta si se pobabio! — uzvikuje mu Mitar veselo. — Kad si umeo hajdukovati, treba da umeš muški umreti.

— Jedanput se mre! — dovikuje drugi. — Zar mi znamo šta nas čeka sutra, prekosutra, svakoga časa... I mi ćemo za tobom svi...

Odjednom mu spade težina sa grudi. Dohvati jedno staklo, u kome beše još dosta rakije, pa ga iscedi u dušak...

— Jednom se mre!... — ponovi on svoju staru lozinku, koju mu sad žandarm napomenu. — Daj da se pije!

Otpoče besna, vesela pijanka sa pesmom i smehom... Dođoše i radoznali varošani, da vide kako provodi zlikovac svoj poslednji dan. Ulazeći u sobu, svaki se iznenadi, videvši vesela čoveka kome i ne padaše na pamet smrt. Donošahu mu lepa duvana, vina, gledahu ga i odlažahu, pričajući usput kako se junački drži. „Kao da mu je srce od kamena!" — veli jedan. — „Što ne ode u vojsku, pa da bude čuvena junačina. Sutra u grob, a njemu ni brige!..."

A Đurica sve više pije i smeje se... Počne i da peva, ali mu se glas prekine u grlu... nešto mu ipak smeta, steže ga... Za pesmu treba da se otvori i razdraga celo srce, a njegovo se samo kravi... silom se topi ledena obloga oko njega...

Ali zato pije, pije bez mere, bez osećanja slasti u piću... samo sipa u grlo, ne razbirajući šta radi... To mu je jedini lek od one strašne boljke, koje se on boji više od svega... Pije da zatupi, da ubije svako osećanje u sebi, da ugasi onaj plamen, na kome duša zasniva svoju radnju... a njemu sad ne treba ni duša ni srce, ništa mu ne treba... Da mu je samo da zažmuri i da uleti tamo, u onaj nepoznati mu svet... i opet da mu je da to bude što dalje, što docnije, da se odgodi još na godine...

— Kam' ti žena, bre, da te obiđe... Ala joj sevaju oči, pos' joj njen! — viče mu jedan pijan žandarm.

— A, hoće da ostane udovica — nastavlja Mitar. — Udaće se ona, ne brigaj ti...

— Da hoće i tebe 'nako da pomiluje Kralj, kao nju!...

— Vin-na ovamo! — viče Đurica i zvecka uzicom, koja mu održava gvozdeni lanac na nogama.

Savlada ga piće sasvim...

Žandarmi se ispreturaše po sobi, neki se dokoturaše do postelje... I Đurica pođe jednoj postelji, ali ga izdadoše noge... Pomože mu Mitar s jednim pandurom, te ustade, pa ga odvedoše do jedne postelje i namestiše ga da legne. Zanese se i zaspa odmah...

...Šta je ovo?... Gle, mrak... tamno, turobno... u sobi svetluca plamičak žute voštanice, a oko njega tamno, nejasno... U ušima zuji, začuje se poneki veseo uzvik, zazveče čaše... ali gde je to, gde to biva... veselo, slatko, prijatno!... U glavi neka težina, ali ne mari!... Da se još spava!... Oh, kako je slatko protegnuti se ovako... Zvecnu gvožđe... Šta je to?... Gvožđe... voštanica... Mitar... kapetan... A-a-a-a!... to je ono!...

Đurica se osvesti i sledi... Kao da nije ni kapi srknuo... Podiže glavu. Na jednoj postelji spava Mitar, na drugoj pandur. Za stolom sedi i drema Dobrosav... Noć!...

„Već se smrklo!... Kad pre... i kako je to moglo biti?... Ko zna koje je doba... Možda skoro da svane?... Pa onda... Šta ono još beše... šta ono beše lepo?... Nema ništa lepo!... Majka... Stanka... nije, nije!... A gde li je Stanka?... U selu, kažu pomilovana... a, to je ono lepo... pomilovanje!... Da li je došlo? Nije, kazali bi mi, razbudili bi me... A mora doći, ne može valiti... Ko mi je ono pričao: osuđen na smrt... vezali ga za kolac... namestili se ljudi, pružili puške i čekaju znak... a drumom se vije oblak prašine, sve bliže i bliže... „Stojte" viknu neko... Osvrtoše se, a iz one prašine vidi se bela marama... maše njome i juri... „Milost!" viknu onaj s konja i pruži depešu... Isekoše konopce, izvadiše onoga iz rake... Ala bi to bilo, moj brate!... A može, što da ne može, i mora biti... Šta je to Kralju samo da povuče perom... kvrc-kvrc-kvrc... i gotovo... šta to njega košta!... I ja odmah živ... da živim, zadugo, mnogo, da ostarim... Šta je to robija, ništa!... Slušam ja tamo sve starešine... kao svetac... A posle, pet, šest, pa i deset godina puste me. Dođem kući... slobodan!... Idem, dođem, radim, sve kako ja hoću... Pa onda... Što, zar ne bih mogao naći sebi druga?... Već Stanka bi se dotle udala... Svejedno, ne bi ni pošla za mene, ne bih je ni ja...”

„Ala me izdade onda krvnički! Ja se samo malo obrecnuo, htedoh da joj pripretim, a ona op-trup, pa kod kapetana!... Vala joj je i priselo... jedva, kažu, ostade živa... I opet, kako vešto odgovara na sudu: ne zna ništa ni za koga, pa to ti je. Samo sam, veli, najviše živela kod Jova i baba-Mare, a 'nako sve sam išla sa njim, kad nije imao s kim da se sastaje... A ja i Jovo i moja majka sve to potvrđujemo, kao da smo se dogovarali... A ona matora, Vujova, ono je đavo!... Boji se, ako što oda, da ja ne kažem za pare, pa da joj sve oduzmu... ćuti kao sinja stena!... A Jovo propade!... More, dobro je njemu. Izdržaće nekoliko godina, pa kući!... Svima je njima lako, svima je dobro, niko im ne brani da žive... A ja, šta ću ja? Meni ne dadu živeti... ja hoću da živim, a oni ne dadu!...”

„A pomilovanje!... Mučno da će što biti. Vidiš, i kapetan i svi mi kažu da se ne nadam. Nemaš, vele, nijedne lake... kako 'no rekoše: olakšanje, kako li?... To mu kažu, znači da nisam ni u čem bio dobar, sve zlo!... Pa, tako i jeste!... I kad to kapetan kaže — a on zna zakon u prste — onda je tako, nema mu druge!... Pa to, onda... da se mre!... Smrt!... privežu za kolac, kao goveče, pa dum!... Gotovo, svršilo se... A posle, šta biva posle?... Ko će to znati... Samo zatrpaju zemljom, pa kao da nisi ni bio...”

„Ali ja hoću da živim!...” uzvikuje on u sebi, i od neke strašne misli, od neke crne aveti, koja ga peče, studeni, skače sa postelje...

Zveket lanaca sumorno odjeknu, a on gleda oko sebe uzvereno, uplašeno... Svi spavaju... I Dobrosav, koji je ostao da dežura, umoran, savladan pićem, naslonio glavu na sto i zaspao... Ni glasa, niko da se mrdne!... Da ima bar s kim da razgovara!... Povuče nogom, te gvožđe opet zvecnu. Dobrosav se trže.

— A, probudio si se!

— Koje li je doba?

— Nema još ponoći, sigurno... Lezi, spavaj; sutra moramo raniti... da opet malo pijemo...

Njemu se ne spava, zato je probudio Dobrosava, ali mu sad žao umorna čoveka, kome se jako spava... Vidiš kako on lepo sa njim!... Pa neka ga nek spava... on ima još da živi, zadugo...

— Hoćeš li rakije? — pita ga Dobrosav.

— Ne mogu, ništa ne mogu... Spavaj! — odgovara Đurica, pa opet leže.

U glavi mu čitav haos, živci već otupeli od strahovanja... sve se u njemu zgrudvalo, smešalo, sledilo... Davi ga i pritiskuje ona crna, najstrašnija misao, koju nikako ne može da zaboravi, ne može da je zabaci među druge misli... On misli o drugim stvarima jednako, ali ona neprestano lebdi pred njim, meša se s onim drugim mislima i stvara jednu zbrku, iz koje se ipak oseća samo ona... I uz to jednako, uza svaku misao, i uz samu nju, uz ono strašilo, treperi i vije se druga, ona svetla i slatka misao, koja ga neprestano drži u grozničavom nadanju... Sve se roji, vri... bez reda, bez sveze...

Prolaze minuti i časovi, protiče vreme tiho, nečujno... Primiču se poslednji trenuci... Noć prolazi...

Blista se divno jesenje jutro. Sa plava čista neba padaju svetli vatreni zraci po šumi i kosoj padini, što se protegla između Bukulje i Venčaca. Tu u jednoj dolji, pored puta koji vodi u Klenovik, okupio se veliki broj seljana, čitav sabor... Najviše ih je iz klenovičke opštine. Sastavile se poveće grupe na nekoliko mesta, pa vode živ razgovor.

Najveća je gomila naroda kraj puta, na jednoj položitoj rudini, sa koje se lepo vidi cela varošica sa okolinom. Narod se nagomilao oko jednoga mesta u nekoliko redova; sve se propinje na prste i posmatra neku neobičnu rabotu. Tu se kopa raka, večna kuća Đuričina. Svakome se hoće da razgleda tu kuću neobičnu... Dole, u dovoljno izdubljenoj rupi, stoji jedan Klenovičanin, pa izbacuje zemlju gvozdenom lopatom. Već je gotov, samo hoće lepo da počisti, da izbaci svaki grumen zemlje. Neće, veli, da se postidi pred Đuricom, što mu nije kuću lepo spremio... Kad bi gotov sa zemljom, spustiše mu dugačak cerov kolac. Uze ga u obe ruke, pa stade da pobija.

— Vala, Mićo, i zadužio te je — veli mu ozgo jedan. — Dosta si mu duvana popušio, prateći ga po ovoj gori.

— Da mi je ono jalovica i jaganjaca, što si ih sa njim pojeo, pa da se ne brinem za danak nikad — odgovara mu Mićo.

— Da se nisi prekrstio, bolan, kad si počeo rad?

— Što, nije on valjada Turčin!

— Kažu, ne valja se...

— Vidiš, i kapu sam skinuo, nek mu bude sve kao kod ljudi. A tamo već Bog je, pa nek mu on sudi, kako je zaslužio...

A gore u strani, ispod jednoga senastoga klena, čuje se tužno naricanje. To majka nesrećna oplakuje izgubljenoga jedinca. Nijedne duše da joj priđe, nijedne reči za utehu... I ko da nađe utešnu reč ovoj pravednoj, strašnoj pogibiji!

— Eto ih, idu! — Viknu neko.

Svet se okrete, uskomeša... Sve se oči upreše u šarenu ogromnu masu naroda, koja se, talasajući se, lagano kretala putom. Beše tu konjanika i pešaka, beše dosta kola, ali se sve to izmešalo, zgrudvalo, spojilo se u jednostavnu masu nepravilna oblika, koja se nosi, ide... Odvoji se po koja gomilica, po jedan i po dvojica potrče napred i opet se stope s velikom masom...

Sve bliže i bliže... Već se raspoznaju lica, vide se nad celom onom masom žandarmi konjanici kako odskaču od sedla u laganom kasu, vidi se između njih neka nejasna grupa, iz koje vire puške okrenute u vrh... Još nekoliko trenutaka... i sad se vidi kako ona grupa u sredini neobično ide, kao da pliva na čunu po vodi... To se voze Đurica i žandarmi na kolima, ali se ne vide ni kola ni konji, samo se vide oni, kao da plivaju dupke, nose se... kao da ih nosi na svojim plećima cela ona masa...

Stigoše... Svet gleda samo njega, vinovnika ovoga neobičnoga sabora... A on se zaturio u kolima, nakrenuo se u stranu i naslonio leđa na Mitra, podigao jednu ruku, u kojoj drži kitu cveća i voštanicu, pa gleda u gomile naroda besmisleno, pijano... Ruke mu vezane, ali ovlaš, te njima slobodno kreće i maše narodu...

— Ej, crni Đurica! — uzvikuje neko blizu njega.

— A-a!... — odziva se on, lutajući nejasnim pogledom preko gomile glava, okrenutih k njemu.

Kola stadoše na putu, prema kocu, koji viri iz rupe. Konjanici sjahaše, žandarmi iskočiše iz kola, pa uzeše da skidaju okovana i pijana Đuricu, a on se samo prekreće levo i desno, obarajući glavu mlitavo...

— Ta drži se junački, majkoviću; gleda te toliki svet!... — viče mu Mitar, skidajući ga s kola.

— Svet... Šta svet!... — odgovara Đurica i usiljava se da drži glavu pravo.

Poneše ga na rukama i odneše do mesta; spustiše ga više koca...

— Evo ti kuće... Ispravi se na noge, ne brukaj se!

Đurica prelete očima preko gomile zemlje, što se izdigla pred njim, ugleda rupu i kolac što viri iz nje... Trže se, kao da ga munja ošinu... Stade da mu se razviđava pred očima, spade ona težina s glave... lepo vidi i razume...

„Ovo je raka za mene... Otkud ona?... Šta će taj kolac tu?... Hoće da me ubiju!... Što ja ovo sedim a svi drugi stoje?... Kakva je ovo težina u nogama, u rukama, telo obamrlo... a drže me nekakve ruke, tuđe ruke, nisu moje... A-a-a, pijan sam... opio sam se, a oni hoće da me ubiju... da me ubiju...” i on pojmi značaj te misli, opet mu projuri neka elektrina kroz glavu, kroz telo, i zastade u srcu... Okrete glavu naviše i pogleda Mitra... Sve mu je sad jasno...

— Digni me — veli mu zagušenim glasom.

Podigoše ga. Stade na noge... Oseća da ga noge jedva drže, ali se usiljava, ispravlja se sam... a u glavi seva, vedri mu se pred očima i polagano spada ona pijana mòra...

Pisar stade više njega, razavi hartiju i poče da čita presudu.

— Živeo Kralj!... — uzviknu Đurica, kad se u presudi pomenu Kraljevo ime. I odjednom mu se oči obrtoše niz put, kojim je došao... u njima se svetli poslednji plamičak nade, nade očajne, mučeničke...

„Ko zna... ako se pokaže otud konjanik!... pramen guste prašine... Kralj može...”

— Živeo Kralj!... — uzvikuje on ponovo, prekidajući slabo i monotono čitanje presude.

— Ćuti, ne smetaj sad... čita ti se presuda — veli mu Mitar.

Presuda ređa njegove zločine...

Kad se pomenu njegovo razbojništvo, izvršeno nad Sretenom u livadi, on uzviknu:

— To nije ništa... samo sam ga rovašio... Zar je to razbojništvo?...

— E to jeste — reče on, kad stadoše da se ređaju pohare i ubistva.

I opet obrće oči niz put, ali u njima već nema nade... Pomiriše cveće iz ruke, pa opet stane da sluša presudu... samo da ima čime misao zanimati, da ne misli o onome, što je već tu, pred njim...

Svršilo se čitanje...

— Đurice, evo ti majke, da se oprostiš sa njom... — veli mu pisar.

„Majka... otkud ona tu?...” misli on, obrće glavu i vidi slabu, suhu, pogurenu staricu gde mu prilazi... „Što je ovaka?... Ovo nije ona... Kakvo je ovo lice, strašno, neobično!”

— Đuro, ojađeniče moj!... — čuje on zagušen glas, jecanje... zatim se sklapaju suhe, hladne ruke oko njegova vrata, i na grudima vidi crnu novu ubradaču...

...Iz grudi opet polazi nešto vrelo i neobično... juri kroz grlo, ali ne zastaje... ide naviše... a donja usna dršće, dršće... I odjednom potekoše iz očiju dve vrele krupne kapi.

Gleda, a neke žene iz gomile brišu oči.

— Pozdravi sestru, Spasu... neka te bar ona gleda... I, ako možete... podignite mi jedan kamen na grobu...

— Jedinče moj!... kuku nesrećnici!... kućo moja!...

— Ej, crna majko! — čuje se iz naroda.

— Dosta, babo, ne pomaže! — veli Mitar, odvaja je od Đurice i predaje drugom žandarmu, koji je odvodi...

— Gde je kovač?... Skidaj!... — veli pisar. — Sedi Đurice!

„Kovač... Šta će mu kovač?...” — misli on, sedajući na zemlju. — „A, da me otkuje... Što to?... Da nije došlo pomilovanje, pa neće još da kaže?... Ali onda me ne bi otkivali...” I on se zainteresova otkivanjem, pa stade gledati kako mu kovač vešto odseca čiviju, kojom su spojene obe polovine karike... Neki ljudi pružaju ruke pored njegovih nogu i grabe se za parčeta gvožđa, što padaju ispod oštra dleta...

„A znam... hoće da vračaju... Pa neka ih...” i pade mu pogled na jednu mladu ženu, koja ga posmatraše ne dišući... „Gde li je sad Stanka?... Da li zna za ovo?...”

— Gotovo!... Ustani, Đurice... — veli Mitar i saginje se da mu pomogne.

„Što su ovo noge 'vako teške?... Omlitavile, pa ne mogu da drže... sve od pića!... Nije trebalo da pijem, samo sam se osramotio... Ali neka, moći ću se dobro držati...” — i stade na noge.

Odjednom mu se oči raširiše, uzveraše se... „Šta će moj popa ovde?... Otkud on... Gle, i krst!... To je onaj što smo ga nosili na krstonošama” — oseća kako ga obuzima stid, užas.

— Đuro, poljubi ovaj sveti krst... Pokaj se bar sad, pred ovim grobom... — govori mu popa uzbuđenim glasom.

On prenosi voštanicu i cveće u levu ruku, krsti se desnom i smerno se saginje pred krstom, pa ga celiva... Uzima popinu ruku i dvaput je ljubi... a usna opet izdajnički dršće...

— Oprosti mi, popo!... — šapuće on naročito, da ga niko drugi ne može čuti. — Kaži Stanki nek mi oprosti... i ja njoj praštam... Ne poslušah te, pa eto...

Sveštenik se izmače i reče mu nešto, ali on to ne ču. Opazi da se onamo prema kocu uparađuju četiri žandarma s puškama...

Sve do sad, do ovoga trenutka, on je ono, što je imalo sad da se izvrši, smatrao kao nešto što je još daleko... ima još vremena... On vidi da se sve sprema za neko ubistvo, ali to još ne dovodi u vezu sa sobom... to je negde tamo... iza njega negde, gde li... A pomilovanje mu ne slazi s pameti nikako... ono je jednako uz njega, pored svake misli mu i pokreta...

Ali sad, kad ugleda ona četiri žandarma, steže mu se srce, raskide se... raširi oči... od pijanstva ni traga...

Sav narod ugleda na njemu pravo samrtničko, zeleno bledilo...

„Šta je ovo?... Šta hoće ovi?... Da ubiju... mene!... Da bežim!... Sad sam otkovan, slobodan... samo da trgnem konopac, što ga drže ovi iza mene pa da skočim!...” i on se polako okrete i pogleda iza sebe... dvojica drže konopac čvrsto...

— Đuro, hajde, silazi!... — veli Mitar i gleda nekud u stranu.

On pođe, nadviri se nad rakom, pa stade...

„Šta bih imao još?... Da produžim još malo...”

— Mitre, hodi da se oprostimo.

Mitar priđe... opet ide i gleda nekako u stranu... Poljubi se sa njim, pa se ispravi.

— Silazi sad, dosta je...

Đurica siđe, okrete se oko sebe, pa spusti sveću gore na travu. Mitar izvadi maramu iz džepa i pođe da mu veže oči.

— Nemoj... ostavi to, molim te — reče Đurica, mahnuvši vezanom rukom.

Mitar ostavi maramu ćuteći, živo priveza konopac za kolac, pa uze pušku i stade u red s onom četvoricom žandarma...

— Mitre, molim te samo nemojte u glavu... — čuje on svoj glas, ali ne oseća da govori.

— Ne brini, samo stoj pravo...

On se brzo ispravlja, isturuje grudi napred, namešta rukama košulju da se pripije uz telo i podiže oči...

Užas!... Svih pet grlića puščanih pruženi... samo se vidi okrugao otvor, kao prsten, i unutra zija crna cev...

Nijedne misli u glavi... Lice pozelenelo... oči se raširile, da iskoče iz staništa... usne se skupile, stegle... kao da se sprema za ranije da izdrži udarce kuršuma... Gleda i čeka... ne diše...

Grunu plotun... Zelonobledo lice namršti se... oči se začuđeno raširiše i odmah sklopiše... telo se drmnu, pokrete se od udarca kuršumâ... zacrveni se košulja na grudima... i ceo Đurica, kao da odjednom ostade bez nogu, klonu... glava se zaturi... zateže se konopac o kocu...

Mitar dotrča do koca, nadnese se nad raku i okide pušku...

Glava se Đuričina iskrete, bela kao hartija, a jedno oko prevrte se, strašno, neobično.

Žandarmi iskrivili donje vilice, svakome igra usnica.

U narodu svačije lice bledo, niko ne diše. Užas i čuđenje ispisano je na tim licima.

Neko preseče konopac. Stade da pada zemlja u raku... Svršeno je! Pravda je zadovoljena, zakon je izvršen!

Kad ode sav svet i kad se na onome mestu, gde maločas siđe živ čovek, izdiže gomila vlažne zemlje, jedna pogurena starica priđe toj humci, pade na svežu meku zemlju i obgrli suhim, slabim rukama tu kobnu grudvu, koja joj proguta jedinca sina... U starim isplakanim očima ne beše više suza, te i grob hajdukov ostade nezaliven nijednom toplom suzom.

Svetolik Ranković, jedan od najznačajnijih predstavnika realizma u srpskoj književnosti, rođen je 1863. godine u Velikoj Moštanici, nedaleko od Beograda. Osnovnu školu pohađao je u selu Garaši, pored Aranđelovca. U ovo selo u kragujevačkom okrugu, porodica se preselila pošto je Svetolikov otac Pavle postao sveštenik.

Nižu gimnaziju i bogosloviju završava 1884. godine u Beogradu. Oženivši se iste godine, zajedno sa suprugom odlazi u Kijev gde izučava bogoslovsko-filozofske nauke sa istorijom ruske i svetske književnosti na Duhovnoj akademiji.

Dok je sa ženom i detetom bio na školskom raspustu u roditeljskom domu u Garašima 1886. godine, razbojnici su napali kuću, ubili oca Pavla, a majku i sestre mučili. Svetolik je uspeo da pobegne i dovede pomoć. Ovaj nemio događaj Ranković nikada nije mogao da zaboravi, a sama hajdučija bila je čest motiv njegovih književnih dela.

U Kijevu se zadržao četiri godine. Pošto je 1888. godine završio Duhovnu akedemiju, vraća se u Srbiju i počinje da radi kao nastavnik veronauke u kragujevačkoj gimnaziji. Godine 1892. prelazi u nišku učiteljsku školu, a ubrzo zatim, 1893. godine, postavljen je za profesora beogradske bogoslovije. Ponovo se vraća u Niš 1894. godine, ovaj put kao veroučitelj gimnazije. U Beograd definitivno prelazi tek 1897. godine, ali ne kao predavač na bogosloviji, kako je to želeo, nego kao gimnazijski veroučitelj. Na tom mestu ostaće do smrti.

Od tuberkuloze je oboleo 1897. godine. Tokom naredne dve godine pokušavao je da se oporavi od bolesti u rodnim Garašima, manastiru Bukovu i Herceg Novom.

Preminuo je 1899. godine u Beogradu, u koji se nedugo pre toga vratio zbog smrti najmlađeg sina. Hroničari toga vremena zabeležili su da je „tog jutra poslednje godine prošloga veka, kada je po mrazu i cičoj zimi sahranjen Svetolik Ranković, sahranjen i devetnaesti vek u srpskoj književnosti".

Iako jedan od najznačajnijih predstavnika realizma u srpskoj književnosti, Svetolik Ranković ostao je nedovoljno poznat široj publici. Roman *Gorski car* smatra se jednim od prvih psiholoških romana srpske književnosti. Kroz sudbinu glavnog junaka Đurice i priču o njegovom odmetanju u hajduke, kroz unutrašnji monolog glavnog junaka povremeno svesnog sopstvene životne stranputice, ispričana je večna priča o borbi dobra i zla koja se odvija u najskrovitijim delovima ljudske duše. Ovaj roman svojim realnim, a pesimističnim i tragičnim sagledavanjem života, i danas pleni pažnju čitalaca ostavljajući istovremeno dubok trag u njihovom sećanju.

Svetolik Ranković
GORSKI CAR

London, 2022

Izdavač
Globland Books
27 Old Gloucester Street
London, WC1N 3AX
United Kingdom
www.globlandbooks.com
info@globlandbooks.com

Naslovna fotografija
Marita Kavelashvili
(https://unsplash.com/photos/ugnrXk1129g)